你应该熟读的

中国经典诗歌

钟洺印　主编

百花洲文艺出版社

图书在版编目（CIP）数据

你应该熟读的中国经典诗歌 /钟洛印主编. —南昌：
百花洲文艺出版社, 2018.8

ISBN 978-7-5500-2810-4

Ⅰ. ①你… Ⅱ. ①钟… Ⅲ. ①诗歌欣赏 – 中国 Ⅳ.
①I207.22

中国版本图书馆 CIP 数据核字（2018）第 086760 号

你应该熟读的中国经典诗歌

钟洛印 主编

出 版 人	姚雪雪
出 品 人	杨建峰
责任编辑	刘 云
美术编辑	松 雪 王 进
制 作	王 进
出版发行	百花洲文艺出版社
社 址	南昌市红谷滩世贸路 898 号博能中心 A 座 20 楼
邮 编	330038
经 销	全国新华书店
印 刷	河北鹏润印刷有限公司
开 本	880mm×1230mm 1/32 印张 11
版 次	2018 年 8 月第 1 版第 1 次印刷
字 数	265 千字
书 号	ISBN 978-7-5500-2810-4
定 价	38.00 元

赣版权登字 05-2018-192

邮购联系 0791-86895108
网 址 http://www.bhzwy.com
图书若有印装错误，影响阅读，可向承印厂联系调换。

前　言

　　诗歌是最古老、最具有文学特质的文学样式，是一种阐述诗人心灵的文学体裁。 古今中外的诗人们，用凝练的语言、充沛的情感以及丰富的意象来高度集中地表现社会风貌和人类精神世界。 诗歌随着人类的文明史一同萌芽、生长，可以说，诗歌和历史一样古老，又和青春一样年轻。 诗歌是在各民族开放出最初的文明之花。诗是最富民族性的文学形式，它比小说、散文产生得更早，也更直接地抒发人类的情感。

　　在我国，诗歌有着悠久的历史和丰富的遗产，如《诗经》《楚辞》《汉乐府》以及众多古代诗人的诗作。 诗歌的分类有多种方法，根据不同的原则和标准可以划分为不同的种类，基本分为：古典诗歌和现代诗歌。 现代诗歌是五四运动以来的诗歌。 中国现代诗歌主要指新体诗。 最初试验并倡导新诗的杂志是《新青年》，继之《新潮》《少年中国》《星期评论》等刊物也发表新诗。 其倡导者和初期作家主要有胡适、刘半农、沈尹默、周作人、俞平伯、刘大白等。 新诗的特点是用白话语言写作，表现科学、民主的新的时代内容，打破旧诗词格律的束缚，形式上灵活自由。 经过一个世纪的探索和实践，新诗已经有了自己的经典之作。 像戴望舒的《雨巷》、艾青的《黎明的通知》、舒婷的《祖国啊，我亲爱的祖国》、顾城的《远和近》等，深受读者喜爱。

为了方便爱好诗歌的读者朋友一览中外名诗佳作，我们精心编辑了这本《你应该熟读的中国经典诗歌》。书中收录了近200首中国经典诗歌，书中设有"赏析"等栏目，帮助读者准确、透彻地把握作品的思想主题，领略诗歌艺术的神奇魅力。

相信本书一定会成为您真诚的朋友，愿好诗伴您度过美好的岁月。

2018 年 4 月

目　录

人与时

鲁　迅①

一人说，将来胜过现在。

一人说，现在远不及从前。

一人说，什么？

时道，你们都侮辱我的现在。

从前好的，自己回去。

将来好的，跟我前去。

这说什么的，

我不和你说什么。

【赏析】

这首诗最初发表在《新青年》1918 年 7 月第 5 卷第 1 号，署名唐俟，后收入《集外集》。

鲁迅在观察和揭示普通人的思想和命运时，有着自己独特的视角，从而形成自己独特的主题。 这首诗以时间为轴心，揭示出三种人不同的思想和生活态度，但它的矛头却针对着复古倒退的"现在远不及从前"的复古派。 鲁迅早就怒斥过这类历史的"屠杀者"："做了人类想成仙；生在地上要上天；明明是现代人；吸着现代的

---

① 鲁迅（1881—1936），原名周树人，字豫才，浙江绍兴人。 中国现代伟大的文学家、思想家、革命家，中国新文学的奠基人。 1918 年 5 月，第一次以"鲁迅"的笔名发表中国文学史上第一篇白话小说《狂人日记》，猛烈地揭露了人吃人的封建制度，奠定了新文学运动的基石。 1930 年，参加筹备和领导了中国左翼作家联盟，写了大量的战斗性的杂文，深刻分析了各种社会问题，体现出高瞻远瞩的政治远见和坚韧的战斗精神。 著作有《鲁迅全集》。

空气，却偏要勒派朽腐的名教，僵死的语言，侮蔑尽现在，这都是‘现在的屠杀者’。杀了‘现在’，也便杀了‘将来’。——将来是子孙的时代。"（《随感录五十七》）这是何等深刻的思想和有力的揭示。因此，诗中通过"时间"这个历史的巨人大声喝道：那种崇尚远古的复古派，回到三皇五帝以前的远古时代去吧；那些浑浑噩噩的糊涂人，对你没有什么可说；对美好的将来有所追求和憧憬的人，那就应该跟着时间的步伐勇敢地朝前走去。这首诗的思想是积极的，富于进取精神的，目的仍在于唤醒麻木的国民灵魂，促进民族的自我反省，召唤人们朝着时代的前方勇敢地走去。

这首诗在艺术表现和内在结构上，都有着浓重的象征性，彻底抛弃了旧诗词旧格律体的表现方式，将象征和写实的手法融化为一体，并且从平常的现代白话语言中表现出深邃的哲理思辨，虽不能一看就懂，却含蓄蕴藉，耐人咀嚼，发人深省。胡适和朱自清最早指出鲁迅、周作人代表了白话新诗中"欧化"的一路，可谓独具慧眼，也恰当地说明了他们的风格。

（唐　祈）

爱之神

鲁 迅

一个小娃子，展开翅子在空中，
一手搭箭，一手张弓，
不知怎么一下，一箭射着前胸。
"小娃子先生，谢你胡乱栽培！
但得告诉我：我应该爱谁？"
娃子着慌，摇头说，"唉！
你是还有心胸的人，竟也说这宗话。
你应该爱谁，我怎么知道。
总之我的箭是放过了！
你要是爱谁，便没命的去爱他；
你要是谁也不爱，也可以没命的去自己死掉。"

【赏析】

鲁迅在《热风·随感录·四十》里，谈到当时的青年人对爱情的觉醒。鲁迅说："我们所有的单是人之子，是儿媳妇与儿媳之夫，不能献出于人类之前。"即只有父母之命的婚姻，没有爱情的婚姻。又说："可是魔鬼手上，终有漏光的处所，掩不住光明；人之子醒了；他知道了人类间应有爱情，……于是起了苦闷，张口发出这叫声。"这首诗里讲的，爱神的"一箭射着前胸"，指"人之子醒了"，要求爱情。"我应该爱谁？"这即是"张口发出这叫声。"因为当时的青年，长期受着封建礼教的毒害，还不懂得恋爱，所以发出那样的叫声。爱神说，"你要是爱谁，便没命的去爱他"，这是针对当时父母之命的包办婚姻，要求冲破这种包办的呼声。又说："你要是谁也不爱，也可以没命的去自己死掉。"这就是《随感录·四十》里说的："但在女性一方面，本来也没有罪，现在是做了旧习惯的牺牲。我们既然自觉着人类的道德，良心上不肯犯他们少的老的的罪，又不能责备异性，也只好陪着做一世牺牲，完结了四千年的旧账。"这里，鲁迅一方面揭露旧礼教的罪恶，父母之命的包办婚姻，断送了青年男女追求爱情的幸福，女方做了无辜的牺牲，男方也陪着牺牲。一方面又指出青年男女对爱情的觉醒，要他们"没命的去爱"。为什么要提"没命的去爱"呢？正指出冲破礼教的包办婚姻的斗争的艰巨性，不是"没命的"去斗争，就冲不破啊！

这首诗用了外国典故，即用了希腊、罗马中小爱神的典故。照这个典故的原意，小爱神金箭头的箭，是射中男女双方的心里，两人就会发生热恋。鲁迅运用这个典故，却变成只射中男方的心，男的有了爱情的要求，却找不到爱的对象，不知道爱谁。这是原来神话中所没有的。这样改一下，才适应鲁迅所要表达的深刻含意，才适应当时中国的情况，才适应用它来揭露封建礼教的罪恶。这样用典，才是活用典故，使典故为我所用，我不受典故的束缚。这就给小爱神这个典故赋予新意，是化旧为新的一个创造。通过这个创造，用这首诗来宣扬反封建礼教的战斗精神，更显示出这首诗在艺术上的创新。

(周振甫)

月 夜

沈尹默①

霜风呼呼的吹着，
月光朗朗的照着。
我和一株顶高的树并排立着，
却没有靠着。

(1917 年)

【赏析】

沈尹默的《月夜》，发表于《新青年》杂志 1918 年 1 月 4 卷 1 号上，是新诗诞生期推出的成果之一。

《月夜》虽只有四行，而且每行末尾都是"着"字，似乎显得有些呆板，但这诗读起来却颇有一些意味，使你觉得很美。 全诗打破了旧体诗的格律，用纯然的白话写成，没有古典诗那种形式与音律的美了。 可是却有一种美的意蕴、美的诗情，美丽的诗人的人格流溢于诗中。

诗人用传统的托物咏怀的手法来烘托自己的思想感情。 诗里以"我"和三种自然景物，组合成一幅图画：呼呼吹着的寒冷的霜风，秋夜明亮清寒的月光，秋风中傲然矗立的大树，这些景物，构成了一幅"秋风寒月图"，而站在这个图景中心的，是诗

---

① 沈尹默（1883—1971），原名君默。 浙江吴兴人。 早年留学日本，1916 年后历任北京大学教授、北平大学校长等职。 "五四"时期《新青年》编委之一。 1917 年与胡适、刘半农最早发表白话新诗，是新文学运动初期的重要诗人。 著有诗集《秋明集》《秋明室杂诗》《沈尹默诗词集》等。

人自己。 这个"我"以一个孑然独立的形象呈现在图景之中。
"我和一株顶高的树并排立着，／却没有靠着"。 在树与我的关联而又对比的描写中，把一个"我"不倚不靠，独立自主的人格含蓄地暗示出来了。 全诗似乎在写景，实则烘托或象征一种思想和感情。

（孙玉石）

慈姑的盆

周作人①

绿盆里种下几颗慈姑，

长出青青的小叶。

秋寒来了，叶都枯了，

只剩了一盆的水。

清冷的水里，荡漾着两三根，

飘带似的暗绿的水草。

时常有可爱的黄雀，

在落日里飞来，

蘸水悄悄地洗澡。

【赏析】

慈姑又名马蹄莲，是一种水生植物，常作盆栽观赏。其叶呈卵状箭形，鲜绿色，春天着花，夏季休眠，随即枯萎。所以，寻常之人，于寒秋时节看盆中慈姑，只能看到几片枯败之叶，一泓凄清之水。而善于觅取诗料、善于发现诗美、营造诗境的诗人则不同。他的慈姑盆中，此时又无端地萌生着两三水草，宛若飘带，荡漾有致；尤其令人惊讶的是，竟会有一只可爱的黄雀，常在日暮时分前来，悄然蘸水，洗其羽毛。诗人真是别具慧眼，几线水草野生，已

———————

① 周作人（1885—1967），本名櫆寿，字启明，笔名有知堂、岂明、遐寿等。浙江绍兴人。主要著作有《自己的园地》《雨天的书》《谈虎集》《谈龙集》《看云集》《瓜豆集》《药味集》《风雨谈》《知堂回想录》等。周作人是"五四"时期重要的理论家、批评家，他的散文风格闲适，于淡淡的喜悦中掺杂着几分忧郁，文字表达上则举重若轻，平和冲淡，同时注意适度含蓄，另有一种"涩味"。

给败叶空盆平添些许慰藉，一只黄雀来浴，更使画面顿时鲜活起来，情绪气氛陡增几分明丽。当然，这明丽只是凄凉背景上的明丽，寒秋枯叶与落日黄雀在色调上仍是相对协调的，这里表现诗人遣词造境的匠心。

至于黄雀为什么来？是慕慈姑素朴淡雅之风范，苦恨春天无缘相见，此时邂逅，但见芳韵陨却，盆水犹存，伤不自胜，故再三前来，聊致凭吊之意呢？还是俗念未消，尘缘未了，逢此清碧之水，自惭形秽，来做几番洗濯呢？我们就不得而知了。而黄雀蘸水时，总是那股悄然动作，不肯碰得水响，想必是怕惊扰了安息的绿魂吧！

此诗语言冲淡质朴，完全口语化了，体现了作者当时的艺术追求，与诗中淡远恬谧的情调意境，也是完全吻合的。

（毛　翰）

山中即景

李大钊①

是自然的美，
是美的自然，
绝无人迹处，
空山响流泉。

云在青山外，
人在白云内，
云飞人自还，
尚有青山在。

【赏析】

诗分两节。第一节写空山泉水。一二两行是对"绝无人迹"的空山及其泉水的反复赞叹。既"是自然的美"，又"是美的自然"。这是在视觉的鸟瞰下，表述对"空山"的完整印象。但是，"空山"并不"空"，有流动的泉水淙淙作响。诗人创造了一个和平、静穆、高雅的境界。但又并非王国维说的"无我之境"，因为虽在"绝无人迹处"，而"空山响流泉"，像银铃一般地传入游人的耳朵。这就是说：山中之景，既有视觉形象，也有听觉形

---

① 李大钊（1889—1927），河北乐亭人。字守常。早年入天津法政专门学校。1913 年考入日本早稻田大学。回国后任北京《晨报》主笔。1918 年任北京大学经济系教授兼图书馆主任，积极宣传马克思主义，是中国共产党的创始人之一。对第一次国共合作的促成做过重大贡献。1927 年被军阀张作霖杀害。有《守常文集》《李大钊文集》行世。

象，二者融会贯通，才如此令人惊叹："是自然的美，是美的自然。"这正好过渡到第二节写青山。 这是对第一节写泉水的深化，表明"空山"不空，既有白云飘荡，也有游人来往。 空而不空的青山是作为主体存在的。 虽然青山外面有白云，白云中间有游人。只是一时的景象。 待到云雾消散，游人归去，青山依旧是青山，所以诗人说："云飞人自还，尚有青山在。"正好呼应第一节的结尾："绝无人迹处，空山响流泉。"

这首诗看似五言旧体诗，实际上又并非胡适所说的"放大了的小脚"。 第一节的一、二两行看似五言，实际是回环的散文句式，具有内在的韵律，读之令人感到"散文美"。 接着而来的三四两行，因为不合五绝的平仄，也仍然散发着十分精炼的散文美。 第二节一、二行，虽像拗体五绝，却又并非五绝，仍然符合"诗体大解放"的要求。

（欧阳镜）

一 念

胡 适①

今年在北京，住在竹竿巷。 有一天，忽然由竹竿巷想到竹竿尖。 竹竿尖乃是吾家村后的一座最高山的名字。 因此便做了这首诗。

我笑你绕太阳的地球，一日夜只打得一个回旋；

我笑你绕地球的月亮儿，总不会永远团圆；

我笑你千千万万大大小小的星球，总跳不出自己的轨道线；

我笑你一秒钟走五十万里的无线电，总比不上我区区的心头一念。

我这心头一念：

才从竹竿巷，忽到竹竿尖，

忽在赫贞江上，忽到凯约湖边；

我若真个害刻骨的相思，便一分钟绕遍地球三千万转！

（选自《新青年》1918 年第 4 卷第 1 号）

【赏析】

在胡适尝试写作的新诗中，有一部分篇章，本身似乎并没有强烈的政治色彩，或没有什么重大的社会思想内容，主要是想从艺术表现方法的角度来探寻新诗写作的新路子，这些作品事实上也的确

---

① 胡适(1891—1962)，原名胡洪骍，字适之。 安徽绩溪人。 中国现代著名作家、学者。 1910 年赴美留学。 1917 年获哥伦比亚大学哲学博士学位。 同年回国，与陈独秀等发起文学革命运动，发表著名的《文学改良刍议》，是新文化运动的主将和《新青年》杂志的代表人物。 1920 年发表的《尝试集》为中国现代文学史上第一部新诗集。

取得了一定的成功。写于 1917 年秋冬间的《一念》即属此例，全诗诗体甚为解放，音节也十分自然和谐，在口语化的、近似散文的句式中，蕴涵着诗歌的强烈的音乐节奏感。朱自清在三十年代编选《中国新文学大系·诗集》时把此篇置于卷首，无疑是有艺术鉴赏眼光的。

和出奇制胜的诗歌内容相适应，该诗在具体的艺术处理方法上也是别开生面，即先用排比句指出了自然界星球的运转情况，以及新的科学技术产物（无线电波）的速度；更有意思的是，作者在四个排句中，每句都冠以"我笑你"三个字，这就通过对上述事物的速度的抑中有扬、扬中有抑的揭示，自然地引出了作者对于神速的人脑思维的赞叹：人的"区区的心头一念"，远比其他堪称神速的事物更为神速。诗作到这里恰到好处地插入作者对写作此诗动机的说明，并以此作为一个例证：我现住的竹竿巷和家乡的竹竿尖虽然相距几千里，但脑中一闪念就使两者相通。为了进一步说明这一点，作品又举例说：住在北京的我，一闪念同样可以心驰自己曾经留学过的地方——美国康奈尔大学和哥伦比亚大学的风景区赫贞江和凯约湖。本来，该诗完全可以就此打住，然而作者又补了画龙点睛的一笔：其实人脑思维的神速远不止此，"我若真个害刻骨的相思，便一分钟绕遍地球三千万转"。显然，这一句丰富的潜台词至少有这样的内容：人是万物之灵，而人之所以为万物之灵，在于他能思维，而且思维的能量是巨大的，尤其是那些具有独立人格和独立思维能力的人。由于作者思路开阔，摄取意象的角度巧妙，并且十分注意材料择取上的科学性和形象性，所以这首诗以很小的篇幅包含了相当丰富的思想容量。

（朱文华）

相隔一层纸

刘　复①

屋子里拢着炉火，
老爷吩咐开窗买水果，
说"天气不冷火太热，
别任它烤坏了我。"

屋子外躺着一个叫花子，
咬紧了牙齿对着北风喊"要死"！
可怜屋外与屋里，
相隔只有一层薄纸？

（1917 年 10 月　北京）

【赏析】

这首诗，读者一眼就可以看到一幅人间贫富悬殊生活的浮世绘。一面是"老爷"（富人）颐指气使、骄奢享乐的神态；一面却是"叫化子"（穷人）饥寒交迫，濒临死亡的惨状。当我们逼近这幅近于写实的图画面前，细细品味其深意时，便会发现它竟是一个两种情绪、两种遭遇、两个阶级剑拔弩张的情感世界。这个世界浸

---

① 刘复（1891—1934），原名刘寿彭，字半侬，笔名刘半农。江苏江阴人。1920 年赴英国入伦敦大学，翌年转往法国进巴黎大学，获文学博士学位。1925 年回国，历任北京大学、北平大学女子文理学院、辅仁大学、中法大学等校教授。1917 年从事新文学运动，提出了诗歌革新的主张，指出"真"是诗的唯一要素，反对旧诗人超脱于现实之外，游离于玄虚隐逸之间的虚伪诗风。著有诗集《扬鞭集》《瓦釜集》等。

透了诗人深挚的人道主义感情，而且蕴涵着"五四"时期社会的、民族的以及哲学的思想内涵。这短短八句的信息载体，确实承载着极其丰富的信息量。

首先，诗人以社会底层的下等人物入诗，并且选用"叫化子"这一具有定型指意的意象，以唤起读者对下层社会生活和人物的同情，这在早期白话新诗中是可贵的探索。"五四"时期，社会大动荡中社会矛盾空前激化与充分暴露，引起文学先驱者们的焦虑和注目。鲁迅的文学对象开始集注于下层社会"不幸的人们"，要求"揭出病苦"，"引起疗救的注意"。胡适也强调反映"贫民社会"的"一切痛苦情形"。（《建设的文学革命论》）刘半农自己也宣称："非致力于下等社会之实况之描写不可。"（《中国之下等小说》讲演）尽管当时还不可能用历史唯物史观、阶级论的观点来考察社会现象，但诗人在新诗领域中敢于正视现实黑暗，揭露贫富不均，同情底层不幸人物，并且如鲁迅所说："敢于如实描写，并无讳饰"，确实体现了现代民主主义思想和觉醒了的时代精神。因而诗中叫化子这个具有定型指意的形象、有了广阔的社会意义和人道主义的内容，能激发读者对下层人物深挚的同情。

其次是多重对比的突出表现。"屋子里"的"老爷"和"屋子外"的"叫化子"，一开始就把他们放置在两个不同的社会背景上，形成强烈的对照。一是富与贫的对比：一个饱食终日，一个饥寒交迫，从而突出两个不同阶层的生活；二是暖与冷的对比："老爷"在炉火前嫌火太热，怕烤坏了富贵人的身子，对立面的"叫化子"却冷得喊"要死"。诗人用"炉火"对比"北风"，老爷说"天气不冷"对照叫化子冷得"咬紧了牙齿"等生动入微的细节，描写出一幅鲜明的残酷的生活图景。在多重对比之后，这样沉重的感受，诗人却用一句看似无足轻重的话作结束："相隔只有一层薄纸？"这种举重若轻，把尖锐冲突的情景化入平淡的反衬手法，能达到"含不尽之意见于言外"的效果，使读者的心灵受到强烈的撞击。

第三是结构的处理方法上很有特色。这两节诗很像两个大特写，也类似现代电影中蒙太奇的镜头，省略掉其他多余的东西，只将两个对比的人物具体实现在读者面前，以强烈的视觉效果来占据读者的心灵。这类写法虽然不能作为今天新诗审美的规范，但这首诗在当时就能运用对比、蒙太奇特写镜头一类的结构处理，确实能充分地展现诗人如实地描写生活，平实地抒写生活感受，表现社会人生的创作意图，给读者留下了一幅真实得近于残酷的社会生活画幅。

（唐　祈）

炸 弹

陶行知①

沉默，沉默，

沉默是你的性格。

你平生只说一句话，

从不顾粉身碎骨，

在惊天动地的爆炸中，

诞生了幸福的新国。

【赏析】

这是一首具有传统手法的咏物诗。乍读此诗，会觉得诗人确实是在咏颂炸弹。它在爆炸中粉身碎骨，却杀伤大量敌人，救了中国。但再读一遍，便可领悟到炸弹并非炸弹本身，而是一种象征。它可以象征一位革命者或者爱国志士，宁可在战斗中牺牲自己的一切；也可以象征中国人民乃至中华民族，浴血奋战，前仆后继，直至消灭敌人，建立一个新中国。

这也是一首言志的诗。诗人借炸弹的形象，来比喻和抒发自己的情怀。诗人自己愿意像炸弹一样，为人民为民族而献身。同时，诗人也通过这首诗，乐观地预言：经过艰苦的斗争和巨大牺牲后，必然诞生一个人民的新中国。

---

① 陶行知(1891—1946)，安徽歙县人。原名文濬，后改知行，又改行知。留美期间，曾师从实证主义教育家杜威。回国后，于1920年发起组织中华平民教育促进会，推动平民教育运动。1927年创办晓庄学校。1932年创办生活教育社及山河工学团。著有《行知诗歌集》。

陶行知主张"根据大众语，来写大众诗"。 所以他的诗，在当时能广为流传，工农妇孺皆可诵之。《炸弹》这首诗，便是使用口语写成的，易读、易懂、易记、易唱。 这首诗最主要的艺术特色是凝练，只用短短的六句，却容纳了非常博大深刻的内容。

（高　缨）

天　狗

郭沫若①

一

我是一条天狗呀！

我把月来吞了，

我把日来吞了，

我把一切的星球来吞了，

我把全宇宙来吞了。

我便是我了！

二

我是月的光，

我是日的光，

我是一切星球的光，

我是 X 光线的光，

我是全宇宙的 Energy 底总量！

三

我飞奔，我狂叫，

我燃烧。

---

① 郭沫若（1892—1978），四川乐山人，现代杰出的诗人、作家、历史学家。早年留学日本，"五四"时期开始新诗写作，第一本诗集《女神》为中国新诗的奠基作品。1921 年发起组织新文学团体创造社，影响巨大。新中国成立后，任中国科学院院长，中国文联主席等职。

我如烈火一样地燃烧！

我如大海一样地狂叫！

我如电气一样地飞跑！

我飞跑，

我飞跑，

我飞跑，

我剥我的皮，

我食我的肉，

我吸我的血，

我啮我的心肝，

我在我神经上飞跑，

我在我脊髓上飞跑，

我在我脑筋上飞跑。

我便是我呀！

我的我要爆了！

（1920 年 2 月）

【赏析】

　　天狗的比喻来自我国民间传说。 人们将日蚀、月蚀，看作是太阳和月亮为天狗所吞食，因而需要采取一定措施（如鸣锣呼唤）加以营救。 在这里，天狗是坚强意志和巨大力量的化身。 这种对自我的确信，使诗人产生"我是一条天狗"的比喻。 这条天狗，不仅如传说的那样吞下日、月，而且容纳得下"一切的星球"，容纳得下"全宇宙"，而日、月、一切星球的光和全宇宙的总能量，也便为它所拥有。 于是，它便无所不能。 它不仅凌驾于日、月之上，而且自然地会产生超越，凌驾于原来"我"的个体之上的意念。"我剥我的皮，我食我的肉，我吸我的血……"正强烈地表现了要突破我的限制，使"自我"升华，成为另一充溢于整个宇宙之间的新"我"。"自我"的膨胀和确信，在 20 世纪世界诗歌主潮中已经消失，取代的是对自我力量的怀疑和认识上的困惑。然而，对于具有特殊国情和文化传统的中国来说，当时的诗人们普遍难于产生这样的观念和情绪。

《天狗》是"火山爆发式的内发感情"的自然宣泄。倾泻式的排比句是它的基本句式。"我的我要爆了"，因此，似乎唯有采用这种自由体，才能使蕴蓄的激情的能量得到释放。自然科学的一些词汇（如 X 光线、电气、神经、脊髓等）和外文入诗，是《天狗》另一特点，也是郭沫若和其他一些诗人当时诗作的一种风尚。

（洪子诚）

雪花的快乐

徐志摩①

假如我是一朵雪花，

翩翩的在半空里潇洒，

我一定认清我的方向——

飞扬，飞扬，飞扬，——

这地面上有我的方向。

不去那冷寞的幽谷，

不去那凄清的山麓，

也不上荒街去惆怅——

飞扬，飞扬，飞扬，——

你看，我有我的方向！

在半空里娟娟的飞舞，

认明了那清幽的住处，

等着她来花园里探望——

飞扬，飞扬，飞扬，——

啊，她身上有朱砂梅的清香！

----

① 徐志摩（1896—1931），浙江宁海县人，中国现代著名诗人。曾留学于美国与英国，为新月社主要成员。著有《志摩的诗》《翡冷翠的一夜》《猛虎集》《云游集》等诗集，散文集有《落叶》《巴黎的鳞爪》《自剖》。徐志摩的主要成就是在诗歌创作方面，他的散文艳丽、活脱，具有诗的格调与意蕴。

那时我凭借我的身轻，

盈盈的，沾住了她的衣襟，

贴近她柔波似的心胸——

消溶，消溶，消溶，——

溶入了她柔波似的心胸！

（1924 年 12 月 30 日）

【赏析】

这首诗，在一朵飞扬的雪花身上，寄托了诗人专注不二的爱情。一九二四年诗人结识并恋上了多才多艺的陆小曼，同年最后一天写下了此诗，两者之间也许不无关系。

诗人设想自己是一朵雪花，纯洁、晶莹、飘逸，这符合诗人的品格、诗的风格。雪花恰似诗人的化身，只有他那出神入化的想象，才能有如此精美绝伦之比。诗人的恋情表现得那样潇洒、执拗、细腻、热烈。诗人把自己当作一朵"翩翩""潇洒"的"雪花"，而且"认清我的方向"，不去"幽谷"，不去"山麓"，也不去"荒街"，径直"飞扬"到"情人""清幽"的"住处"，"等着她来花园里探望"，发现"她身上有朱砂梅的清香"后，便"凭借我的身轻，盈盈的，沾住了她的衣襟"，并且"贴近她柔波似的心胸"，"消溶"，一连三个"消溶"，表明决心和她融为一体。这里，诗情外表轻盈潇洒，而内里却凝重而专注。这种对爱情或是对美的洒脱而执著的追求，是诗人一往情深的自白，有多少言外之意起伏于字里行间。

这首诗的形式和内容达到了完美和谐的统一，是一首典型的新格律诗，它分节写来，每节字数相同；用韵也遵循一定的格律，每节头两行押同一韵，后三行换另一韵，中间两行前面缩进一格，后面加破折号以示延长。这样，读起来朗朗上口，抑扬顿挫，有一定的节奏感。诗的语言平白浅近，没有别扭的僻语，却构成一种风格：清丽、俊逸、隽永，情意缠绵，一望而知属于徐志摩，而不是别人。

（马振五）

云　游

徐志摩

那天你翩翩的在空际云游，
自在，轻盈，你本不想停留，
在天的那方或地的那角，
你的愉快是无拦阻的逍遥，
你更不经意在卑微的地面，
有一流涧水，虽则你的明艳，
在过路时点染了他的空灵，
使他惊醒，将你的倩影抱紧。

他抱紧的只是绵密的忧愁，
因为美不能在风光中静止；
他要，你已飞度万重的山头，
去更阔大的湖海投射影子！
他在为你消瘦，那一流涧水，
在无能的盼望，盼望你飞回！

【赏析】

受过剑桥乳汁哺育的徐志摩，血管里始终奔流着雪莱、拜伦、济慈式的激情。应该说，《云游》正是这种浪漫主义审美情感的又一次喷发。

与诗人前期清新飘逸的诗歌相比，《云游》则以更为纯熟的技巧，道出了诗人无限缠绵的心绪。整饬的诗行，虽脱胎于欧洲的商籁体，却又分明显示着徐志摩特有的圆润、洒脱与奔放；缥缈的意象，已将时间浓缩，过去与未来在这里划下运行的轨迹；纯真的情感，穿越广袤的空间，展示着诗人的赤诚和柔肠。对此，与其说诗人在抒发"荒忽兮远望，观流水兮潺湲"式的惆怅，倒不如说他正一任自由的诗思"翩翩的在空际云游"。

但是，"一流涧水"毕竟是诗人人格的写照。志摩在给胡适的信中曾这样自白："我又是绝意于名利，所要的只是'青草人远，一流冷涧'"。是的，单纯的理想主义，看似隽永，终究狭隘；意欲摆脱世事烦扰的"空灵"和清冷，只能是那种理想之梦的虚幻色彩。也许，诗人曾为"将你的倩影抱紧"而陶醉，但现实终于使他明白："你的愉快是无拦阻的逍遥"，"美不能在风光中静止"，恰似涧水的生命在于汩汩流动一样。

看来，诗人此刻正从"幻灭"后无所适从的状态中"惊醒"，他希冀得到"一个真的复活"。有意于超脱自我，而缕缕情丝，剪不断，理还乱。在北平，不少人曾劝志摩：如果陆小曼执意不肯北上，就与她离婚。但素以"无限的同情和悲悯"作为自己行为准则的诗人，当然不会采纳为自己的解脱而毁了爱侣的做法。他在给小曼的信中剖白了自己烦乱如麻的心境："我一人在此，处处觉得不合式，你又不肯来，我又为责任所羁，这真是难死人也"。可谓进亦忧，退亦忧，欲合不能，欲罢不成！为此，诗人只能将一腔深情，寄予"无能的盼望"。这一行行清词丽句，或许还少点拜伦、雪莱等"摩罗"诗人的狂放气魄，多点凄苦孤寂的意味，但比起"衣带渐宽终不悔，为伊消得人憔悴"来，却有着同样的深沉和执著。

从《云游》中，人们可以看到诗人对爱的炽热和殷切，但更能体味到诗人单纯信仰的失望、幻灭转而追求"真的复活"——依旧是"信仰"，却已开始升华。诗人凌驾着情感的波涛，以行云流水似的旋律，抒发着颇含苦涩的胸臆，从而构成了《云游》的那种忧郁却又清旷，单纯而又深湛的意境，给人以很高的艺术享受。

（曹福华）

光　明

朱自清①

风雨沉沉的夜里，

前面一片荒郊。

走尽荒郊，

便是人们的道。

呀！黑暗里歧路万千，

叫我怎样走好？

"上帝！快给我些光明罢，

让我好向前跑！"

上帝慌着说，"光明？

我没处给你找！

你要光明，

你自己去造！"

（1919 年 11 月 22 日）

【赏析】

　　这首诗写于 1919 年。 开头就描写风雨沉沉的黑夜和空旷凄凉的荒野，暗示出当时动荡不安的社会背景和捣毁一切封建偶像之后

　　① 朱自清（1898—1948），字佩弦，原名自华，号秋实。 祖籍浙江绍兴。他是早期文学研究会会员，也是当时新诗的一位主将。 他的诗清新优美，自成一统。 他主编的《中国新文学大系·诗集》，对新诗发展有重要作用。 他一直从事大学教学与民主运动，坚持新诗研究与古籍整理，对新诗理论建设做出过重大贡献。 著作 30 余种，如《踪迹》（诗集）、《雪朝》（诗合集）、《新诗杂话》（诗论集）、《朱自清散文集》、《朱自清诗文选集》等。

所形成的虚无场。 人们陷于走投无路的空虚、迷惘的逆境中，只有摆脱黑暗的笼罩，走出荒漠，才能获得新的生命。 然而，黑暗里歧路万千，走出这条死亡的迷宫，对光明的殷切呼唤与执著追求，自然成了诗人的第一需要与第一行动，同时也是诗人的理想模式。

然而光明的获得何等的不易，诗人想求助于万能的上帝，上帝却感到无能为力，只能告诫诗人"你自己去造"，这正是"五四"时代的主题音响——自己选择自己、自己创造自己，以求得生存的权力，这也是"五四"青年的生存方式和行为方式。

诗人先着力描写黑暗的浓重、庞大，然后将光明从浓重的黑暗背景上推拉出来，造成一种对比。 通过对比强调获得光明的重要性及其艰难性；通过昔日的上帝与今日的上帝之间的对比（昔日的上帝是光明的创造者，他无所不在，无所不能；而今日的上帝则一无所有，既不能创造光明，也不拥有光明），暗示出上帝形象的变异，而上帝形象的变化，则意味着时代发生了天翻地覆的变化。 在这个世界上，既没有万能的上帝，也没有救世主，要想生存下去，只有依靠自己，用自己的肩膀去撞击生活，用自己的意志去征服生活，这标志着"五四"时期强烈的独立、自主意识的觉醒。

这首诗语言自然、质朴，既没有雕琢，也没有散漫化的欧化倾向，而是随着诗人自己情感的律动和思维程序，随意赋形。 对比手法的运用、减少了空洞、艰涩的理性色彩；现代口语的引入，增加了全诗的素朴、淡雅，使全诗显得生动、活泼。

（吕周聚）

不足之感

朱自清

他是太阳，

我像一枝烛光；

他是海，浩浩荡荡的，

我像他的细流；

他是锁着的摩云塔，

我像塔下徘徊者。

他像鸟儿，有美丽的歌声，

在天空里自在飞着；

又像花儿，有鲜艳的颜色，

在乐园里盛开着；

我不曾有什么，

只好暗地里待着了。

（1920 年 10 月 3 日　杭州）

【赏析】

这首诗不是孤立地写"他"，也不是孤立地写"我"，而是写"我"和"他"之间的比较。这种比较不是拘实的，而是审美的。作者当然曾把"他"和"我"的各种实际情况作过细致的比较，但这种实际比较并不具备诗的素质。在此基础上，作者把"他"和"我"的比较作为观照对象，反复揣摩玩味，以致浮想联翩，这才开始进入诗的创作过程。诗中出现的已不是"他"和"我"的实际情况的比较，而是由此升华出来的联想和想象，即诗里接连出现的那些比喻。

第一节是把"他"和"我"作静态比较。三组比喻既表现了两人的大小高低之差，也表现了两人的密切联系："太阳"和"烛光"都是发光体；"海"和"他的细流"密不可分；"塔下徘徊者"对"摩云塔"更是怀着亲近和仰慕。

第二节是把"他"和"我"作动态比较。关于"他"的两个比喻，较之第一节的比喻有更强的形象性，贴切地表达了"我"对"他"的理解：因其具有非同寻常的品德和才能，故能获得崇高的声望和巨大影响。结尾明确点出了自己的"不足之感"："我不曾有什么，／只好暗地里待着了。"联系上文可知，这绝不意味着"我"自甘埋没，而是意味着"我"将针对自己的"不足"，以"他"为榜样，奋发向上。

"五四"时期的新诗大都写得直白浮露。朱自清在一九二〇年写的这首诗，跳出了直陈其事和直吐情怀的窠臼，而能在发挥想象的基础上创造一连串的比喻，把感情渗入其中，这在当时是难能可贵的艺术探索。

（吕家乡）

我是少年

郑振铎①

一

我是少年！我是少年！

我有如炬的眼，

我有思想如泉。

我有牺牲的精神，

我有自由不可捐。

我过不惯偶像似的流年，

我看不惯奴隶的苟安。

我起！我起！

我欲打破一切的威权。

二

我是少年！我是少年！

我有喷腾的热血和活泼进取的气象。

我欲进前！进前！进前！

我有同胞的情感，

我有博爱的心田。

我看见前面的光明，

我欲驶破浪的大船，

---

① 郑振铎（1898—1958），祖籍福建长乐，生于浙江永嘉。现代著名的作家、学者、文学史家和藏书家。著有《插图本中国文学史》《中国俗文学史》《西谛书话》等。有《郑振铎文集》和《郑振铎选集》行世。

满载可怜的同胞，

进前！进前！进前！

不管它浊浪排空，狂飙肆虐，

我只向光明的所在，进前！进前！进前！

（选自《新社会》1919 年第 1 号）

【赏析】

这首诗，首先让人感受到的是强烈的五四时代精神。通篇竟用了二十个"我"字，令人想到三个多月后郭沫若发表的《天狗》："我飞奔，／我狂叫，／我燃烧！／我如烈火一样地燃烧！／我如大海一样地狂叫！／我如电气一样地飞跑！……"也许，郑诗没有郭诗那样"狂"；但其反抗叛逆的思想无异，热烈进取的精神则一。郑振铎与郭沫若分别是文学研究会与创造社这两个不同流派的新文学社团的主要负责人与代表作家，但他们最早的诗的风格竟这样相似，这说明形势所趋，潮流所向，对于一切进步的文学青年来说，有着超乎文学流派、创作方法之上的强大影响。

从艺术上看，这首诗没有巧妙的构思、美丽的修辞，在形式上似乎是略嫌粗糙的。但是，它以气势取胜，以激情动人。一往无前，先声夺人。它的第二段竟一连用了九个"进前"，犹如吹响了嘹亮的进军号角。它像一篇豪迈的宣言书，坦露了少年郑振铎的壮怀豪情。诗中的"我"，是诗人自己，同时又是当时整个朝气蓬勃的觉醒了的一代人。可以说，郑振铎一放开诗喉，便向内融入了当时民族的最强音；同时，也向外汇入了时代的金鸡的晨唱。六十多年后，叶圣陶说过："振铎兄的这首《我是少年》发表在'五四运动'之后不久，可以说是当时年轻一代觉醒的呼声。这首诗曾经有人给配上谱，成为当时青年学生普遍爱唱的一支歌。……跟他结交四十年，我越来越深地感到这首诗标志着他的一生，换句话说，他的整个生活就是这首诗。他始终充满着激情，充满着活力，给人一种不可抗拒的感染。"

该诗是否被谱过乐曲，待考。但当时在美国哈佛大学任教授的著名语言学家赵元任，曾为该诗配过朗读用的表谱，并亲自朗诵，灌成唱片，广泛流传于国内外。他在所编《国语留声片课本》中说："这一首的节律颇复杂"，"念起来要照意思变通"，指出了该诗在节奏韵律艺术上的特色。

（陈福康）

太阳吟

闻一多①

太阳啊，刺得我心痛的太阳！

又逼走了游子底一出还乡梦，

又加他十二个时辰底九曲回肠！

太阳啊，火一样烧着的太阳！

烘干了小草尖头底露水，

可烘得干游子底冷泪盈眶？

太阳啊，六龙骖驾的太阳！

省得我受这一天天底缓刑，

就把五年当一天跑完那又何妨？

太阳啊——神速的金乌——太阳！

让我骑着你每日绕行地球一周，

也便能天天望见一次家乡！

太阳啊，楼角新升的太阳！

_____

① 闻一多（1899—1946），湖北浠水人。原名闻家骅。1912年考入清华大学。在"五四运动"中，积极参加爱国学生运动。1921年与梁实秋等发起成立清华文学社。1922年赴美留学。1923年发表第一部新诗集《红烛》，回国后任北京艺术专科学校校长。1928年任武汉大学文学院院长兼中文系主任，致力于中国古典文学研究，在《楚辞》研究和神话研究方面均有较高造诣。曾在青岛大学，清华大学，西南联大等校任教。1947年为国民党特务杀害。

不是刚从我们东方来的吗？
我的家乡此刻可都依然无恙？

太阳啊，我家乡来的太阳！
北京城里底官柳裹上一身秋了罢？
唉！我也憔悴的同深秋一样！

太阳啊，奔波不息的太阳！
你也好象无家可归似的呢。
啊！你我的身世一样地不堪设想！

太阳啊，自强不息的太阳！
大宇宙许就是你的家乡罢。
可能指示我我底家乡底方向？

太阳啊，这不像我的山川，太阳！
这里的风云另带一般颜色，
这里鸟儿唱的调子格外凄凉。

太阳啊，生命之火底太阳！
但是谁不知你是球东半底情热，
同时又是球西半底智光？

太阳啊，也是我家乡底太阳！
此刻我回不了我往日的家乡，
便认你为家乡也还得失相偿。

太阳啊，慈光普照的太阳！
往后我看见你时，就当回家一次；
我的家乡不在地下乃在天上！

【赏析】

《太阳吟》作于诗人 1922 年在美国留学期间，是诗集《红烛》中一首著名的爱国诗篇。诗人把"太阳"作为自己对话的伙伴和歌吟的对象，看来不是无因的。第一，诗人置身异域，倍受民族歧视，环顾四周，能与自己平等以待、坦诚相对者能有多少？唯独太阳日复一日，"慈光普照"，不因肤色不同而有所偏废，这自然令诗人产生亲切之感。第二，古诗云："悲歌可以当泣，远望可以当归。"（《悲歌》）登高望远，所见到的山川、田畴、炊烟之类，同属华夏景物，当然会激起家乡之思，田园之念，在精神上得到某种安慰。可是诗人这一次离家万里，远隔重洋，触目所见，正像诗人在诗中所写的："这不像我的山川"、"这里的风云另带一般颜色"……究竟什么东西才能承担自己感情的重托、成为家乡祖国的象征呢？诗人不由得想起了太阳，是啊，中美两国分别处于地球东西两半球，而太阳给人的感觉不就是由东而西照射大地，换句话说，在美国所看到的太阳不就是刚从东方的祖国上空一路照射过来的吗？蓄之既久，其发必速，正是诗人胸中久久翻滚着爱国的波涛，一旦找到了喷射口（"太阳"这个象征物），才立刻奔泻而出，转化成了这首激情澎湃、势不可遏的诗篇。

（孙光萱）

春　城

李金发①

可以说灰白的天色，
无意地挟来的思慕。

心房如行桨般跳荡，
笔儿流尽一部分的泪。

当我死了，你虽能读他，
但终不能明白那意义。

温柔和天真如你的，
必不会读而了解他。

在产椰子与芒果之乡，
我认识多少青年女人，

不但没有你清晨唤犊的歌喉，
就一样的名儿也少见。

---

① 李金发（1900—1976），原名李淑良，曾用笔名金发、华林、兰帝等。 广
东梅县人。 1919 年赴法国留学，在第戎、巴黎学雕塑，擅长绘画、音乐。 1920 年
开始创作新诗。 法国象征派诗人波特莱尔和魏尔仑给他以很大影响。 他的诗用新
奇晦涩的意象和风格表现对生命、死亡、爱情的感喟，对美和虚幻的追求和大自然
的歌颂，当时曾被人称为"诗怪"。

我不懊恨一切寻求的失败，
但保存这诗人的傲气。

往昔在稀罕之荒岛里，
有笨重之木筏浮泛着；

他们行不上几里，
遂停止著歌唱——

一般女儿的歌唱，
末次还衬点舞蹈！

时代既迁移了，
惟剩下这可以说灰白的天色。

【赏析】

诗以"春城"为题，"春城"的意象也变成了诗人心中故乡的象征。

为了展开这一陈旧而古老的主题，诗人避去了晦涩的象征调子。 在表达情感的方式上，诗人很坦率，但又保留了一点朦胧。他在诗里告诉人们，在异邦一个没有阳光的灰白的天色里，无意中卷起了心中对遥远家乡的思慕之情。 自己那颗不宁静的心，如打水的船桨般跳荡不已，他的诗笔也不由自主地流泻出思乡之泪。 "日暮乡关何处是，烟波江上使人愁"。 诗人思乡的痛苦之深，思念之切，是无法被别人理解的。 即使自己死去了，那带着"温柔和天真"的异国少女（就是诗中的"你"），也无法读懂自己用泪写下的诗篇,永远不能明白那里深藏的情意。 这八行诗里,诗人没有说出思乡的字样,写心的跳荡,写笔的挥泪,写别人不解,都把自己深藏的思乡之情渲染得非常深切,有一种深不可测的感觉。 这里饱含了一个远离故国的青年游子思乡之情与人生经历结合的忧郁和痛苦感。

接着,诗人由思念之情的抒发转入对故乡人情风物的描写。 记忆把遥远的时空拉到了眼前。 在那南国之乡,有迷人的景物,更有我怀念的勤劳而质朴的人。 "我认识多少青年女人",她们没有动听的歌喉,也没有悦耳的名字,她们那种南国乡下女子的勤劳、强悍、热情、单纯,都是无法比拟的。 她们的声音和家乡的土地一样朴实,她们的名字同她们的心灵一样单纯。 她们是我故乡的象征,也是我故乡的骄傲。 对于此生奔波漂流中一切"寻求的失败",我是一点也不觉"懊恨"的,还将永远保存我这点"诗人的傲气",即对家乡和家乡人眷恋的深情,透露着一颗真诚的赤子之心的闪光。 朴拙的诗句中浸透着诗人的真情与固执的乡恋!

接着是对记忆中故乡女儿们劳动欢乐的生活与性格的更具体的描绘。 以前在那些人迹罕到的荒岛上,飘泛着多少笨重的木筏,撑着这些木筏的正是那些黝黑健壮的南国女儿。 她们承受着家乡最沉重的劳动。 笨重的木筏走不上几里,她们边劳动边歌唱的声音便停止了,歌声止处,她们又跳起了欢快的舞蹈。 从这一幅充满生机的劳动女儿的图画里,可以看出作者在这些劳动女子的身上倾注了多少热爱的感情。 《春城》远远超出一般吟咏流连风景的思乡诗的范围。 年青诗人一颗人道主义的赤子之心,对劳动人民精神风貌真正的爱心,在诗里灼灼可见。

最后两行诗由想象拉回到现实,由实写转变到虚写。 时光的流逝，洗去了诗人童年或少年时的记忆。 时代变迁了，往昔家乡美好的风貌也已经淡远了。 故乡的风物和故乡的人怎样了呢？灰白的天色留给自己的只能是一片灰白的思绪。 圆圈式的抒情结构使诗人又回到了灰白的天色之中。 但这时的心境已与开头不同，给人一种沉重的失落感。

（孙玉石）

假如你愿意

俞平伯[1]

我不能有你，
且不能有我自己，
我当为你所有；
假如你愿意。

我厌弃自由了，
我厌弃我底心了，
把它们交给你，
都交给你；
假如你愿意。

我微细得来像尘土一样，
在你脚底下踹着，
到你脚跟沾有尘土的时光，
我便有福了。

---

① 俞平伯（1900—1990），中国现代诗人、散文家、著名红学家。浙江德清人。1919 年毕业于北京大学，次年到杭州第一师范学校任教。1922 年与朱自清等人创办《诗》月刊。曾先后任教于上海大学、燕京大学、清华大学、北京大学、中国学院，新中国成立后任北大教授。1952 年任中国社会科学院文学研究所研究员。主要著作有诗集《冬夜》，散文集《燕知草》《杂拌儿》等。

【赏析】

无可否认,《假如你愿意》一诗表现出仿佛是一种悲观主义的情绪。从诗中之"我"对待爱情、对待生命、对待自由乃至对待"自我"的方式上都可以看到这一点。人生在某种极度悲观与苦闷的时候,常常会感到只有放弃一切欲念,乃至放弃主体自我的种种权利,才能获得解脱。

但任何悲观的心理都是矛盾的,诗人一方面宣喻,"我厌弃自由","厌弃我底心"。却又期冀着"我"能做一粒尘土,跟随着"你",认为这样"我便有福了",尽管诗人所表现的这种"福"是那么卑微、可怜,但毕竟让人们看到,诗中之"我"所期待的渴求和欲望。

这欲望便是得到自己日夜倾慕的女子的爱,正是因为这日夜渴求而不得的爱,使得他宁可抛弃人生的一切,去换取她的爱,所以有第二节的"厌弃"和"交给";第三节的愿意当踹在她脚下的"尘土"。那么,第一句的"我不能有你",就可解释为:我不能占有你,而为你所有,以表示对所爱慕女子的崇拜敬仰。这是恋人常有的一种心理。如此看来,使抒情主人公产生这一系列悲观情调的根源,在于对那女子的渴求而得不到的爱情,即悲观来自积极追求的失望。悲观是表象,而追求是实质。诗作的成功,在于表现了男女热烈追求而又未获得爱情时的微妙心理。

这首小诗基本上采取了一种直接宣叙的方式,但由于其带有某种哲学意味的短句和诗篇之中的内在矛盾性,以及最后一节不为常见的比喻方式,使它仍然显得比较耐读,即作为一首抒情小诗,它还是有其特点的。至于诗中所流露出的悲观主义的人生态度,不同读者可能会有不同的取舍。但能够认识它,了解它,终是一件快事。

(李 黎)

风　中

俞平伯

前有秋云来后有秋风，

吹过了山河万万重，

把大地杀声抖动。

黄叶纷纷的辞家——花花，

我守着他，悄然泪下；

风卷起来，下去！——沙沙沙。

（1921 年 10 月 20 日）

【赏析】

作为新潮社的发起人之一，俞平伯在"五四"时期，曾奋起歌唱；"五四"的大潮退去之后，他与当时不少知识分子一样，又不免苦闷和消沉。这首诗便是他在"五四"大潮退去之后的心绪的印记。这却是真实的印记。他在《冬夜》自序中说："我怀抱着两个做诗的信念：一个是自由，一个是真实。"不错，他实践着他的这种信念。

秋风，秋云，黄叶，悄然泪下，这情景自然是悲凉的。诗人借景抒怀，毫不掩饰他内心的苦痛。也许调子低沉了一点儿，但真切的抒写终胜过虚伪造作。"迫切的人的情感"，是朱自清先生所归纳的俞平伯诗作的特色之一（见《冬夜》朱序），这首诗的情感当堪称迫切。

俞平伯力主"诗底律令"的自由，力主"随随便便的，活泼泼的，借当代的语言，去表现出自我，在人类中间的我"，因而，他的这首诗与他的《冬夜》集中其他好些诗作一样，在形式韵律上无拘无束。 全诗短短六行，前三行与后三行各自用韵，并不求一韵到底。 这完全是以韵律服从写景抒情的需要，而不是相反。 而且，为了加强情感的"迫切"，又每句的末尾都用韵（第五句中间隔断时也用韵），这样咏吟起来会使人自会体味到诗人那种"迫切"之感。

这首诗是新诗诞生之初不过三四个年头的作品，它在自由抒写方面显然已经取得较大的成功。

（尹在勤）

心　响

穆木天①

几时能看见九曲黄河，
盘旋天际，
滚滚白浪；
几时能看见万里浮沙，
无边荒凉，
满目苍茫。

啊！广大的故国，
人格的殿堂；
啊！憧憬的故乡呀，
我对你为什么现出了异国的情肠。

飘零的幽魂，
几时能含住你的乳房，
几时我能拥在你的怀中。
啊！禹城　我的母亲！
啊！神州　我的故邦！
啊！死者的血炎！
啊！人心的叫响！

---

① 穆木天(1900—1971)，吉林省伊通县人。 现代著名诗人、文学翻译家、
教授。 1949 年前出版有诗集《旅心》《流亡者之歌》《新的旅途》，散文集《平
凡集》等。

地心潜在猛火的燃腾!

啊! 云山苍茫,

啊! 我对你为什么作异国的情肠。

啊! 几时能看见你流露春光,

啊! 几时能看见你杂花怒放。

神州、禹城、朦胧的故乡,

几时人能认识你的灿烂的黄金的荣光。

啊! 人格的殿堂,

我为什么对你作异国的情肠。

啊! 落霞的西方!

啊! 无涯的云乡!

(1925 年 7 月 3 日)

【赏析】

在穆木天的诗集《旅心》中,《心响》是爱国主义思想较为突出的一首。 该诗作于一九二五年七月,作者正在日本留学。 他身居东瀛,遥望祖国,看到"落霞的西方""无涯的云乡",一种游子思乡的情绪油然而生。 诗篇首先抒发了诗人对神州故土的思恋:"几时能看见九曲黄河/盘旋天际/滚滚白浪/几时能看见万里浮沙/无边荒凉/满目苍茫"。 滚滚的九曲黄河,是伟大中华民族的象征;苍茫而荒凉的万里大漠,显示祖国幅员辽阔。 作者以"几时能看见"的排比复句,写出了在异国对祖国的怀念。 诗人还进一步歌唱了故国的文明历史,称其是"人格的殿堂"。 穆木天认为,诗人"是发扬'民族魂'的天使",应当"歌颂我们历史的珍珠"

（《给郑伯奇的一封信》）。他这是针对资本主义国家的某些"假的文明"而发的。接着，诗人又直接抒发了对祖国的赤子之爱："飘零的幽魂／几时能含住你的乳房／啊！禹城 我的母亲／啊！神州 我的故邦。"作者以"飘零的幽魂"吮含母亲乳房取喻，形象贴切，富于表现力。

朱自清指出："穆木天氏托情于幽微远渺之中，音节也颇求整齐。"（《〈中国新文学大系·诗集〉导言》）《心响》诗以昂扬的格调（全诗为"江阳"韵），表现了幽远的爱国情思。它不同于《旅心》中多数象征色彩浓重的诗篇，而呈现出较多的浪漫主义气息。

（蔡清富）

落 花

穆木天

我愿透着寂静的朦胧，薄淡的轻纱，
细听着浙浙的细雨寂寂在檐上激打。
遥对着远远吹来的空虚中的嘘叹的声音，
意识着一片一片的坠下的轻轻的白色的落花。

落花掩住了藓苔、幽径、石块、沉沙，
落花吹送来白色的幽梦到寂静的人家，
落花倚着细雨的纤纤的柔腕虚虚的落下，
落花印在我们唇上接吻的余香。啊！不要惊醒了她，
啊！不要惊醒了她，不要惊醒了落花，
任她孤独的飘荡、飘荡、飘荡、飘荡在，
我们的心头，眼里，歌唱着，到处是人生的故家。
啊！到底哪里是人生的故家。啊！寂寂的听着落花。

妹妹，你愿意罢。我们永久的透着朦胧的浮纱，
细细的深尝着白色的落花深深的坠下，
你弱弱的倾依着我的胳膊，细细的听歌唱着她：
"不要忘了山巅、水涯、到处是你们的故乡，到处你们是落花"。

（1925 年 6 月 9 日）

【赏析】

这首诗不同于一般的浪漫主义抒情之作，具有象征派诗幽远朦胧的特征。诗人找到了落花这一情感的象征物，把两种感情的溪流巧妙地交汇在一起，使得落花的吟咏成为一个短小的复调主题的二重奏。诗的第一主题是爱情甜蜜的追求，诗的第二主题是人生漂泊的感叹。诗人把这两个主题、两种情调交错地深寓在富于飘零与甜美色彩的"落花"这个意象之中。

《落花》是初恋时诗人心态的素描。与恋人刚刚欢聚离开，心被一种甜美和宁静笼罩着。这时，诗人是多么深情地在回味着自己爱情的甜蜜和纯洁啊！"落花"进入诗人的意识而成为这一情思的象征物，是非常自然的选择。诗思就从这里开始了。

诗人倾听的心是那样细腻：他愿透过"寂静的朦胧"与"薄淡的轻纱"，即在黄昏与薄雾中"细听"檐雨的淅沥和由远方飘来的一声"嘘叹"，意识到那是一片片坠下的"轻轻的白色的落花"。这是落花的"嘘叹"，也是一种美的飘落的声音。在这轻轻的白色落花的"嘘叹"声中，诗人在朦胧的境界中品味着恋人情感的"细语"与纯洁的深情。"细雨"、"落花"都被赋予了象征意义而具有了某种感情。

诗的第二节说，这落花如两人的情感无处不在一样，洒满了整个世界，也把"白色的幽梦"吹到自己的心头。这落花是那样柔婉多情，又是那么令人浮想联翩，令人陶醉。诗人用细腻的笔调，由远到近地展开了这第一主题的抒写。朦胧的色调中表达了似爱非爱、似花非花的境界。

落花已经成了两人爱情联结的象征。她在两个人的感情上都唤起了一种美的联想、飘零的联想。转入第三节后，诗由一个人的独咏，变为一对恋人同声的倾诉。"落花"的意象也逐渐被赋予另一番孤独漂泊的感情色彩，于是乐曲的第二主题由隐而显地呈现出来。 落花的孤独漂泊、无家可归的感情，同时也是诗人和恋人共同情感的一种外化，是处在异国他乡一个青年学子心态的象征。 诗人内心激荡着漂泊的痛苦，这痛苦也浸染了爱的灵魂，由此才对着落花发出了"啊 到底哪里是人生的故家"这样的呼声。

在这无可依存的漂泊的心灵中，只有爱才能使人得到慰藉、忘记痛苦。 于是在"寂寂的听着落花"中，两颗爱的心灵又融而为一了。 他们唱出了共同的心声，在永远的相爱中才有甜蜜的幸福与生命的归宿。 在朦胧的薄雾和坠下的落花中，她依偎在"我"的臂中，倾听着"我"发自心灵的歌。 人生的漂泊感在甜美的爱情中得到了解脱，或者说得到了暂时的慰安。 全诗到此结束，双主题的奏鸣曲又升华为一个旋律。 落花的意象给人一种多层情感。 全诗也由此而流露一种透明的朦胧与健康的感伤相融合的神秘气息，使读者的感觉也笼罩一层"薄淡的轻纱"。

（孙玉石）

苍黄的古月

冯乃超①

苍黄的古月地平线上泣，
氤氲的夜色浥露湿，
漫着野边有暮烟，
掩我心头有忧郁。

矗立的杉林默无言，
睡眠的白草梦痕湿，
惆怅的黄昏色渐密，
沉重的野烟，
沉重的忧郁。

日暮的我心，
浓冬将至的我心，
夕阳疲惫的青光幽寂，
给我黑色的安息。

黑色的安息，

---

① 冯乃超(1901—1983)，原籍广东省南海县，生于日本横滨市。 在日本京都帝国大学、东京帝国大学读过书。 后期创造社主要成员。 其诗多在《创造月刊》上发表。 1930 年参加中国左翼作家联盟的筹建工作，1938 年参加中华全国文艺界抗敌协会的组织筹备工作，后任理事兼组织部部长。 1949 年到北京，在中央组织部任职。 后调广州中山大学任校长。 1975 年调任北京图书馆顾问。 著有诗集《红纱灯》等。

黑色的安息，

人影一般沉重的负荷，

疲惫的心头压逼。

苍黄的古月地平线上泣，

氤氲的夜色浥露湿，

夕阳的面色苍白了。

沉重的野烟，

沉重的忧郁。

（选自《红纱灯》，创造社出版部 1928 年版）

【赏析】

这首诗用沉重的笔调抒写了古月的苍黄，"我"心头沉重的忧郁，表达了诗人对社会没落、文化衰微的哀伤。诗人忧伤的心境是通过富于色彩感的语言和意象显露的。他吟唱"苍黄的古月在地平线上泣／氤氲的夜色浥露湿"，他歌咏"睡眠的白草梦痕湿／惆怅的黄昏色渐密"，他哀唱"夕阳的面色苍白了"。这些富于色彩感的诗句加强了诗人抒情形象的鲜明性和感情色彩的浓重性。而这些色彩，又与初期白话诗不同，它没有郭沫若诗中那种强烈的光和热。诗人运用的是象征派诗歌观能交错搭配的方法，使视觉的色彩感与听觉的音感和嗅觉的味感交叉连接构成形象，如"夕阳疲惫的青光幽寂／给我黑色的安息"，这样，就达到了以浓重色彩来加强形象新奇的艺术效果。在丰富的色彩变化中，全诗还有比较一致的色彩趋向——"苍黄""苍白""青光""黑色"，这种深暗的色调是这首诗，甚至是冯乃超所有象征诗的主调。这一色彩追求，不仅折射了象征派诗人的美学崇尚，还反映了诗人虽然对黑暗的社会现实充满厌恶和敌意，但又总是在一个相对狭小、相对封闭的艺术空间里进行咏唱，显得虚弱、颓丧和无能为力。虽然这种色调有时作为一种"底色"，或许能把其他色彩反衬得更加艳丽，鲜亮；然而，在整体的诗歌绘画中，难免留下一些"病态美"的暗影。当然，话说回来，冯乃超诗作中那丰富的色彩感，仍然为中国诗歌"诗中有画"这一艺术传统的发展提供了弥足珍贵的经验。

（崔明芬）

哀中国

蒋光慈①

我的悲哀的中国，

我的悲哀的中国，

你怀拥着无限美丽的天然，

你的形象如何浩大而磅礴！

你身上排列着许多蜿蜒的江河，

你身上耸峙着许多郁秀的山岳。

但是现在啊，

江河只流着很呜咽的悲音，

山岳的颜色更惨淡而寥落！

满国中外邦的旗帜乱飞扬，

满国中外人的气焰好猖狂！

旅顺大连不是中国人的土地么？

可是久已做了外国人的军港；

法国花园不是中国人的土地么？

可是不准穿中服的人们游逛。

哎哟，中国人是奴隶啊！

为什么这般自甘屈服？

为什么这般萎靡颓唐？

---

① 蒋光慈（1901—1931），安徽六安人。笔名蒋光赤，又名蒋侠僧。1920年赴苏留学，开始新诗创作。1925年回国。1928年参加组织太阳社。有诗集《新梦》《哀中国》《哭诉》《光慈诗选》《乡情集》等。

满国中到处起烽烟，
满国中景象好凄惨！
恶魔的军阀只是互相攻打啊，
可怜的小百姓的身家性命不值钱！
卑贱的政客只是图谋私利啊，
哪管什么葬送了这锦绣的河山？
朋友们，提起来我的心头寒，——
我的悲哀的中国啊，
你几时才跳出这黑暗之深渊？

东望望罢，那里是被压迫的高丽；
南望望罢，那里是受欺凌的印度；
哎哟，亡国之惨不堪重述啊！
我忧中国将沦于万劫而不复。
我愿跑到那昆仑之高巅，
做唤醒同胞迷梦之号呼；
我愿倾泄那东海之洪波，
洗一洗中华民族的懒骨。
我啊！我羞长此沉默以终古！

易水萧萧啊，壮士吞仇敌；
燕山巍巍啊，吓退匈奴夷；
回思往古不少轰烈事，
中华民族原有反抗力。
却不料而今全国无声息，
大家熙熙然甘愿为奴隶！

哎哟！我是中国人，

我为中国命运放悲歌，

我为中华民族三叹息。

寒风凛冽啊，吹我衣；

黄花低头啊，暗无语；

我今枉为一诗人，

不能保国当愧死！

拜伦曾为希腊羞，

我今更为中国泣。

哎哟！我的悲哀的中国啊！

我不相信你永远沉沦于浩劫，

我不相信你永无重兴之一日。

（1924 年 11 月 21 日）

【赏析】

　　《哀中国》闪烁着革命的思想、真诚的激情，义正词严地控诉了帝国主义的侵略和封建军阀的暴行。诗人的思想，在那黑暗如磐的年代里犹如闪亮的火炬和战斗的鼙鼓，勇敢、坚定、振奋人心。同时，诗歌灵活自如地运用了大量的叠句、对句和排比句，加上每节句数相等的排列格式，一节一韵的声响，这就使得全诗格外具备了一种澎湃激荡的声势，较好地表现了诗人痛苦忧愤的情感。

　　全诗六节。第一节，诗人用对比转折的格式哀叹祖国："蜿蜒"的江河发"悲音"，"郁秀"的山岳"惨淡而寥落"。哀叹建立在"俯瞰式"的扫描上。第二、三节，哀叹深入一层，具体展开了祖国的苦难和黑暗："外邦"步步进逼，"军阀""互相攻打"，"政客""图谋私利"。 在这概括的描述中表达的理念却十分明白：帝国主义、封建军阀、官僚政客都是罪魁祸首。 第四、五节，思想更进一层，先从横的世界范围看中国的危急后果：像高丽、印度一样的"亡国之惨"迫在眉睫；后从纵的历史的岁月追索这种局面中民族性格的病态："而今全国无声息"，"熙熙然甘愿为奴隶"。 诗歌由上两节的现象描述转入到纵横结合的原因与结果的探索分析。 最后一节，除了呼应第一节再次哀叹并自省外，预言了中国的未来："不相信你永远沉沦"，"无重兴之一日"。 诗歌思想从前儿节的现实转向将来，又推进一步，表达了对革命胜利的坚定信念，完成了题旨。

与此同时，诗歌还有一条主体抒情的线索贯穿全诗各节。 在诗的各节都有诗人站出来直接抒情的句子：第一节，诗人用了"我的悲哀……"这样的叠句直呼心中的哀叹。 第二、三节，诗人在两节的后三句抒发了他对中国人"颓唐"的不满和对现状的"心头寒"。 第四节，在揭示亡国之忧后，表明自己要"唤醒同胞迷梦"，洗他们的"懒骨"的愿望。 第五、六节，诗人发出了"为中华民族三叹息"。 《哀中国》既有对"你"——祖国的描述，又有"我"——诗人的直接抒发，不足的是这两条线索尚未取得水乳交融般的效果。

《哀中国》作为一篇早期政治抒情诗，显示了蒋光慈——一个最早开拓者的成就与不足。 没有疑问，放在诗歌发展的历史长河中去观察，这些成就与不足对于后来的政治抒情诗作者来说有一定的启发作用。

（皇甫积庆）

星

废　名①

满天的星，

颗颗说是永远的春花。

东墙上海棠花影，

簇簇说是永远的秋月。

清晨醒来是冬夜梦中的事了。

昨夜夜半的星，

清洁真如明丽的网，

疏而不失，

春花秋月也都是的，

子非鱼安知鱼？

【赏析】

冯文炳曾研读佛学，喜好庄周，因而在师承传统上，也特别对陶渊明、王维等诗产生兴趣，颇得其淡远飘逸之致，尤好化释道典故于诗中。因此，他又是一个浸润着禅味的诗人。学释道隐逸孤寂的另一面，则是对丑陋的不满与讥讽。这首诗便呈示了诗人的这种风格。

满天星星争奇斗妍，簇簇花影争风吃醋。然而当太阳升起，万

---

① 废名(1901—1967)，湖北黄梅人。原名冯文炳，1922年考入北京大学预科，参加语丝社，毕业后留校任教。1937年后，回到故乡从事小学和中学教学多年。抗战胜利后，回到北京，任北京大学副教授、教授。1953年调东北人民大学(现吉林大学)中文系任教授。有诗集《水边》、文集《废名集》等。

物沐浴在金闪闪的光芒之下的时候，星星隐去了它的身影，东墙上也空荡如洗了。 此时，争奇斗妍、争风吃醋的动作也随着稍纵即逝的浮光掠影一并消退了。 诗人借此讥讽星星与花影的虚荣，并暗寓人世间的虚荣与繁荣只是如同冬梦一般的昙花一现！从"昨夜夜半的星"开始，是一种反诘，是在证明星星确也有值得称道之处。 这样，诗里便存在两种意见的交锋。 而"子非鱼安知鱼"的典故又把这种交锋推到戏剧性的高潮。 "子非鱼，安知鱼之乐?"是惠子对庄子"倏鱼出游从容，是鱼之乐"的反诘，庄子却诡辩说，你问"汝安知鱼乐"，这是在已经承认你知道鱼快乐的前提下提出问题的。 春花秋月也真的的，你们又不是星星花影，又怎么知道星星花影的心思? 又怎么知道它们的虚荣心? 从这里也可以看出，冯文炳善于化典故于诗，不过由于他的典故多出自于释道，不免使他的诗蒙上一层消极的玄虚色彩，哪怕是这样一首讥讽诗。 也显得在讥讽中带着一种漫不经心近乎玩笑的幽默。 这首诗在技巧方面借鉴了禅宗辩论的机智，在诗体方面，冯文炳主张新诗应该是自由诗，应当从诗的内容方面，而不是在形式方面来提高新诗的质素。 这首诗也显示了诗人在这方面的努力的成绩。

（张　新）

十二月十九夜

废 名

深夜一枝灯，
若高山流水，
有身外之海。
星之空是鸟林，
是花，是鱼，
是天上的梦，
海是夜的镜子。
思想是一个美人，
是家，
是日，
是月，
是灯，
是炉火，
炉火是墙上的树影，
是冬夜的声音。

(1936 年)

【赏析】

冬天的深夜，诗人默坐在书房中，他面对室中的一盏灯，眼前
仿佛出现了耸立的高山、潺潺的流水，而寂静的四野又宛如大海一
样包围着他。 他想象夜空闪烁的颗颗明星，仿佛是座座鸟林，又仿
佛是温馨的花，是游弋的鱼。 变幻不定的星室给他梦幻般的感觉，

仿佛蓝天的梦魇。 而满天的星斗，倒映在海上，海仿佛是夜的镜子。 诗人浮想联翩，又从夜景回到自身，觉得自己美好的思想仿佛是一个美人，是家，是日，是月，是灯，是炉火。 跃动的炉火在墙上留下影子，仿佛树影一般。 在诗人的感觉中，这活动的树一般的影子，仿佛是冬夜的声音。 这就是这首诗在读者面前呈现的一连串的意象和诗人抒写的对冬夜的感受。

废名（冯文炳）这首诗的艺术表现颇有特点：一是它不作架空抒情，而致力于意象的呈现，运用暗示和隐喻展现诗人的心境。 它的篇幅短小，然而意象繁复。 诗人通过一连串跳动着的意象来表现自己飘忽不定的思绪。 诗人不说自己的思想如何美好；而是通过隐喻，将自己的思想比作美人、日、月、灯、炉火。 美人、日月、炉火等都是美好的事物，它们都有助于将情绪客观化，从而使诗篇生动形象，增加感人的艺术魅力。 二是观念联络的奇特。 星与鸟林、花、鱼、梦，思想与美人、家、日、月、灯、炉火，这些不同的事物之间似乎没有共同点，然而诗人却通过想象，发现了它们之间的共同点，在艺术表现时又省掉了联络的字句，从而反映诗人思路的飘忽与意识的流动。 三是运用通感手法。 这首诗的末两句"炉火是墙上的树影，／是冬夜的声音"。 诗人以听觉来写视觉，突出了诗人冬夜的强烈感受，抒写了诗人冲破冬夜的寂寞的主观愿望；在艺术上，这一通感手法的运用，使诗的语言富于弹性与新鲜感。

（潘颂德）

蕙的风

汪静之①

是哪里吹来，
这蕙花的风——
温馨的蕙花的风？

蕙花深锁在园里，
伊满怀着幽怨。
伊底幽香潜出园外，
去招伊所爱的蝶儿。

雅洁的蝶儿，
薰在蕙风里；
他陶醉了，
想去寻着伊呢。

他怎寻得到被禁锢的伊呢？
他只迷在伊的风里，
隐忍着这悲惨然而甜蜜的伤心
醺醺地翩翩地飞着。

(1921 年 9 月 3 日)

---

① 汪静之（1902—1996），安徽绩溪人。1920 年就读于浙江第一师范学校。1921
年起在《新潮》《小说月报》《诗》杂志发表新诗，并与潘漠华、柔石等人组织晨光文
学社。1922 年 3 月与应修人、潘漠华、冯雪峰组织湖畔诗社，1926 年后曾任中学教员、
副刊编辑、大学教师，1945 年后，在复旦大学等校任教授。他著有诗集《蕙的风》《寂
寞的国》《诗二十一首》，还有诗合集《湖畔》《春的歌》。

【赏析】

《蕙的风》是一首爱情诗,诗里用蕙花——一种高雅的兰花,象征抒情主人公的情人,那位"深锁在园里","满怀着幽怨"的姑娘,用风来比喻她源源不断向"爱的蝶儿"涌来的恋情,而被这蕙风陶醉了的蝶儿则是抒情主人公自己的象征。她俩无法相会,是因为深院高墙的重重封锁和阻挡,无疑是影射阻碍青年自由恋爱的封建势力了。蕙花被"禁锢"着,蝶儿难于寻找到她,只得"隐忍着这悲惨然而甜蜜的伤心",如醉如痴地飞走。他俩近在咫尺,却无缘相见,唯一可能的是彼此在对方的思恋中陶醉,这对于花蝶一般热恋着的情人,实在是"悲惨"和"伤心"了。诗人将这片怨愤之情写得愈深,诗里隐藏着对封建势力的不满、反抗的情绪则愈加强烈。这首爱情诗的艺术效果应该说是达到了。

如果我们今天用历史的眼光来看,可以进一步看到,汪静之和其他湖畔诗人一样,他们写爱情诗,即使是这首《蕙的风》,已不同于早期白话诗派的新诗先驱者们,不是旧时代和新时代的过渡人物,而是受到"五四"新思潮洗礼,可说是"五四"精神所孕育成长的一代新人。《蕙的风》在1921年出现,虽然和白话诗派相隔并不远,但汪静之却是在"五四"高潮时间创作爱情诗的,没有落潮时期知识分子那种彷徨与绝望的思想情绪(尽管诗里也诉说悲惨和伤心),那种歌咏质朴单纯的恋爱,抒情主人公真挚、天真、纯洁的形象,都带有"五四"那个历史青春期的显著特色,时代精神和诗人个性融合得浑然一体,也就很自然地表现出那个时代青年的心态和呼声。这首《蕙的风》之所以得到鲁迅的修改和支持,也足以说明创造爱情诗在当时的积极意义。

(葛根图娅)

雁儿呵，永不衔一片红叶再飞来！

石评梅①

秋深了，

我倚着门儿盼望，

盼望天空，

有雁儿衔一片红叶飞来！

黄昏了，

我点起灯来等待，

等待檐前，

有雁儿衔一片红叶飞来！

夜静了，

我对着白菊默想，

默想月下，

有雁儿衔一片红叶飞来！

已经秋深，

盼黄昏又到夜静；

今年呵！

为什么雁影红叶都这般消沉！

---

① 石评梅（1902—1928），山西省平定县人。笔名波微。1920 年到北京求学。北京女子高等师范学校毕业后，在北京师大附中任国文和体育教员。有诗作发于当时北京各报上，并曾与黄庐隐等人创办《蔷薇周刊》和《妇女周刊》。

今年雁儿未衔红叶来，

为了遍山红叶莫人采！

遍山红叶莫人采，

雁儿呵，永不衔一片红叶再飞来！

（选自 1925 年 10 月 20 日《京报副刊·妇女周刊》）

【赏析】

这首诗所写的对于"一片红叶"的思念乃是女诗人亲身经历的一段往事。

石评梅在"北京女高师"刚毕业的那年，在反军阀的学潮中结识一位青年叫高君宇。他是中国最早的一批共产党人之一，曾受孙中山派遣去苏联，也曾做过周恩来和邓颖超的热诚的"红娘"。石评梅对高的才志早有所闻，而高对石的才情也早有所知，两人初见即互有好感。一天夜晚，石评梅突然接到一封信，拆开时只见一张白纸，白纸中夹着一片红叶，红叶上写着两行字："满山秋色关不住，／一片红叶寄相思。"这是高君宇的求爱信物，她心情万分激动！可是，她却强行抑制激情，提笔蘸墨在红叶的反面偏偏写上了"枯萎的花篮不敢承受这鲜红的叶儿"一行文字，然后仍用原来的那张白纸包好，寄还给他。原来石评梅在读书期间曾受过 W 君的感情欺骗，少女的心已被碰碎，决心过着超然冷绝的生活，故这次才忍痛拒绝了高的求爱。可高君宇却一直爱着她。由于他为革命奔波，疲劳过度，爱情碰壁，痛苦万分，终于病倒了。石评梅闻讯赶来，尽管用心护理，亲口应允婚事，但已迟了，高逝于协和医院，年方二十九。此时，石评梅悔恨交加，悲痛欲绝，在替逝者整理箱内信件时，又忽然发现了那片红叶。"红叶去了又来了，但是他呢？是永远不能回来，只剩了这片遗恨千古的红叶了！但我将终生盼他回来！"她避开了许多求爱者的目光，独身守着她已逝的情人。 ——这就是本诗"雁儿呵，永不衔一片红叶再飞来"的内在意蕴和全部真情。 诗中的红叶实际上已成了热烈的爱情的象征，已成了可企而不可及的永恒追求的化身，诗人在虚幻的期待中苦苦追求着与情人灵魂的结合，这是何等的凄楚！

石评梅的这种刻骨铭心的哀情表现在诗中，既无痛心疾首的呼叫，也非凄风苦雨的倾诉，而是通过秋深倚门盼望、黄昏点灯等待、夜静对菊默想这三组生活画面的刻画来表现诗人深情的思念，形象具体而又含蓄深沉。 诗中的"雁儿"是能给望眼欲穿的情人带信的，古代有"鸿雁传书"之说。 可是没人采红叶了，鸿雁岂能替阴阳两界的情人传情？红叶是象征，白菊又何尝不是石评梅的心灵品格的化身？甚至时间（秋深、黄昏、夜静）地点（门口、灯下、菊旁）及外形动作（倚门盼望、坐着等待）与内心活动（默想、猜疑）等描写，都带有着某种象征意味。 全诗虽不着"愁苦"一字，然而通过具有象征意味的意境的描绘，可以说使读者领会到全诗字字含有怀念已逝情人的断肠之情。

（宋恒亮）

夕阳之歌

胡　风①

夕阳快要落了，
夜雾也快要起了，
兄弟，我们去罢，
这是一天中最美的时候。

遥空里有一朵微醉的云，
慈慧地俯瞰着那座林顶，
林那边无语如境的池中，
许在漾着恋梦似的倒影。

穿过那座忧郁的林，
走完这条荒萋的路，
兄弟，我们去罢，
这是一天中最美的时候。

林这边只有落叶底沙沙，
林那边夕阳还没有落下，
林这边阴影黑发似地蔓延，

---

①　胡风（1902—1985.），湖北蕲春人。　原名张光人。　1929 年东渡日本，就读于庆应大学。　在日本和小林多喜二等交往密切，并参加了日本共产党和"左联"东京支部。　回国后，从事左翼文艺运动，抗战期间任复旦大学教授。　其主要著作有《文艺笔谈》《文学与生活》《逆流的日子》等。

林那边夕阳正烧红了山巅。

连绵的山尽是连绵，
可以望个无穷的远，
夕阳的火犹是红红，
可以暖暖青春的梦。

去了的青春似萎地的花瓣，
拾不起更穿不成一顶花冠，
且暖一暖凄凉的昨宵之梦，
趁着这夕阳的火犹是红红。

夕阳正照着林梢，
听着我底歌牵着我的手，
兄弟，现在，我们去罢，
这是一天中最美的时候。

【赏析】

胡风早期的诗作充分表现了一个带有小资产阶级知识分子意识特征的理想主义者，在那苍茫无际、血火交融的动荡时代以及尖锐复杂的革命斗争中真诚而又痛苦的心路历程。《夕阳之歌》作于一九二九年夏末，乃是胡风早期诗创作的收束之作，显现了诗人对旧我实行超越时情绪的迂回、跌宕与感奋。

对夕阳的咏叹是诗歌中的传统母题，夕阳如血如火的景象总是使人联想起青春的流逝、生命的倏忽，使人即景生情，深深地感触和反思人生旅途中的缺憾遗恨，从而激起悲伤、悲壮、苍凉等悲剧性的感兴。 因此，正在痛苦地结束和告别自己人生追求的"少年时期"的胡风便也很自然地选择了这种夕阳母题作为这首诗的意象支撑点。 不过胡风在表现这一传统母题时体现出鲜明的时代精神和个性特征，他一反古人面对夕阳时的颓伤哀怨格调，唱出了一曲激扬奋进的夕阳礼赞。 胡风在他"悲壮的少年时期"，作为一个"先天不足的理想主义者"是"彻底地战败了"的，因此这个"拖着沉重双脚"的独行客常常借诗来倾吐他的孤寂、绝望、忧伤与苦愤，在经历了一番"艰辛的搏战"后，他终于获得了新的勇气和毅力去正视迷茫的自我、反刍"病了"的心灵，他终于痛苦但坚决地唱出了对旧我的"幻灭之歌"和告别之歌。 正因为如此，他在面对那如血如火的夕阳——面对自己已逝的青春时，才能反复咏叹："兄弟，现在，我们去罢，／这是一天中最美的时候"。 他顾盼着、观瞻着、反思着，旧我与新我、旧境界与新境界是如此分明："林这边只有落叶底沙沙，／林那边夕阳还没有落下，／林这边阴影黑发似地蔓延，／林那边夕阳正烧红了山巅。"对旧我的解脱与超越使他心境明豁，他决心"穿过那座忧郁的林／走完这条荒芜的路"，"趁着这夕阳的火犹是红红"，到那"可以望个无穷的远"的地方去，去追寻一个新梦。 舍弃旧我是艰难的，挥起反思的利刃决然斩断旧日的情丝也必须经受一番惨痛；即使在面对美的前景而充满惊喜、兴奋、憧憬的时刻，一丝凄切的幻灭感和失落感也依然如悻然而至的梦魇不时袭来，"去了的青春似萎地的花瓣，／拾不起更穿不成一顶花冠，／且暖一暖凄凉的昨宵之梦，／趁着这夕阳的火犹是红红"。 不过这种伤感与梦悸已滤去了他已往诗作中的迷茫与绝望，透着一丝亮色和暖意，绝不颓唐，对燃烧尚存青春的向往已成为更重要的主体意向，这证明着这首"悲壮的少年时期"的"绝唱"与其以往作品的质的差别。 这对青春的伤逝和对未来的憧憬渗透了诗人对黑夜的憎恶和对光明的向往。 这《夕阳之歌》因而成为对旧我及残梦的告别之歌，在旧伤逝与新憧憬的交织中突涌着的是一种决然前行的人生态度；诗人礼赞的夕阳之火实乃青春的涅槃之火，它将烧掉旧我，铸出新我。 "但得夕阳无限好，何须惆怅近黄昏"。 在如血如火的夕阳中告别失落的生命，在青春的幻灭中走向新生的青春，这该是多么悲壮而又绚丽的精神境地啊！

（彭燕郊　龚旭东）

我欢喜你

沈从文[1]

你的聪明像一只鹿，
你的别的许多德性又像一匹羊；
我愿意来同羊温存，
又担心鹿因此受了虚惊：
故在你面前只得学成如此沉默，
（几乎近于抑郁了的沉默！）
你怎么能知？

我贫乏到一切：
我不有美丽的毛羽，
并那用言语来装饰他热情的本能也无！
脸上不会像别人能挂上点殷勤，
嘴角也不会怎样来常深着微笑，
眼睛又是那样笨——
追不上你意思所在。

别人对我无意中念到你的名字，
我心就抖战，身就沁汗！
并不当到别人，

---

[1] 沈从文（1902—1988），苗族，湖南凤凰县人，中国现代著名作家。 1924年开始创作，创作数量极丰。 代表作有《边城》《长河》《湘行散记》《从文自传》《湘西》等。 1949年后改行从事文物研究，有《龙凤艺术》《中国古代服饰研究》等学术著作行世。

只在那有星子的夜里，

我才敢低低喊你的名字。

【赏析】

诗歌里面的形象，是诗人以他的美感摄取的美，和感受到的对象。这首诗里那聪明活泼的小鹿，和温柔善良的羊儿的形象，在诗人看来就是天下最美的。因此，他便把这两种动物各具特色的美摄取了来，比喻自己所爱的女子的美好天赋。羊儿性情温和，是乐于与人亲近的，可是，鹿儿却胆子小，容易受惊，人很难与它接近。诗人所爱的女子，既然是同时具有温和与胆小这样两面的性格，诗人为了免得让自己心爱的姑娘"受了虚惊"，就克制着自己爱的欲望，而表现出一种沉默的态度。精巧的想象，和生动形象的比喻，不仅真切传神地刻画了姑娘美好的形象，而且生动地表现了诗人对姑娘的炽热的爱情。

在第二节里，诗人以自己没有美丽的、讨人喜欢的外表，和值得称颂的热情、与前一节中所称颂的女子的美德相对比。由此更深地表现出了他对那女子的深挚的爱情，和仰敬之忱。最后一节里，诗人直抒胸臆，说：只要听到有人提起那女子的名字，他"心就抖战，身就沁汗"。可是，在没有别人的夜里，他却自己偷偷地喊着那女子的名字，这样的细节描写，不仅含蓄委婉地表现了诗人无时不在思念着所爱的人，同时也反映出诗人面皮薄，处事谨慎的性格特点。

诗作在颇近于散文的抒写中，以质朴无华的辞藻，表现了一种缠绵恳挚的情思，一种生动感人的韵致。诗人的风格在新月诗派众多以格律谨严著称的诗人中，可以说是独树一帜的。

（岳洪治）

祈 祷

潘漠华①

月光茫茫的夜，

他坐在石砌沙铺的旷场上，

横起笛儿在吹，

心声却呢喃的祈祷：

笛声，我吹去的笛声，

你飞去，飞过那矮墙，

可落在那人屋顶；

伊现在正在酣睡了，

——左手搁在头边，

蓝衣的前襟，解开掩在枕上，——

你轻轻地唤醒伊，唤伊出来，

说，夜是如此美丽的夜，

月儿皎皎的照临，是待我们底夜行，

我们去，我们去，

我们去到旧日坐过的草坪，

共流久别重逢的欣慰的泪。

黑沉沉的深夜，

他还在那人门前来回的走着，

① 潘漠华(1902—1934)，浙江省宣平县人。原名训，又名恺尧。1920年开始新诗创作。1921年与汪静之、冯雪峰、应修人合出《湖畔》诗集，1923年又合出《春的歌集》。

心中，是不绝声声地祈祷：

脚声，我轻妙的脚声，

你飞进去，飞近我那人底身边，

你告诉伊，——

伊此时或正在寂坐，

或正在默然的念我，——

说，在你门前来回的走着，

今夜是第七夜了，

这回是今夜底第九回了，

他望不得你出来，

他将会走到天明，

明夜也仍将会走到天明，

后夜也仍将会走到天明，

他将会永远的每夜都走到天明，

你痴心可怜的情人！

【赏析】

潘漠华因家庭受着一个又一个打击，发生一个又一个悲剧，心灵上划开一道道流血的伤口，因此早期的诗，常常用泪眼看人间。特别是他"爱一个礼教和世俗都不许他爱的女郎，他们底爱是筑在夜的空中"（雪峰《春的歌集·秋夜怀若迦》），因此，他的爱情诗，浓情蜜意中常带凄苦之味。这一首《祈祷》，主要是写炽烈的痴情的爱。诗的第一节写抒情主人公在月夜吹笛，通过笛声表达心声，表达美妙的想象。这一节，写得不落俗套，不流于一般化。想象"那人"正在酣睡，具体地描绘出她的衣着，睡姿；想象唤醒她，外出夜行；去到"旧日坐过的草坪，共流久别重逢的欣慰的泪"。 这最后的想象，将目前的想象与昔日的现实叠合，相当巧妙。 第二节虽然仍是写心中的想象和祈祷，实际上主要是写"我"的行动：今夜是第七夜，夜夜在伊门前来回走；这回又是今夜的第九回；而且，如果见不到伊，他今后还会夜夜走到天明。 这真是至情至性的爱，如痴如狂的恋。 这诗将实写与虚写较好地结合。 具体的实写，使人感到亲切，可感；间接的或侧面的或概括式的虚写，有助于读者驰骋想象。 语言朴素自然，不事雕琢，不讲究押韵。 应该说，此诗主要以情真情痴感人；它是美的，但不精巧。

（陆耀东）

你是人间的四月天

林徽因①

我说你是人间的四月天；
笑响点亮了四面风；轻灵
在春的光艳中交舞着变。

你是四月早天里的云烟，
黄昏吹着风的软，星子在
无意中闪，细雨点洒在花前。

那轻，那娉婷，你是，鲜妍。
百花的冠冕你戴着，你是
天真，庄严，你是夜夜的月圆。

雪化后那片鹅黄，你像；新鲜
初放芽的绿，你是；柔嫩喜悦
水光浮动着你梦期待中白莲。

你是一树一树的花开，是燕
在梁间呢喃，——你是爱，是暖，
是希望，你是人间的四月天！

---

① 林徽因（1904—1955），福建闽县（今福建福州）人，生于浙江杭州，建筑学家、作家，为中国第一位女性建筑学家，同时也被胡适誉为中国一代才女。她的文学著作包括散文、诗歌、小说、剧本、译文和书信等，其中代表作为《你是人间的四月天》《九十九度中》等。

【赏析】

四月的春天，也许是一年中最美好的时节，诗人要写下心中的爱，写下一季的心情。诗人要将这样的春景比作心中的"你"。这样的季节有着什么样的春景呢？

世界带着点点的笑意，那轻轻的风声是它的倾诉、它的神韵。它是轻灵的，舞动着光艳的春天，千姿百态。在万物复苏的天地间，一切都在跃跃欲试地生长，浮动着氤氲的气息。在迷茫的天地间，云烟是复苏的景象。黄昏来临后，温凉的夜趁着这样的时机展示自己的妩媚。三两点星光有意无意地闪着，和花园里微微舞动的花朵对语，一如微风细雨中的景象：轻盈而柔美，多姿而带着鲜艳。圆月升起，天真而庄重地说着"你"的郑重和纯净。

这样的四月，该如苏东坡笔下的江南春景："竹外桃花三两枝，春江水暖鸭先知。蒌蒿满地芦芽短，正是河豚欲上时。"那鹅黄，是初放的生命；那绿色，蕴含着无限的生机。那柔嫩的生命，新鲜的景色，在这样的季节里泛着神圣的光。这神圣和佛前的圣水一样，明净、澄澈；和佛心中的白莲花一样，美丽且带着爱的光辉。这样的季节里，"你"是一树一树的花开，是伴春飞翔的燕子，美丽轻灵的，带着爱、温暖和希望。

这首诗的魅力和优秀并不仅仅在于意境的优美和内容的纯净，还在于形式的纯熟和语言的华美。诗中采用重重叠叠的比喻，意象美丽而丝毫无雕饰之嫌，反而愈加衬出诗中的意境和纯净——在华美的修饰中更见清新自然的感情流露。在形式上，诗歌采用新月诗派的诗美原则：讲求格律的和谐、语言的雕塑美和音律的乐感。这首诗可以说是这一原则的完美体现，词语的跳跃和韵律的和谐几乎达到了极致。

（佚　名）

情　愿

林徽因

我情愿化成一片落叶，
让风吹雨打到处飘零；
或流云一朵，在澄蓝天，
和大地再没有些牵连。

但抱紧那伤心的标帜，
去触遇没着落的怅惘；
在黄昏，夜半，蹑着脚走，
全是空虚，再莫有温柔。
忘掉曾有这世界；有你；
哀悼谁又曾有过爱恋；
落花似的落尽，忘了去
这些个泪点里的情绪。

到那天一切都不存留，
比一闪光，一息风更少
痕迹，你也要忘掉了我
曾经在这世界里活过。

【赏析】

　　这首《情愿》抒发了少女情怀的另一方面：由于爱情之果的不幸失落而哀怨落寞，她如泣如诉地倾吐那种近乎绝望的悲凉情绪。

诗的第一节便显示了少女因伤心透了，失望透了，而欲与世绝决的语调："情愿"——或化成落叶一片，而让风吹雨打，到处飘零；或化成流云一朵而"和大地再没有些牵连"。诗情突兀而起，一下子便摄住了读者的心。第二节又从这落叶、这流云生发更深的情思：落叶有心，流云有意，这便是"抱紧那伤心的标帜"，情愿到处飘零，情愿与大地断了一切牵连，那不过是过去不堪回首的一切罢了。现在，有的是"没着落的怅惘"，但又不愿再惊扰世人。于是，"在黄昏，夜半，蹑着脚走"，以往的温柔化成了今日的空虚。这实是欲离不能离，欲忘不能忘的恼人之情。

但是要斩断已往的情丝，以求心灵的安宁又不能不忘。第三、第四两节诗便是这种情绪的滋延，"忘掉这世界"，忘掉我曾深深爱过的你，好像你我之间从未发生过爱恋之情，让对于过去的记忆，"落花似的落尽"并忘了此刻"这些个泪点里的情绪"。似乎是要彻底忘掉了——"到那天一切都不存留，／比一闪光，一息风更少／痕迹"，并且揣测："你也要忘掉了我／曾经在这世界里活过"。最后两行诗的背后，实际上还埋伏着与对方难以割断的情感联系，因为谁也不能彻底否定（忘掉）对方曾经活在世界上，与其说"你也要忘掉"，不如说是在祈求对方注意：这个世界上曾经有个深深爱过你的人，她正向隅一壁，与这世界决绝了！不若此，她为什么要将"这些个泪点里的情绪"洒在纸上，化成这首哀怨悲啼的诗呢？

这首《情愿》，将若忘不能忘的情思表现得缠绵悱恻，不言往情而情愈深，是失恋题材诗中难得的佳作。

（陈良运）

笑

林徽因

笑的是她的眼睛，口唇，
和唇边浑圆的漩涡。
艳丽如同露珠，
朵朵的笑向
贝齿的闪光里躲。
那是笑——神的笑，美的笑：
水的映影，风的轻歌。

笑的是她惺忪的鬈发，
散乱的挨着她耳朵。
轻软如同花影，
痒痒的甜蜜
涌进了你的心窝。
那是笑——诗的笑，画的笑：
云的留痕，浪的柔波。

（选自《诗刊》1931 年第 3 期）

【赏析】

这是林徽因早期诗歌中最能体现新月诗派风格的一首。

这首诗写了一个美貌女子的摄人的倩笑。诗人捕捉的是一个瞬间，在这一个瞬间里呈现出了一种理想化的极致的美。

她的眼睛，口唇和唇边浑圆的漩涡的笑，有露珠般的艳丽，贝齿的闪光里躲着那花一般的朵朵的笑,如同"水的映影,风的轻歌"。而她那惺忪的鬈发的笑,则有花影般的轻软,给人的感觉是痒痒的,甜蜜的,并涌进人的心窝,又如同"云的留痕,浪的柔波"。

这样的描绘当然深得浪漫派的神韵。那些夸张而幻想的譬喻,那种起伏的流动感(笑的空气的颤动),那种明朗鲜丽的色块组合,无疑是理想主义的产物。女诗人是擅长于以层层叠叠的描绘衬托出一个密集而神幻的世界的。

这样的描绘更是唯美主义的。在诗人的心目中,她对一个女子的美的夹带着想象的审美把握,与她对理想化了的人生的浪漫离奇的感悟,以及对纯粹的艺术境界的全身心膜拜一样,都足以构成她笔下的充满唯美精神的诗境。这是一种超功利、超世俗的唯美精神,描写的是一个女子,却又绝少人间烟火气。着意描写的笑作为一种状态,仿佛被孤立为一件艺术品。诗人以不无雕琢的字句描绘了笑的波浪般起伏,笑的鲜艳迷人,笑的柔美,笑的神韵,笑的如诗如画。

作为一个新月派诗人,林徽因的早期诗作大都有一定的格律形式可循,但都写得有流动感,决不生涩。《笑》的格式工整是很明显的。两个诗节的字句之间大致对应,也有一定的尾韵可寻,形成了一种轻松自如的节奏感。《笑》之所以被人们推崇的原因之一大概正在于它的格律美。在这首诗中,形式和内容一样,是唯美的。

(黄心村)

蛇

冯　至①

我的寂寞是一条长蛇，
静静地没有言语。
你万一梦到它时，
千万啊，不要悚惧！

它是我忠诚的侣伴，
心里害着热烈的乡思：
它想那茂密的草原——
你头上的、浓郁的乌丝。

它月影一般轻轻地
从你那儿轻轻走过；
它把你的梦境衔了来，
像一只绯红的花朵！

(1926 年)

---

① 冯至（1905—1993），河北涿县人。 1921 年考入北京大学，开始发表新诗。 后参加创建文学团体浅草社和沉钟社。 北大毕业后，去德国留学。 回国后执教于西南联大和北京大学。 他是中国新诗开创时期的重要诗人。 诗集有《昨日之歌》《十四行集》《西郊集》《十年诗抄》等。

【赏析】

这是诗人冯至的代表作之一，也是中国现代文学史上的名篇。诗一开始就说"我的寂寞是一条长蛇"，全诗借蛇表达"我"对姑娘深深的爱，浓浓的相思，殷殷的希冀；诗的意境根据蛇的习性而设置、着墨，给人以新奇、和谐而又完整之感。第一节写到的"静静地没有言语"，既是蛇的特点，也是"我"当心爱的姑娘不在身边而感到寂寞时的写照。因为蛇会咬人、缠人，所以"我"紧接着告诉心爱的姑娘，万一梦到它时，不要悚惧。这里用"梦"字而不用"见"字，也显露了诗人的匠心："梦"是姑娘在想念，而"见"则似乎只是"我"闯进了姑娘的眼帘；同时，这个"梦"字又与第三节的"梦境"相呼应，有着暗联的作用。第二节借蛇的"乡思"，凸现"我"对姑娘的相思。这里用的是间接表现法："我"的寂寞——蛇；蛇栖息于草丛，它的乡思——草原；草丛与姑娘的青黑的发丝近似——姑娘的乌丝。经过三个转折才将"我"对姑娘的相思暗示出来。这一节，诗情诗意诗趣三者兼具。第三节通过蛇的行动抒写了"我"的意愿。姑娘的梦境，可以作多种理解，如她的心境，她的爱意，她的希望，她的理想，甚至她对"我"的感情等。"像一只绯红的花朵"，一方面是暗示姑娘心境、感情、希望、理想的美丽，另一方面也隐约地暗示"我"的愿望，"我"的企盼。

这首诗里所表达的爱情，有相思、苦闷，有爱有体贴，有企盼。艺术上多用暗示，多采用间接表现法，风格婉约，鲜明而不直露。同是爱情诗，它不似郭沫若的《瓶》，激情倾泻而出；不似闻一多的《红豆篇》情切而表现上有节制，不似徐志摩的某些情诗甜而腻；它使读者感到亲切，温爱，柔美。诗人珍惜笔墨，点到为止，诗情多在不言中。

这是一首抒情诗，但有一丝情节线索，而且有一点波澜，这一点波澜，增加了诗情诗趣。 在格律形式方面，诗人追求的是自然，不雕琢，每节四行，二、四行押脚韵，各行字数大体相近。 语言是在口语的基础上加以熔炼。 "悚惧"，"乡思"，"乌丝"，"轻轻"，显然是较雅的文学语言，这也是构成作品婉约风格的因素之一。

（陆耀东）

我用残损的手掌

戴望舒①

我用残损的手掌，

摸索这广大的土地：

这一角已变成灰烬，

那一角只是血和泥；

这一片湖该是我的家乡，

（春天，堤上繁花如锦幛，

嫩柳枝折断有奇异的芬芳）

我触到荇藻和水的微凉；

这长白山的雪峰冷到彻骨，

这黄河的水夹泥沙在指尖滑出；

江南的水田，你当年新生的禾草

是那么细，那么软……现在只有蓬蒿；

岭南的荔枝花寂寞地憔悴，

尽那边，我蘸着南海没有渔船的苦水……

无形的手掌掠过无限的江山，

手指沾了血和灰，手掌粘了阴暗，

只有那辽远的一角依然完整，

温暖，明朗，坚固而蓬勃生春。

---

① 戴望舒（1905—1950），原名戴朝安，又名戴梦鸥。中国现代派象征主义诗人。浙江杭县（今杭州市余杭区）人。1923年秋天，考入上海大学文学系。1925年，转入震旦大学学习法语。1929年4月，出版了第一本诗集《我的记忆》，这本诗集也是戴望舒早期象征主义诗歌的代表作。

在那上面，我用残损的手掌轻抚，

像恋人的柔发，婴孩手中乳。

我把全部的力量运在手掌，

贴在上面，寄与爱和一切希望，

因为只有那里是太阳，是春，

将驱逐阴暗，带来苏生，

因为只有那里我们不像牲口一样活，

蝼蚁一样死……那里，永恒的中国！

（1942 年 7 月 3 日）

【赏析】

《我用残损的手掌》深刻地表现了作者对现实生活的实际感受和情绪，但它更多地借助于象征，"摸索"只是纯粹的想象并非实际的动作，这是一种抽象的写法——他只是在祖国受难和斗争的土地上"精骛八极，心游万仞"地"神思"，而并没有真的有所触摸。但是，他把这种想象中的摸索写得真实具体，仿佛真的发生过似的。

"这一角已变成灰烬，那一角只是血和泥"。他一开始就用焦土和血泥的浓重笔墨总写灾难岁月中灾难深重的大地。两句概括性的语言过后，转为具体细微的祖国大地景象的形象再现。首先跳入心境和眼前的，是朝暮思念的家乡杭州西湖的景色。想起家乡，脑海里马上跳出一组让人刻骨思念的形象。前者写的是早春的自然景物中特有的气味，后者写人们的手指接触到湖水和荇藻之后特有的感觉，这些笔墨，都表达出诗人对早春十分细腻而清新的感受。

但仅写家乡还不能展示诗所蕴括的宏大的主题，因此他接着写："这长白山的雪峰冷到彻骨，这黄河的水夹泥沙在指间滑出。"这两句依然很考究。 长白山是祖国北域的疆土,黄河流经中原,是伟大的民族摇篮,这是一种列举,以这自然对称的一山一河,简括又具体地在人们的心中"画"出了"广大的土地"的轮廓。 这当然是极为精当的概括。 而且是继续写用手掌"摸索"所能有的具体的感触,继"微凉"而来的是"冷的彻骨"。 写黄河也是紧扣着触摸的感觉写那夹着泥沙的又腻又稠的黄河水,从"指间滑出"。 这样写,使这几组形象产生了紧密的联系,而不是脱节和分散的,由于注重了感觉的连续性,因此它所传达的感情的效果是强烈的。

由长白山而黄河,由黄河而江南,祖国广大疆域在手掌下展示。 诗人摸索到故乡——江南,诗人痛苦了:"江南的水田,你当年新生的禾草/是那么细,那么软……现在只有蓬蒿,"开始触摸"这一片湖"时,诗人的感情是欣悦的,他惊呼"这一片湖该是我的家乡!"沉浸在江南早春的迷人景色的缅怀中,陶醉在忘了现实的回忆中,现在,他触摸到了现实的伤痕,他开始了痛苦(这在诗中是一个感情的转折),国土的沦亡以及战乱给人们带来的灾难,造成了人们心灵的"残损"。 痛苦是从触到江南的蓬蒿开始的:"岭南的荔枝花寂寞地憔悴,尽那边,我蘸着南海没有渔船的苦水……"可以看到诗人的"手掌"是从极北的疆土而"摸索"到南方的海域。 江南而后是岭南,岭南而后是南海。 层层递进,也都选择出最典型的风景以点染哀愁:在江南,水田里蓬蒿代替了禾苗;在岭南,荔枝花在"寂寞地憔悴";在南海,他蘸着的是"没有渔船的苦水"。 这些细微的笔墨,都体现了戴望舒的风格。

"无形的手掌掠过无限的江山,/手指沾了血和灰,手掌粘了阴暗"。 这句话是前面半首诗的总结,"无形的手掌"明确地指出戴望舒写这首诗用的不是写实的手法。 所谓"手掌",其实是心灵；所谓"摸索"，其实是想象。一只残损的手掌而能摸索无限的江山，这当然充满象征意味。沾了血灰的手指与粘了阴暗的手掌，都紧紧地扣着诗题，保持了构思的一致性。

下面到了感情转折的关键："只有那辽远的一角依然完整，温暖，明朗，坚固而蓬勃生春。"这"辽远的一角"，应该指的是中国的西北，是中国共产党所领导的根据地。戴望舒用温暖、明朗、坚固、蓬勃八个字作了抽象的评价，他接触到的这辽远的一角，犹如"恋人的柔发"、"婴孩手中乳"。诗句充满了甜蜜的情感。他还要把"全部的力量运在手掌""贴在上面"——"寄与爱和一切希望。"

在那与世隔绝的香港孤岛上，戴望舒凭着一个诗人对人民执著的爱，他的心飞向了中国的光明的一角。他的坚定的信念，使他认定只有那辽远的一角是"永恒的中国"，是十分难得的。诗人的手，是一双曾经柔软、娇嫩得"有点像少女的手。"（冯亦代：《戴望舒在香港》），是几经折磨而逐渐"残损"的手，在黑夜沉沉中，在阴湿黑暗的土牢里，它"摸索"亲爱的祖国的广大土地，从北而南，又自南而北，终于寻到了那通天的光明。这是一双爱抚大地的手掌，不是"残损"的，是完整与崇高的，有这样一双手掌的人，的确可称为一个"诗化了的爱国者"。

（谢　冕）

雨 巷

戴望舒

撑着油纸伞，独自
彷徨在悠长，悠长
又寂寥的雨巷，
我希望逢着
一个丁香一样的
结着愁怨的姑娘。

她是有
丁香一样的颜色，
丁香一样的芬芳，
丁香一样的忧愁，
在雨中哀怨，
哀怨又彷徨；

她彷徨在这寂寥的雨巷
撑着油纸伞
像我一样，
像我一样地
默默彳亍着，
冷漠，凄清，又惆怅。

她默默地走近

走近，又投出
太息一般的眼光，
她飘过
像梦一般地，
像梦一般地凄婉迷茫。
像梦中飘过
一枝丁香地，
我身旁飘过这女郎；
她静默地远了，远了，
到了颓圮的篱墙，
走尽这雨巷。

在雨的哀曲里，
消了她的颜色，
散了她的芬芳，
消散了，甚至她的
太息般的眼光，
丁香般的惆怅。

撑着油纸伞，独自
彷徨在悠长，悠长
又寂寥的雨巷，
我希望飘过
一个丁香一样的
结着愁怨的姑娘。

【赏析】

戴望舒在坎坷曲折的二十多年创作道路上，只给我们留下了九十多首抒情短诗，《雨巷》就是他早期的一首成名作。

就抒情内容来看，《雨巷》的境界和格调都是不高的。《雨巷》在低沉而优美的调子里，抒发了作者浓重的失望和彷徨的情绪。打开诗篇，我们首先看到诗人给人们描绘了一幅梅雨季节江南小巷的阴沉图景。诗人自己就是在雨巷中行彷徨的抒情主人公。他很孤独，也很寂寞，在绵绵的细雨中，"撑着油纸伞，独自彷徨在悠长、悠长又寂寥的雨巷"。在这样阴郁而孤寂的环境，他心里怀着一点朦胧而痛苦的希望："希望逢着一个丁香一样结着愁怨的姑娘"。这个姑娘被诗人赋予了美丽而又愁苦的色彩。她虽然有着"丁香一样的颜色，丁香一样的芬芳"，但是也有"丁香一样的忧愁"。她的内心充满了"冷漠"、"凄清"和"惆怅"。和诗人一样，在寂寥的雨巷中，"哀怨又彷徨"。而且，她竟是默默无言，"像梦一般地"从自己身边飘过去了，走尽了这寂寥的雨巷。

这是一个富于浓重的象征色彩的抒情意境。在这里，诗人把当时的黑暗而沉闷的社会现实暗喻为悠长狭窄而寂寥的"雨巷"。这里没有声音，没有欢乐，没有阳光。而诗人自己，就是这样的雨巷中行彷徨的孤独者。他在孤寂中怀着一个美好希望。希望有一种美好的理想出现在自己面前。诗人笔下的"丁香一样的"姑娘，就是这种美好理想的象征。然而诗人知道，这美好的理想是很难出现的。她和自己一样充满了愁苦和惆怅，而且又是倏忽即逝，像梦一样从身边飘过去了。留下来的，只有诗人自己依然在黑暗的现实中彷徨，和那无法实现的梦一般飘然而逝的希望！

（佚　名）

老 马

臧克家①

总得叫大车装个够，
它横竖不说一句话，
背上的压力往肉里扣，
它把头沉重地垂下！

这刻不知道下刻的命，
它有泪只往心里咽，
眼里飘来一道鞭影，
它抬起头望望前面。

【赏析】

《老马》是诗人早期的作品，写于一九三二年四月，正是"九一八"事变半年多一点的时间。诗人笔下的老马，继承了杜甫的《瘦马行》《病马》以及李纲《病牛》等咏物诗的传统，借物抒情，对负荷沉重的中国农民，表示深刻的同情。如果联系三十年代初期的历史背景看，把《老马》的主题推而广之，实际也是古老的灾难深重的中华民族和中国人民忍受苦难的象征。中国是具有四千年悠久历史的农业国，百分之八十是农业人口。老马拉大车是北方

---

① 臧克家（1905—2004），山东诸城人。现代著名诗人。早年求学于济南省立第一师范，受"五四"新文化运动影响，开始诗歌创作。抗战期间参加中国文艺界抗敌协会，继续从事诗歌创作。抗战胜利后在上海主编《文讯》月刊和《创造诗丛》，新中国成立后任《诗刊》主编。作品有《罪恶的黑手》《自己的写照》《十年诗选》《泥土的歌》等，晚年写作散文较多。

农村常见的景象。诗人捕捉这一常见的农村风光，用以象征中华民族和中国人民的历史负荷和苦难历程，引人思考和关注。

诗分两节，每节四行。第一节的头两行，写剥削者唯利是图，贪得无厌。他们因为摸透了"老马""横竖不说一句话"的性格，不把大车"装个够"，是决不罢休的。"总得"一词用得好，它的感情色彩流露出剥削者贪婪、冷酷、凶恶的精神面貌。

三、四两行写"老马"由于忍受"往肉里扣"的"压力"，垂下了沉重的脑袋。"老马"尽管"横竖不说一句话"，但在忍无可忍的压力下，也要"把头沉重地垂下"，并不是麻木不仁，而是把仇恨记在心中。

第二节的头两行，紧接第一节的末了，写老马的命运掌握在剥削者手中，"这刻不知道下刻的命"，忍住眼泪，"往心里咽"。

三、四两行，呼应第一节。既然装够了大车，作为压迫者和剥削者的"主人"，自然要挥舞响鞭，命令老马把大车拉向预定的目的地。老马看见一道鞭影飘来，垂下了的沉重的头不禁抬起来"望望前面"。

一共八行诗，除了第一行写"主子"的内心世界外，其他七行都是写老马：第二行写老马默不吭声、逆来顺受的性格；第三、四两行写老马的感受和形象；第五、六两行写老马的内心活动；第七、八两行写老马在鞭影威胁下的表情和形象。

高尔基说：形象大于思想。臧克家的《老马》原是实有所指的。但是，《老马》的形象却大于诗人的原始构想。正是在这一点上，诗为读者开拓了十分广阔的想象空间，给予读者以美的享受。

（吴奔星）

地之子

李广田[①]

我是生自土中，
来自田间的，
这大地，是我的母亲，
我对她有着作为人子的深情。
我爱着这地面上的沙壤，湿软软的，
我的褓襁；
更爱着绿绒绒的田禾，野草，
保姆的怀抱。
我愿安息在这土地上，
在这人类的田野里生长，
生长又死亡。

我在地上，
昂了首，望着天上。
望着白的云，
彩色的虹，
也望着碧蓝的晴空。
但我的脚却永踏着土地，
我永嗅着人间的土的气息。

---

① 李广田（1906—1968），曾用笔名黎地、曦晨等。山东邹平人。1935 年
北京大学外语系毕业。1930 年开始发表诗和散文。他的诗风纯朴，深厚。1936
年与卞之琳、何其芳合著《汉园集》，人称汉园三诗人，又以散文著称于世。著
有诗集《春城集》《李广田诗选》，诗论集《诗的艺术》等。

我无心于住在天国里，

因为住在天国时，

便失掉了天国，

且失掉了我的母亲，这土地。

（1933 年春）

【赏析】

有那么一类诗歌，是用不着分析也是不可细细分析的，只需去读，就能理解，就会被它感动，就会得到许许多多的体味。李广田的《地之子》就是这样不露技巧，而具有内在的感动力的好诗。

全诗的语言都是极为质朴的极自然的表白，没有丝毫的做作和花哨，没有丝毫的书卷气和香精味，它诚然是"大地之子"的心声，散发的是泥土的气息。当我们一读它，就会被一种隐藏其间的深沉的感情力量所打动，它有如表面平稳，不溅水花的汹涌潜流，有如起伏平缓的大山，也似在地底下运行的地热，……这感情是如此的坚实、饱满，而又沉潜、平静，不知不觉地撼动你，撩拨你。之所以有这样的效果，是因为诗人对祖国土地的深情厚谊，不求浮华，唯愿脚踏实地的人生态度。这不只是一种观念，一种标榜，而是他的整个的人格和心灵。熟悉他的评论家们称他为"大地之子，泥土的人"，正是对他的人格也是诗的风格的准确写照。《地之子》是诗人全身心的投入，是诗人长期深厚的感情积累的集中表现。因此这种被人们无数次表达过的情意，在诗人笔下，才会表现得格外的真挚、深厚和丰饶。而且似乎这些朴拙的诗句，也显得格外的富有表现力。诗人像希腊神话中的巨人安泰一样从大地母亲的怀中吸取信念和力量，他的诗也从中获得了强壮的生命力。

（王晓华）

地层下

苏金伞①

冰雪
使大地沉默。
然而沉默,
并不是
死亡。
眼前:
虽然是冻结的池塘
是没有颜色的田野,
是游行过后
标语被撕去的墙壁,
和旗子的碎片飘散的大街。

但是,在地层下,
要飞翔的正在整理翅膀,
要跳跃的正在检点趾爪,
要歌唱的正在补缀乐曲,
要开花结子的正在膨胀着种子,
躺在枪膛里的子弹,

---

① 苏金伞(1906—1997),原名苏鹤田。河南省睢县人。1920 年在开封第一师范开始写诗,1926 年正式发表作品。1948 年进入解放区,1949 年和沙鸥合编《诗号角》。1949 年 10 月调到河南省文联工作。著有诗集《无弦琴》《地层下》《窗外》《入伍》《鹁鸪鸟》《苏金伞诗选》等。

也正在测验着自己的甬道。

不久，
土壤就会暖和起来，
肌肉也松动了；
雷会来呼唤它们。

不久，
就是彩色的季节
和音响的世界。
而匿居在洞穴里
或流放在海边的喑哑的歌者，
也将汇合在一起，
围绕着太阳
举行一次大合唱。

（1947 年 4 月）

【赏析】

《地层下》写于 1947 年，这是个什么年代呢？一方面，国民党竭尽全力，发动规模空前的内战，企图消灭代表着全民族希望的中国共产党及其领导下的进步力量；另一方面，国民党的统治已日益腐败，政权摇摇欲坠，而经过战争和政治运动的锻炼，以中国共产党为领导的进步势力有了很大的发展，推翻旧政权，建立新中国的伟大斗争正在全面展开。《地层下》一诗，正是概括地反映了这个历史将发生转变的时代。作者用雪来比喻黑暗的统治势力，用春天里飞的、跳的、唱的等一切蕴涵着生命旋律的万物来比喻进步的人民。 雪虽还带着寒意，肃杀着大地的生机，但这雪是即将融化的，它的生命已经为时不长了。 而在它覆盖的地层下，却有着一个鲜腾腾的"彩色的季节和音响的世界"，那里，"要飞翔的正在整理翅膀"，"要跳跃的正在检点趾爪"，"要歌唱的正在补缀乐曲"，一切都在跃跃欲试，准备"围绕着太阳／举行一次大合唱"。 这大合唱，就象征着人民的胜利，象征着崭新生活的开端。 而这一天是即将到来，是必定要到来的，只是要等待着那暖和气候的降临，那一声春雷的"呼唤"。 本诗的一个突出的特点是容量大，短短三十行诗里，浓缩着一个时代的情绪，从这些人人熟知的、生动而又实实在在的形象里，读者可触摸到时代跳动的脉搏，感受到山雨欲来风满楼的逼人气息，但又不用直白的方式而是用象征的手法来展示其诗情和社会内容。 这象征体是生活中最常见的地层和昆虫，写来朴实、自然、流畅又有着较强的真实感。 初读觉得平平常常，但掩卷沉思，就会感觉到深埋的激情和饱满的力量。 可见作者诗艺的工力。

（莫文征）

夜 巷

苏金伞

小巷的记忆力最坏，
虽有纸糊灯刚走过，
马上又糊涂得如扰了藕的塘泥；
一只壁油灯，
抛下的黑影比光还多，

而且还有着消化不良症：
一辆豪华的马车驶入，
像细蛇吞下一头青蛙，
在肚里翻不过身来。
至于失眠倒是不会的。

也有足以炫耀的地方：星子多，
因为大街上的，
都被明灯赶到这里了；
就像：鱼被渔火赶入河湾。

（选自 1937 年 3 月 19 日《大公报》）

【赏析】

诗人笔下的三十年代中国都市的"夜巷"，是拟人化了的："小巷的记忆力最坏"，小巷"有着消化不良症"。诗人对小巷的感受给人一种新鲜感。全诗三节，第一节和第三节紧紧扣住"夜巷”的“夜”字展开描述，如写走过小巷的“纸糊灯”，写挂在小巷的“壁油灯”，写小巷上空的“星子”等，它们显现了黑夜里的小巷的特征。第二节似有点与小巷之“夜”脱节，去写驶入小巷的“一辆豪华的马车”，这也可能发生在白天，并不仅仅是属于“夜”的“专利”，诗人似乎意识到这一点，最后一句来了个煞尾，回复到“夜”，“至于失眠倒是不会的”——多少弥补了游移了诗题的缺陷。

一条都市的夜巷，诗人对它的感受全然用形象的语言道出，一个形象是一幅画面。这画面，除写小巷的一只壁油灯“抛下的黑影比光还多”是用白描以外，其余几幅则都以比喻出之，如写刚走过纸糊灯的小巷，“马上又糊涂得如拢了藕的塘泥”，写马车驶入小巷，“像细蛇吞一头青蛙，在肚子里翻不过身”：它们似乎与夜巷的实景风马牛不相及，但却是以形写神，读来使人过目难忘。尤其是诗的最后一节，闪烁在小巷狭长的夜空的繁星，诗人假想是被大街上的明灯赶到这里了（这假想的基础是：暗处最能看清明处——所以星子们在明灯闪耀的大街的上空并不显其亮，而在黑灯暗火的深巷却倍放光明），于是，有了这样的借喻（鱼代星子，渔火代明灯，河湾代夜巷），产生了这样美妙的画面：“鱼被渔火赶入河湾”这个全诗的结尾为在“夜巷”里的浓重的黯淡抹上了一层亮色。

这首诗虽写都市的一条“夜巷”，用的意象却大多沾满乡村气息，或者可以说是诗人直接从乡村采撷来的，如“拢了藕的塘泥”、“细蛇”、“青蛙”、“鱼”、“渔火”、“河湾”等。看来是童年的农村生活经历给诗人的诗创作注入了源头活水。

（戴　达）

她这一点头

曹葆华[①]

她这一点头，

是一杯蔷薇酒；

倾进了我的咽喉，

散一阵凉风的清幽；

我细玩滋味，意态悠悠，

像湖上青鱼在雨后浮游。

她这一点头，

是一只象牙舟；

载去了我的烦愁，

转运来茉莉的芳秀；

我伫立台阶，情波荡流，

刹那间瞧见美丽的宇宙。

（1929 年）

【赏析】

精彩的爱情诗不胜枚举，但这一首却别具一格。 诗人捕捉住恋人"这一点头"的瞬间，抒发内心的真切感受，很是动人。 不错，

---

① 曹葆华(1906—1978)，四川省乐山人。 1931 年毕业于清华大学文学系，随后入清华大学研究院。 其间，写作并出版过诗集。 1939 年到延安，任教于鲁迅艺术学院文学系。 1962 年起任中国科学院社会科学部外国文学研究所研究员。 著有诗集《寄诗魂》《落日颂》《灵焰》《无题草》等。

有的爱情诗写离别或失恋之痛苦，有的则写相会之卿卿我我的欢乐之态。 还有的写追求之孜孜不倦，各有千秋。 总之，情真则动人。 本诗独出心裁写追求中恋人点头应允后的心情，另有一番滋味儿。 诗人觉得"她这一点头"，如一杯蔷薇酒倾入五脏六腑，全身为之陶醉，似变成一条青鱼在雨后的湖面浮游，优哉游哉！同时又觉得情人放出一只象牙舟，载去了他的一切烦恼，运来茉莉的芬芳，其爱情之波，四处荡流，整个宇宙万物都变得无比美丽了。

从诗艺方面讲，这首诗又写得那样自然流畅，韵律和谐，诗的语言如山间溪水淙淙流来，给人以亲切之感。 然而，仔细一分析，却又可发现诗人独特的匠心。 这首诗不仅有音乐美——全诗用了随韵，一韵到底；同时又具有建筑美，随着诗情的进展，从五字一句开始，逐行增多，每节的最后一行成为十个字一句，一节诗成了一个步步迈下的台阶，使人感受到一种独特的美感力。 如果为形式而形式，不顾及内容的需要硬凑字数，将会起相反的效果。 本诗却能从诗情和内容的需要出发，匠心独运，创造出独特的诗美来，这是难能可贵的。

（吴开晋）

无　题

阿　垅①

不要踏着露水——
因为有过人夜哭。……

哦，我底人啊，我记得极清楚，
在白鱼烛光里为你读过《雅歌》。

但是不要这样为我祷告，不要！
我无罪，我会赤裸着你这身体去见上帝。
……

但是不要计算星和星间的空间吧，
不要用光年；用万有引力，用相照的光。

要开作一枝白色花——
因为我要这样宣告，我们无罪，然后我们凋谢。

(1944 年 9 月 9 日)

---

① 阿垅（1907—1967），原名陈守梅，又名陈亦门。 笔名 S. M、师穆等。
浙江杭州人。 1939 年到延安，进抗大学习。 在西安治疗眼伤期间，写成长篇小说
《南京》，应当时全国文协征稿评奖，获第一名，但未出版。 眼伤愈后，考入国民
党陆军大学。 1946 年，在成都参与方然主编文艺刊物《呼吸》，被人告密为共产
党提供军事情报，受到国民党的通缉，潜逃南京、杭州等地。 新中国成立后，任
天津作协编辑部主任。 出有诗集《无弦琴》，诗论《人和诗》等。

【赏析】

《无题》是一首爱情诗。 这首诗的内容，都是对已往生活的回忆，是两个灵魂的对话。 第三节第二行"我会赤裸着你这身体去见上帝"中的"你"，仍是妻子自称，"你这身体"意指我的身体属于你。

诗人想起，有一天早晨，当他漫步室外，看到草叶上露水的时候，就联想到妻子夜哭的泪珠。 他躲过了露水，而其潜意识中，是不忍在爱人淌血的心上，再踏上一脚。 他记得和妻子一起度过的许多美好时光，记得"在白鱼烛光里"为妻子读《圣经·雅歌》的情形。 他和妻子共同的告白：我们的爱情是最纯洁的，是忠贞不渝的。 我们或先或后，都将安然地长眠于地下，但我们是无愧的。

这首诗感情真挚厚重，格调深沉高洁，是一首不同凡响的情歌。 作品运用对话的方式，回忆过去的生活，表达纯挚的爱情，形象生动，亲切感人。 在写法上，诗人有意避开过于明晰的词语，而采用朦胧的手法把意象呈现出来，从而增强了作品可供回味的余地，使所传达的感情更凝练更深沉。

（岳洪治）

别了，哥哥

殷　夫①

（算作是向一个 Class 的告别词吧！）

别了，我最亲爱的哥哥，
你的来函促成了我的决心，
恨的是不能握一握最后的手，
再独立地向前途踏进。

二十年来手足的爱和怜，
二十年来的保护和抚养，
请在这最后的一滴泪水里，
收回吧，作为恶梦一场。

你诚意的教导使我感激，
你牺牲的培植使我钦佩，
但这不能留住我不向你告别，
我不能不向别方转变。

在你的一方，哟，哥哥，

---

① 殷夫（1909—1931），浙江象山人。 原名徐祖华，笔名殷夫、白莽、文雄白、沙菲、徐白等。 1930 年加入中国左翼作家联盟，并为其刊物《萌芽》《拓荒者》等写稿。 1931 年 1 月被国民党秘密逮捕，2 月 7 日与胡也频、柔石等被杀于上海龙华。 诗集有《孩儿塔》《伏尔加的黑浪》《一百零七个》《诗集》（包括译诗）等。 1954 年人民文学出版社出版《殷夫诗文选集》，收诗歌 62 首，译诗 9 篇。

有的是，安逸，功业和名号，
是治者们荣赏的爵禄，
或是薄纸糊成的高帽。

只要我，答应一声说，
"我进去听指示的圈套"
我很容易能够获得一切，
从名号直至纸帽。

但你的弟弟现在饥渴，
饥渴着的是永久的真理，
不要荣誉，不要功建，
只望向真理的王国进礼。

因此机械的悲鸣扰了他的美梦，
因此劳苦群众的呼号震动心灵，
因此他尽日尽夜地忧愁，
想做个 Prothemua 偷给人间以光明。

真理和愤怒使他强硬，
他再不怕天帝的咆哮，
他要牺牲去他的生命，
更不要那纸糊的高帽。

这，就是你弟弟的前途，
这前途满站着危崖荆棘，

又有的是黑的死，和白的骨，
又有的是砭人肌筋的冰雹风雪。

但他决心要踏上前去，
真理的伟光在地平线下闪照，
死的恐怖都辟易远退，
热的心火会把冰雪溶消。

别了，哥哥，别了，
此后各走前途，
再见的机会是在，
当我们和你隶属着的阶级交了战火。

（1929 年 4 月 12 日）

【赏析】

　　《别了，哥哥》写于 1929 年"四·一二"事变两周年。那时，十九岁的诗人已经历了 1927 年"四·一二"和 1928 年夏的两次被捕。第二次出狱以后，殷夫离开了同济大学，专门从事共青团和青年工人运动的工作，过着职业革命家的极端穷困生活，并断绝了与家庭（主要是大哥）的联系。

　　《别了，哥哥》和这一时期所写的《血字》《意识的旋律》《上海礼赞》等 7 首诗，由"左联"常委钱杏村（阿英）加了《血字》的总题，编入 1930 年 5 月出版的"左联"刊物《拓荒者》第 1 卷第 4、5 期合刊。刊物发行后，被国民党当局查禁，另改名《海燕》出版。同期刊物上还刊出了殷夫关于"三八"国际妇女节的速写《"March 8"s》和另一署名 Ivan 的《写给一个哥哥的回信》

（1930 年 3 月 11 日作）。《别了，哥哥》和《写给一个哥哥的回信》主题相同，而分别以诗和散文的形式写出。尽管写作时间相隔近年，但主旨如一，相互参阅，可以加深理解殷夫坚定的革命立场，以及诗人为何要把"苦苦地束缚于旧世界的一条带儿"割裂，与代表敌对阶级力量的兄长决裂的深刻内涵。

殷夫有三个哥哥，两个姐姐。大哥徐培根比殷夫大十五岁。大哥早年就读于杭州陆军小学堂，参加过辛亥革命的"学生队"，以后又入保定军校和北京陆军大学，父亲逝世后，大哥任杭州的浙军中校参谋，负起兄长的责任，对幼弟倍加照顾，将弟弟送到上海读中学。所以殷夫在诗中开头就称："别了，我最亲爱的哥哥"，"二十年来手足的爱和怜，／二十年来的保护和抚养"，对哥哥过去诚意的教导表示感激。1927 年"四·一二"事变前夕，大哥已是显赫一时的蒋介石北伐军总司令部的参谋处长，使殷夫能从他那里探听到事变即将发生之消息，但当殷夫接受上级领导的任务，再去司令部找他时，司令部已离开上海。第二天，就发生"四·一二"事变，殷夫在浦东中学，被一位国民党员告密，逮捕入狱三月，几乎被枪决，后经大哥保释出狱。1928 年，大哥去德国留学之前，资助倔强的弟弟进上海同济大学德文补习科。哥哥想按照自己的愿望改变弟弟的理想，走他同一的道路——这就是殷夫诗中所揭出的"在你的一方，哟，哥哥，／有的是，安逸，功业和名号，／是治者们荣赏的爵禄，／或是薄纸糊成的高帽。"随着 1927 年"四·一二"事变的发生和中国革命的深入，昔日统一战线中的同盟者变成篡夺革命成果的敌对力量，戴着纸糊高帽的统治者成了屠杀人民的元凶。统治阶级刮起的血雨腥风以及政治目标的完全不同，导致了连接着兄弟情谊的纽带的断裂。殷夫在 1928 年第二次被捕出狱后几个月接到大哥从德国转来的信，——"你的来函促成了我的决心"。年轻的诗人在深情地回顾"二十年来手足的爱和怜",既写了有浓厚手足之情的大哥对他的爱抚与培植,更抒发了面临严酷现实的感慨:"机械的悲鸣扰了他的美梦"、"劳苦群众的呼号震动心灵",对哥哥的来信"相劝",作了断然的回答,他不能听从哥哥"指示的圈套",尽管那很容易获得一切的赐予——"从名号直至纸帽"。

《别了,哥哥》是一首一个阶级向另一个阶级诀别的宣言。他用铿锵的声音断然回答:决不要那"纸糊的高帽"和"荣誉"的"名号",宣告与旧世界的彻底决裂;他要做普罗米修斯,"不怕天帝的咆哮",不怕"黑的死,和白的骨",只望为劳苦群众的解放——"向真理的王国进礼"!

两年以后,1931年2月7日,年轻的诗人以生命和鲜血履行了在十九岁时写下的战斗誓言。

(丁景唐)

冰　河

林　庚①

从一个村落到一个村落
这一条冰河小心的流着
人们看不见水的蓝颜色
今天是二九明天是什么

长长的路上人们来往着
这一个冬天在冰里度过
没有人看见水的蓝颜色
这一条冰河带走了日月

今天是二九明天是什么
这一条冰河带走了日月

(1947 年冬)

【赏析】

　　林庚在三十年代是"现代派"诗人之一，喜欢用象征性的意象
抒发个人情怀。抗日战争开始以后，他的诗越来越紧密地和现实斗
争相结合，在艺术上仍保持着意象抒情的风味。林庚早年写过自由
诗，三十年代中期以后即转向格律诗。这里选录的《冰河》在他后

---

　　① 林庚(1910—2006)，原籍福建闽侯，生于北京。1933 年清华大学中文系
毕业。1931 年开始写新诗。1952 年任教北京大学中文系。著有诗集《夜》《春
野与窗》《北京情歌》《冬眠曲及其他》《林庚诗选》等。

期的作品中具有代表性。

《冰河》写于一九四七年冬，正是革命力量和反动势力激烈搏斗的时候。《冰河》的题目给人冷飕飕的感觉，可是通篇的内容和音调都洋溢着乐观的情绪。

"冰河"何所指？诗的开头就赋予冰河的意象以不同寻常的内涵。这冰河并不是冻结不动的，而是在冰层之下"小心的流着"。在当时的背景下，读者很容易由此联想到正在遭受反动派压制的人民革命力量。"人们看不见水的蓝颜色／今天是二九明天是什么"，不动声色的叙写中蕴涵着人们对"水的蓝颜色"的渴望，对"明天"的渴望。

第二节是对第一节的补充，似乎是换一个说法咏唱同样的内容，但第二节的侧重点和第一节不同。第一节着重写冰河在"流着"，人们在乐观地盼着明天；第二节却反过来说：冰河虽然在流，可现在还是看不见"水的蓝颜色"；人们虽然对"明天"有信心，可现在还是"在冰里度过"。这样相互映衬，相互补充，就把人们既乐观又难熬、既难熬又乐观的情境充分表现出来了。

结尾两句是由前两节的末句集成，是一种创造性的特殊的重叠。这一来，把前两节的内容重心点明了，并聚合起来了。"今天是二九明天是什么／这一条冰河带走了日月"。两句的意思之间存在着不大不小的空白，又没有关联词语，这就造成了诗意的弹性。我们可以领会成：冬天到了，春天已经不远；随着日月的流逝，春天将愈来愈靠近；也可以领会成：虽然春天已经不远，可是这一段日月还是要由冰河带走，通向春天的路还是艰辛的。可以说，作者把情思的流动、回旋，巧妙地借诗句的安排传达了出来，把情思世界转化成了语言世界。

（吕家乡）

黎明的通知

艾　青[1]

为了我的祈愿
诗人啊，你起来吧

而且请你告诉他们
说他们所等待的已经要来

说我已踏着露水而来
已借着最后一颗星的照引而来

我从东方来
从汹涌着波涛的海上来

我将带光明给世界
又将带温暖给人类

借你正直人的嘴
请带去我的消息

通知眼睛被渴望所灼痛的人类
和远方的沉浸在苦难里的城市和村庄

---

① 艾青（1910—1996），原名蒋海澄，浙江金华人，现代著名诗人，是继郭沫若、闻一多等人之后推动一代诗风的重要诗人。著有长诗《大堰河——我的保姆》《向太阳》，诗集《宝石的红星》《艾青诗选》等。

请他们来欢迎我——
白日的先驱，光明的使者

打开所有的窗子来欢迎
打开所有的门来欢迎

请鸣响汽笛来欢迎
请吹起号角来欢迎

请清道夫来打扫街衢
请搬运车来搬去垃圾

让劳动者以宽阔的步伐走在街上吧
让车辆以辉煌的行列从广场流过吧

请村庄也从潮湿的雾里醒来
为了欢迎我打开它们的篱笆

请村妇打开她们的鸡棚
请农夫从畜棚牵出耕牛

借你的热情的嘴通知他们
说我从山的那边来，从森林的那边来

请他们打扫干净那些晒场
和那些永远污秽的天井

请打开那糊有花纸的窗子
请打开那贴着春联的门

请叫醒殷勤的女人
和那打着鼾声的男子

请年轻的情人也起来
和那些贪睡的少女

请叫醒困倦的母亲
和她身边的婴孩

请叫醒每个人
连那些病者与产妇

连那些衰老的人们
呻吟在床上的人们

连那些因正义而战争的负伤者
和那些因家乡沦亡而流离的难民

请叫醒一切的不幸者
我会一并给他们以慰安

请叫醒一切爱生活的人
工人，技师以及画家

请歌唱者唱着歌来欢迎
用草与露水所渗合的声音

请舞蹈者跳着舞来欢迎
披上她们白雾的晨衣

请叫那些健康而美丽的醒来
说我马上要来叩打她们的窗门

请你忠实于时间的诗人
带给人类以慰安的消息

请他们准备欢迎，请所有的人准备欢迎
当雄鸡最后一次鸣叫的时候我就到来

请他们用虔诚的眼睛凝视天边
我将给所有期待我的以最慈惠的光辉

趁这夜已快完了，请告诉他们
说他们所等待的就要来了

【赏析】

此诗写于艾青到达抗日民主根据地的中心延安之后。经过长途的流徙，在看够了"北方的贫穷与饥饿"后，来到了这光明的圣地，目睹新社会的一派新气象，诗人真是兴奋极了。他曾说："如果我们要从古老的中国看见新生，看见希望，那首先就要注意延安。如果在'旧中国'有地方已经披上黎明的微光，那地方就该是延安——和各个抗日根据地。"诗人无比激动地要把这"黎明的微光"已经照射到中国大地的消息，告诉广大的人民群众。 诗的灵感就从这里进发出来，化作一首诗的题目——《黎明的通知》。

正如《北方》没有具体地去描绘北方人民的苦难现实一样，《黎明的通知》也没有去写延安的各种新生活、新气象。 艾青紧紧地把握了诗的最重要的特征，他要表现的是感情。 怎样才能把内心的激情淋漓尽致地宣泄出来，才是他的构思的核心问题。

而为了表现内心的激情，诗人竟把自己化作了黎明。 这当然是靠想象力，而他之所以产生这样的想象，归根结底，还在于他有充沛的激情。 黎明借着最后一颗星的照引，踏着清晨的露水出来歌唱。 这样的表达方式，更为艺术化。 在诗中，黎明和艾青是一而二、二而一的。 艾青化作黎明，可以更自由更尽情地歌唱；黎明因为有了艾青而人格化了，它被赋予感情和个性。 从"打开所有的窗子来欢迎／打开所有的门来欢迎"一段开始，一口气呼喊了 48 句。这位"白日的先驱"其感情是何等的热烈。 他是"光明的使者"，但不是救苦救难的菩萨、上帝。 他要唤醒乡下的农夫、村妇，唤醒城里的清洁工，唤醒一切女人和男人、少女和母亲、婴孩和老人、工人和技师、画家和诗人……他要晨光普照，把光明和温暖赐予大地上的一切劳动者。 他又是那么胸怀开阔，那么有民主的精神和慷慨无私的气度。 这就是诗中所表现出的艾青的热情、艾青的性格。这一切都附着"黎明"身上，"黎明"因而有情有义，诗歌也因而情意盎然。

（黄修己）

礁 石

艾 青

一个浪，一个浪

无休止地扑过来

每一个浪都在它脚下

被打成碎沫，散开……

它的脸上和身上

像刀砍过的一样

但它依然站在那里

含着微笑，看着海洋……

（1954 年 7 月 25 日）

【赏析】

《礁石》是一首咏物诗。咏的是礁石，但不是为咏物而咏物，而是触景生情，托物言志。

第一节，写海浪对礁石的冲击。头两行表现海浪气势汹汹，浪与浪之间简直没有间隙，无休止地向礁石冲击过来。诗人用一个"扑"字，准确性与形象性兼而有之。海浪之多，时间之长，来势之猛，像是稳操胜算，不把礁石冲得粉碎决不罢休。但是，结果正与"浪"的计谋相反，只是把自己碰得粉身碎骨。"每一个浪都在它脚下／被打成碎沫，散开……"。看！在礁石的脚下，"散开"多少"浪"的尸骨，而礁石却安然如堵。

第二节是紧承第一节浪对礁石的长期冲击而来的。由于承受浪的无休止的冲击，"它的脸上和身上／像刀砍过的一样"。第一节把"浪"人格化，像人一样"扑"向"礁石"，第二节把礁石人格化，脸上和身上都被浪砍伤。从浪与礁石的人格化，可见诗人是借物与物的关系暗示人与人的关系。安然如堵的礁石，虽然浑身像是"刀砍过的一样"，面对浪的一次又一次的失败，却是"含着微笑，看着海洋……"。这个结尾，呼应开端，具有深厚的内涵。开端是"浪"的气势汹汹，穷凶极恶；结尾则是礁石的泰然自若，悠然自得。因为海浪虽然号叫得最早，而礁石却笑在最后。因此，诗的开端与结尾，充沛着诗意，有很高的审美价值。

浪与礁的一般物际关系显示特殊的人际关系。诗人写出了两种不同的姿态与不同的性格，暗示两种不同的后果或前途。

（欧阳镜）

我得掌握我自己

林 林①

哦，要做鸟，就做鹰罢，高飞的鹰，

哦，要做兽，就做狮子罢，勇壮的狮子，

哦，要做人，就作个不平凡的英雄，

但是矛盾啊，我厌憎平凡，我又爱慕平凡，

那么，以鹰作平凡的鸟罢！

以狮子作平凡的兽罢！

以英雄作平凡的人罢！

我爱飞折羽翼的鹰，

我爱垂死而被辱的狮子，

我也爱那红照西天的夕阳，

美丽的死去还是美丽的啊，

可敬的死去还是可敬的啊！

我祈求着啊：

给我高飞的羽翼，

给我壮大的气魄与力，

给我英雄的平凡，对待平凡的庸众罢！

逝去吧，不安的梦幻！

逝去吧，心造的爱恋！

---

① 林林(1910—2011)，福建诏安人。 原名林仰山。 中学时开始学写新诗。
1934 年在日本参加中国左翼作家联盟东京分盟。 诗作常见于《杂文》《诗歌》
上。 著有诗集《阿莱耶山》《印度诗稿》《冬祭颂歌》等。

逝去吧，使我苦恼的友情！

变换吧，死水般的周遭！

枯萎吧，迷惑人的希望的花朵！

人间既然有了我，就应有我的业绩，

我得喝现实的乳液，流劳动人民的汗啊！

我冀望生活的大海啊，

那怕是狂风暴雨

或是惊涛骇浪！

宁可在酣战里显出我自己的胆怯，

宁可在伟大中暴露我自己的渺小！

让我醉于诗，醉于工作，醉于战斗……

让我欢乐，悲愁，让我嘲笑和激怒罢！

我既骑在马上，就得揽辔扬鞭，驰骋奔腾，

我得掌握我自己啊！

【赏析】

这首诗写于菲律宾首都马尼拉，时值 1945 年抗日战争结束。了解一下当时的社会现实和我的心理感受，或许能有助于读者对诗的理解。

在海外艰难险恶的环境中，华人与当地人民并肩进行了三年多反抗日本侵略者的战斗。经历了血与火的严峻考验，我从内心深处呼唤着英雄气概。英雄崇拜的意愿也在这首诗中有所显露；这就是渴望着"生活在、劳动在名誉、光荣、英雄主义的伟绩中"（高尔基语）。但同时，客观地审视自己，我又发现自己身上还存在着渺小与懦怯的一面。希腊哲语告诫人们："认识你自己！"虽然要真正认识我自己并不容易，但我必须这样去做，必须自强不息，努力寻求伟大与渺小、勇敢与懦怯、不平凡与平凡等诸多矛盾的统一。所以这首诗也可以说是"认识自己"的艺术结晶。

这首诗就是努力扣住英雄与群众、伟大与平凡的关系，层层深入地抒发和剖析了我和战友们的内心世界。开头用了三个假设性的长句，直接表达了我的主观的愿望和意向，看来还是具有一定的气势的。"但是"之后，我陡然来了一个转折，较鲜明地揭示了矛盾。但究竟该如何解决苦恼着自己的这个矛盾呢？我思索了一番，终于认识到"鹰""狮子"同样也是平凡的"鸟兽"——伟大与平凡原本是不能截然分开的！

此后的第三节宕开一步，接连用三个"逝去吧"表现我的呼唤，这是为了更进一步地勉励自己：要做一个平凡的英雄，就得告别"不安的梦幻"之类，脚踏实地，"喝现实的乳液""流劳动人民的汗"，排除一切干扰，坚韧地向前走去！

如果说这首诗的开头较能抓住读者的心，那么结尾则显得余情余韵不足。看来，一首诗要做到整体完美，实非易事。

（林　林）

一朵野花

陈梦家①

一朵野花在荒原里开了又落了。

不想到这小生命，向着太阳发笑，

上帝给他的聪明他自己知道，

他的欢喜，他的诗，在风前轻摇。

一朵野花在荒原里开了又落了，

他看见青天，看不见自己的渺小，

听惯风的温柔，听惯风的怒号，

就连他自己的梦也容易忘掉。

（1929 年 1 月大悲楼阁）

【赏析】

这是诗人十九岁时写下的一首很委婉的述志诗。 他初入诗坛，
觉得自己写诗，就像荒原里的一朵野花，要绽开、要凋落，是很自
然的事，是大自然界一种生命现象。 "野花"感谢太阳给了他生
命，因此"向着太阳发笑"。 他的聪明也是"上帝给他的"，这样
就有了他自己的情感，因而有了"他的欢喜，他的诗"。 这"一朵
野花"，他不希求承担什么重大的社会使命，他只是要表现自己生

---

① 陈梦家（1911—1966），浙江上虞人。 新月派后期最有成就的诗人之一。
他的诗内容上多抒写自己对一种梦境般缥缈的爱情的追求与向往，并笼罩着感伤色
彩。 在艺术上讲求格律的严谨，形式的整齐，注重文句的雕饰。 诗集有《梦家诗
集》《不开花的春》《铁马集》《在前线》《梦家诗存》。

命的欢悦，"在风前轻摇"。 这些诗句既是表现野花生命的姿态，也表现了年轻的诗人及其诗的一种生命的姿态。

第一节诗里，"野花"还只是作为诗人情感的对应物，作为一个象征而出现，第二节诗里，由此而开拓了诗的境界。 诗人赋予"野花"对生存环境的感受和体验，也是将自己移情于"野花"，展示自己的精神境界。 他有青天、太阳之爱，也不感到自己的渺小。 他"听惯风的温柔"，也"听惯风的怒号"。 他有美丽的梦，但并不把梦看得那么重要，因此，"就连他自己的梦也容易忘掉。"在这里，《一朵野花》显然是拟人的。 诗人以它寄托自己对于人生的观念。 人在大自然中是渺小的，虽然也应有所追求，也应有理想，但是不容易实现的。 还是学一朵野花好，如果美梦不能实现，就把它忘掉。 这里的大自然，也暗示人类社会。

这首八行诗有着诗人所体验的人生意义，特别是第二节后三句有着较大的容量，令人读后沉入深思。 陈梦家在《新月诗选·序言》中曾这样表述他关于新诗艺术的见解："诗，具有两重创造的含义。 在表现上，它所希求的是新创造，是从锻炼中提选出坚实的精华，它是一个灵魂紧缩的躯壳。 在诗的灵感上，需要那新的印象的获取，就是诗的内在的一种新的诗的发现"。 他还说："真实的感情是诗人最紧要的原素"，诗人要从灵感的激动中写出诗来。 因此，诗人"他要忠实于自己"，而技巧，"乃是从印象到表现的过渡……"。 这些话，大概可看作是他的艺术主张。 而这首《一朵野花》，形象地表现出这位年方十九的青春诗人"灵魂紧缩的躯壳"。

（陈良运）

红　果

陈梦家

我看见一个红果，
结在这棵树上；许多夜
我和我的爱在这里站过。
我叹一口气，说：
"你长着，还想什么，——
还想什么？"
我听见她回答我：
"我没有别的奢望，我只
让自己长起，到时候成熟"；
她指着西风，说：
"我等着，等着吹落，——
等着吹落。"

【赏析】

"红果"，是一个意象，也是一个象征，它象征爱情，它使人联想起"红豆生南国"的诗句，也使人忆起古希腊女诗人萨福那首著名的抒情短诗：

"有若娇红的苹果悬在树梢，／在最高的枝头，／被采果人忘了，不是忘了，／而是要采采不到。"陈梦家这首抒写爱情的短诗，似乎是从萨福诗触发出来的。

一对尚未吐露初衷的青年恋人，他们也不知道相互之间爱情的前途，诗人虚拟了这样一个场景：他们双双站在一棵结了一枚红果的树下（并且已站过了"许多夜"），"我叹一口气"，问"红果"（当然也是问身边的恋人）："你长着，还想什么，——还想什么?"委婉地，一语双关地探测着爱情的命运。

第二节也只是"红果"的拟答（也是提问者揣测对方的心曲），那就是盼望爱情之果的成熟。她没有别的奢望，只是"让自己长起，到时候成熟"，而当西风起时，自然地被吹落，让爱我之人，我所爱之人捧起，成熟了的爱情的果实更为甜蜜。

这是一首优美的爱情小夜曲，表现了那一个时代的青年对爱情幸福追求的心怀惴惴，他们渴望自由的爱情，更渴望健康的爱情，成熟的红果，是他们对于爱情审美的一个意象。诗人可能就是从"红果"这一意象获得灵感，但他赋予这爱情的象征物以"新的印象"，既不是中国传统的异性相思的象征，也不是古希腊爱情苦闷的象征，而是自由、健康、成熟的爱情的象征，因此，诗有含蓄、隽永和新颖之趣。

《红果》在诗的形式方面很有特点，前后两节诗，在语式、排列上都讲究对称，音节上下均衡，呈现一种舒缓的节奏，与整个诗的情调氛围融合在一起。这种写法，也体现了陈梦家和新月诗人的艺术追求，即强调艺术创造中的自我限制和约束。

（陈良运）

预 言

何其芳①

这一个心跳的日子终于来临。
你夜的叹息似的渐近的足音,
我听得清不是林叶和夜风的私语,
麋鹿驰过苔径的细碎的蹄声。
告诉我,用你银铃似的歌声告诉我,
你是不是预言中年轻的神?

你一定是来自温郁的南方,
告诉我那儿的月色,那儿的日光,
告诉我春风是怎样吹开百花,
燕子是怎样痴恋着绿杨。
我将合眼睡在你如梦的歌声里,
那温馨我似乎记得,又似乎遗忘。

请停下来,停下你长途的奔波,
进来,这儿有虎皮的褥你坐!
让我烧起每一个秋天拾来的落叶,
听我低低唱起我自己的歌。

---

① 何其芳(1912—1977),原名何永芳,四川万县人。 1931 年入北京大学哲学系,开始在京、沪的《现代》《文学季刊》等刊物上发表作品。 散文集《画梦录》以绚丽的文采表现象征的诗意,创造出独立的抒情散文体。 论著有《关于现实主义》《西苑集》《关于写诗和读诗》等。

那歌声将火光一样沉郁又高扬，
火光将落叶的一生诉说。

不要前行！前边是无边的森林，
古老的树现着野兽身上的斑纹，
半生半死的藤蟒蛇样交缠着，
密叶里漏不下一颗星星。
你将怯怯地不敢放下第二步，
当你听见了第一步空寥的回声。

一定要走吗？等我和你同行！
我的足知道每一条平安的路径，
我可以不停地唱着忘倦的歌，
再给你，再给你手的温存。
当夜的浓黑遮断了我们，
你可以不转眼地望着我的眼睛。

我激动的歌声你竟不听，
你的足竟不为我的颤抖暂停，
像静穆的微风飘过这黄昏里，
消失了，消失了你骄傲的足音……
呵，你终于如预言中所说的无语而来
无语而去了吗，年轻的神？

（1931 年秋天，北平）

【赏析】

这首诗的意念，似乎并不明确，但诗人所追求的正是这种不明确。 这里似乎说的是诗人内心涌起的一种灵感，也许是对于艺术的，也许是对于人的生命的某种体验的，反正是一种很难得、很宝贵的体验，突然地有点缥缈的浮现了，这就引起了诗人的激动、惊异。

诗人受过英国浪漫主义诗歌的熏陶，这与他对我国中晚唐诗歌的欣赏结合在一起。 因而在描述这种无声无形的情感时，他用了浪漫主义的直接抒情的方法，同时又吸收象征主义诗歌注重感觉的优点，用有声的"叹息似的足音"、"夜风的私语"、"麋鹿"的"蹄声"这样强度不大的有声意象来赋予那无声的意念以有声的特征。 接下去第二节又用可视的意象去渲染它，把它和月色、日光、燕子、绿杨联系起来。 意象虽然有织交的密度，但感情仍然没有夸张，没有强化，它仍然是微妙的、精细的、捉摸不定，介于"似乎记得、又似乎遗忘"之间。

下面三节写的是这种灵感的飘忽、短暂，不可挽留，总是给诗人一种来得突然，去得匆匆之感。 诗人用的意象色彩是很浓的，这里除了西洋诗的影响以外，也有中晚唐诗歌追求鲜艳色彩的特点，从虎皮褥，半死的藤蟒，都可以看出这样的痕迹。 不过，总的说来，这首诗主要还是象征主义的感觉占优势。 它不像我国古典诗歌中以视觉形象占优势，而是象征主义常用的"以耳代目"的感觉占优势。 整首诗的构思焦点落在听觉的产生和消失上。 这种灵感产生时带着美妙的足音，消失时则是足音的消失。 全诗的形象逻辑大致是这样的：

无声——渐近的足音（视觉形象的配合）——足音消逝——无声。

（孙绍振）

门　外

辛　笛①

罗袜兮无声

玉墀兮尘生

虚房冷而寂寞

落叶依于重扃

夜来了

使着猫的步子

当心门上的尘马和蛛丝网住了你吧

让钥匙自己在久闭的锁中转动

是客？还是主人

在这岁暮天寒的时候

远道而来

且又有一颗怀旧的心

我欢喜

我的眼还能看

黑的影相

还托着一朵两朵

白色黄色的花

---

　　① 辛笛（1912—2004），原名王馨迪，笔名心笛、一民。 原籍江苏淮安，生于天津市。 20 世纪 30 年代出现于诗坛，在《文学季刊》《水星》《新诗》等园地发表新诗与译作。 他诗风精致凝练，洒脱自然，一如中国传统诗人。 出版作品有诗集《手掌集》，散文、评论集《夜读书记》。

我还记得那炉火"爆"的声音

因为我们投掷了山栗子进去

或是新斫下的木柴

如此悠悠的岁月

那簪花的手指间

也不知流过了多少

多少惨白的琴音

但门外却只有封锁了道路

落了三天的雨和雪

不再听你说一声"憔悴"

我想轻轻地

在尘封的镜上画一个"我"字

我想紫色的光杯

再触一次恋的口唇

但我怕

我怕一切会顷刻碎为粉土

这里已没有了期待

和不期待

今夜如昨夜一样的寂灭

那红的银的烛光

也不因我而长而绿

我听不见眼的语言

二十年　二十年

我不曾寻见熟稔的环珮

猫的步子上

夜来了

一朵两朵

白色黄色的花

我乃若与一切相失

在这天寒岁暮的时候

远道而来

且又怀有一颗怀旧之心

1937 年冬天

在一个阴寒多雨

而草长青的地方

【赏析】

《门外》是一首纯粹的抒情诗。它是辛笛早年在海外留学时写下的众多诗篇之一，却见不到一点异国风情，倒像一篇诗化的《聊斋》故事。诗前题词引用了刘彻《落叶哀蝉曲》的前四句。汉武帝的那首诗是为怀念爱姬李夫人所作，抒发了人去闺空的寂寥和怅惘。

《门外》开始就写"夜来了／使着猫的步子"。诗人在此处借用"猫"的意象，不仅试图达到描绘夜来临的形似，而且倚重其中的某种语义，制造不同寻常的气氛。

那布满灰尘和蛛网的门，暗示此地久无人居，为下面的访旧作了环境与气氛的渲染。钥匙自己会转动，平添了毛骨悚然的神秘感。由此可以预期鬼魂来了。夜间，加上寂寂空房，该是鬼魂出没的地方。只是连他自己都闹不清今天在这里是身为客人？是主人？还是年代过于久远的人？此刻正值岁暮天寒，他远道而来，带着怀旧的心，层层逼近地揭示了这个访旧者的所思所想。往事难忘，重游故地，百感交集，居然还能看、能听、能想。于是在凄戚伤感的同时，又有一点安慰和欢喜。他恍若看到旧日的恋人，托着"白色黄色的花"。这恰似 19 世纪后期印象派画家对光线变幻、色彩点染的巧妙运用。访旧者又记起和恋人一同将山栗投入炉火时发出的火爆，听到她拨弦的琴音，岁月在"那簪花的手指间"匆匆流逝。于是思绪重新落到现时："但门外却又有封锁了道路／落了三天的雨和雪"。诗人以大雪封门的意境表现与世隔绝的孤独，失落感油然而生，更加渴望再见恋人，"再听你说一声'憔悴'"。然而无人应声，原来你已经逝去。无论是尘封的镜子，还是琥珀色的杯子，都是你我用过的旧物。我想再触摸一下，重温旧情旧景，但又担心一碰即刻会风化为粉末，重寻旧梦的期待便杳无踪影了，仅仅留下一片死寂和幻灭。"那红的银的烛光／也不因我而长而绿"，这两行中"的"字和"而"字用法奇特。"的"字重复用在两个并列的定语"红"和"银"的后面，来修饰"烛光"，从红烛的光和白烛的光中交织着昔日爱情生活的甘美和消亡。"而"字的重复使用，如同"的"字一样，起到加强语言节奏，拖长修饰效果的作用，同时完成了语意既相承又转折的连接作用。往日的烛光既不复存在，又何尝能因幽灵到来而变得又长又绿呢？这两行不仅以新颖的修辞、节奏引人注目，而且通过光影明暗的对照，强化了思恋之情，在凄然的"冷色"中涂抹上缕缕暖意。但是终不见那双会说话的眼睛，寻觅不到熟稔的环珮。"二十年 二十年"连连痛心的喟叹将情感之波推向高潮。死别 20 年，仍一往情深，但是再也见不到恋人了。至此，抒情戛然而止。"猫的步子上／夜来了"，与首句二行意义重复，只是在句子结构上作了逆向处理。接着，记忆的微光在夜幕下又化作黄白相间的花。于是点出主旨——"我乃若与一切相失"。曾有过的一切好像都失却了。爱之弥真，思之弥切，尤其在这样的天寒岁暮时节，从远方来，又有一颗怀旧之心。 结尾与开始的情境遥相呼应。

　　作者最后着意点明写于"1937 年冬天在一个阴寒多雨而草长青的地方"，与他留美所在地英格兰爱丁堡大学非常相似。 诗人写《门外》时，年仅 20 余岁，因远离故土，孤寂思乡，思念已逝的恋人，写了这首诗，是可以理解的。 《门外》留给今天读者的直接阅读印象是一首别致的悼亡诗，起因于思乡，又与怀念过去的恋情交织在一起。 他将回忆与实境，抒情与追述和谐地结合起来。 节奏舒缓低回，闪烁着绵绵情思，而游子的离愁反倒由于隐在诗后，几乎完全淡化了。

（王圣思）

一片槐树叶

纪　弦①

这是全世界最美的一片，
最珍奇，最可宝贵的一片，
而又是最使人伤心，最使人流泪的一片，
薄薄的，干的，浅灰黄色的槐树叶。

忘了是在江南，江北，
是在哪一个城市，哪一个园子里捡来的了，
被夹在一册古老的诗集里，
多年来，竟没有些微的损坏。

蝉翼般轻轻滑落的槐树叶，
细看时，还沾着些故国的泥土哪。
故国哟，啊啊，要到何年何月何日
才能让我回到你的怀抱里
去享受一个世界上最愉快的
飘着淡淡的槐花香的季节？……

---

① 纪弦（1913—2013），原籍陕西周至，生于河北清苑，原名路逾，笔名路
易士、青空律。 当代诗人，现代派诗歌的倡导者，1953 年创办并主编《现代诗》
季刊。 著有诗集《易士诗集》《行过之生命》《火灾的城》《爱云的奇人》《不朽
的肖像》《在飞扬的时代》《摘星的少年》《饮者诗抄》《晚景集》《纪弦诗选》
《纪弦精品》等。

【赏析】

此诗作于一九五四年，即纪弦创办《现代诗》季刊的第二年，亦即他离开大陆故土的第六年。诗人托物寄情，通过一片被夹在古诗集中"还沾着些故国泥土"的槐树叶，谱写了一曲海外游子萦怀祖国、思念故乡的衷肠之曲。全诗只有三节，以时间的"现在—过去—将来"和心理的"伤感—回忆—企望"为同步并行线索，融合客观之物和主观之情，使人处处感触到诗人灵魂的颤动、感情的波澜。

第一节写诗人现在目睹槐树叶时的复杂感受。这一节只用了一个句子，即把一个陈述句排列为四行，这个陈述句的缩写是："这是一片槐树叶。""槐树叶"的一连串定语，包含三层意思，表现了感情的三次波澜。开头两行落笔见情：赞美之情，欣喜之情，溢于言表，并以三个"最"字的叠用，层层推进，增加感情的强度和浓度。第三行用一个"而"字急转，情感的流程由赞叹变为伤感，由欣喜变为悲泣。为了表现这种乐中之苦、喜极之悲，诗人又以两个"最"字的重叠加以强化，构成了全诗情感的基调，于是开头两句所表现的赞美、欣喜之情也就成了全诗情感基调的反衬。这种复杂的感情究竟是因何而触发的呢？到第四行"薄薄的，干的，浅灰黄色的槐树叶"，初步展示全诗的中心意象，点明诗人感情的触发物，并由此引出下一节所要表现的更深层的感情潜流。

第二节写槐树叶的来历，进一步揭示中心意象的历史内涵。时间由现在追溯到过去，空间由狭窄的孤岛拓展到辽阔的祖国大陆。前两行"忘了是在江南、江北／是在哪一个城市，哪一个园子里捡来的了"，不是特指江南或江北，某个城市或某个园子，而是泛指大江南北、城市乡村。这从心理表现的角度来看，是实写，而从表情达意的角度来看，则是虚写。虚实相生，大大拓展了思乡的幅度

——大陆的每一个城市、每一个乡村、每一寸土地，都是值得怀念的。后两行看似平淡，实乃神奇之笔，语淡而神厚、气厚、味厚。把槐树叶与"古老的诗集"连在一起，使人联想起中华民族几千年的灿烂文化。在诗人看来，这片槐树叶岂止是家珍，简直成了国宝！可见诗人对它倾注了多么深厚、多么神圣的感情。这一节，诗人陷入深沉的回忆，凝神静想，思接千载，视通万里，感情处于潜伏状态，而这种潜伏状态正酝酿着一个感情的狂澜。

第三节由现在写到未来，表达游子思归的强烈愿望。前两行是全诗点睛之笔，也是诗人感情凝聚的焦点。正因为这片槐树叶来自"故国"，沾着故国的"泥土"，所以它是"最可宝贵"的一片；又因为离开了哺育它的"泥土"，离开了生它长它的根干，所以它又是"最使人伤心"的一片。这片槐树叶，既是飘零异乡的游子的自况，又是游子梦寐难忘的故国的象征。诗人抚今追昔，睹物生情，由"树高千尺，叶落归根"而引起的内心各种微妙情绪几经撞击，灵魂颤动频率逐渐增强，最后禁不住抢地呼天，直抒胸臆。结尾以"世界上最愉快的飘着淡淡的槐花香的季节"与开头"全世界最美的一片……槐树叶"相呼应，完成了全诗中心意象的整体构造，意味深长，给读者留下了开阔的想象余地。

《一片槐树叶》其所以具有震撼人们灵魂的艺术魅力，奥秘在于意象的经营和思想感情的表达紧密契合。台湾现代派诗人主张意象的繁复性和多义性。这首诗的意象，貌似单纯，实则繁复。全诗的中心意象——槐树叶，在诗人笔下得到了多角度、多侧面、多层次的刻画，既有现实感，又有历史感，既有静态美，又有动态美，既有色彩美，又有神韵美，辅之以"古老的诗集"和"故国的泥土"两个意象的衬托，最后非常自然而巧妙地把"槐树叶"转化并升华为"槐花飘香的季节"这样一个象征美好生活和理想境界的整体审美意象。 而这个意象的意蕴指向始终是确定的,国家的分裂,亲友的分离,时代的变幻,历史的反思,游子的坎坷遭际及其怨恨、伤感、希望、理想等,都蕴涵其中,浑然一体,辐射出各种触动人的灵魂的冲击波。

（李旦初）

花和树

方　敬①

美丽的岛，
撑开彩色的阳伞。
击响欢愉的鼓。

我心中带来的杜鹃花呵，
我把你赠与相思树，
让树敞开胸怀把你搂住。

我心中带回的相思树呵，
我把你送给杜鹃花，
让花的红唇吻你的胸脯。

杜鹃花恋慕着远岛，
相思树倾爱着遥山，
花和树呵，有情的眷属。

【赏析】

第一节中，"撑开彩色的阳伞"是实，是海滨浴场的写照；而
"击响欢愉的鼓"则是虚，"潮似连山喷雪来"，诗人将欢愉的涛

---

① 方敬(1914—1996)，四川省万县人。1933 年考入北京大学外语系。抗战
期间，加入中华全国文艺界抗敌协会。1954 年加入中国作家协会。著有诗集《雨
景》《声音》《行吟的歌》《受难者的短曲》《拾穗记》《花的种子》等。

声和"鼓浪屿"的"鼓"联合起来，一实一虚，色彩与音响融为一体，构成一个动人的艺术境界。

如果只是一个普通的游人，印象也就到此作罢了。 但是诗人是情人：世界的情人，时代的情人，世界上一切有情人的情人。 诗与爱总是亲密伴侣。 生活在这个世界上，就应当爱：爱生命，爱人生，爱自然，爱美。 情与爱赋予缪斯以青春。 第二节，抒发诗人从四川带来的情与爱。 杜鹃花是缙云山上随处可见的花。 同时杜鹃花是火红的——一如诗人爱的炽烈。 以"杜鹃花"象征诗人家乡的缙云山恰到好处。 相思树是鼓浪屿特有的树，它的名字又正好寄寓诗情。 以"相思树"象征鼓浪屿也是恰到好处：即指物，又言情。 第三节，和前一节相呼应。 诗人不但给鼓浪屿带去情与爱，也给缙云山带回情与爱。 相思树搂住杜鹃花，杜鹃花以红唇亲吻相思树的胸脯。 结尾一行，"花和树呵，有情的眷属。"其实，花木无情，真正多情的是诗人自己。 诗人的目光所及：花朵、树木、高山、小岛都披上了一层温柔闪亮的轻纱，多情的世界呵！

（吕　进）

雨

徐 迟①

呵，雨
永远是雨，
在伞上。

在湿润的海外建筑上
在伞下
湿润的海呵。

我望见了海上的灯塔
和岛屿，
和海象，
和人鱼，
和盐水的澎湃。

那是伞，我说，
那是雨，我说。

---

① 徐迟（1914—1996），浙江吴兴人。 曾在苏州东吴大学文学院肄业。
1933 年开始发表作品，曾任《诗刊》副主编。 诗人早期诗受西方现代派创作方法
的影响，诗风柔美、明丽，给人一种很强的色彩和画面感。 然而这种画面又往往
是包裹在朦胧的气氛中，给人以美的感受。 著有诗集《二十岁人》《最强音》《美
文集》《美丽、神奇、丰富》《战争、和平、进步》《共和国的歌》；诗论集《诗
歌朗诵手册》《诗与生活》等。

呵，雨
流动在并非海枯的一天。

海是澎湃的，
这不是海枯的一天。

我是海上的船舶，
呵，海，我说，
我是水手生活的男子。

岸上有泥泞的街道，
但在海波上
只是些细微的涟漪，
一片水花，
在船舶的踪迹上。

门户外面
雨收起了青色的幕。

海是青色的，
伞消失了。
我离去了，我说。

【赏析】

这是一首写景的诗，用的是现代派的意象派手法，刻画出、塑造出、印刷出一个雨的意象，雨的景色。也有一点儿情意在内，但不鲜明。 这诗写于 1934 年初夏，我在苏州大学时，那时写过介绍意象派的文章，发表在《现代》杂志上。 50 年前的小诗，现在再看，也还觉得有点温柔敦厚的意思，没有后来的剑拔弩张、金刚怒目，还是抒发感情，多少还有点情景交融。 这样的诗现在不一定写得出来了。 因之还可以发表一次吧。

（徐 迟）

小　屋

鲁　藜①

我的小屋不算小

够我纵横地躺下来休息

晴夜打开小窗

有万古悠悠的星空

我的小屋不算小

够我去拥抱宇宙的交响

那严冬悲壮的暴风雪

那春朝欢乐的小鸟啁啾

我的小屋不算小

够我宁静地去沉思

当我执笔俯伏在小案上

就像鸟瞰于人生的峰巅

【赏析】

诗向读者打开的是两个空间：一个是仅供诗人生存的现实空间，很小很小；一个是诗人努力开拓的想象空间，很大很大。二者对比，展示出诗人宽广无垠的胸怀。

---

① 鲁藜（1914—1999），福建省同安人。原名许图地，笔名鲁藜、许徒弟、许流浪、流亡等。曾在天津文联工作。著有诗集《醒来的时候》《锻炼》《时间的歌》《星的歌》《红旗手》《鲁藜诗选》《天青集》《鹅毛集》等。

"我的小屋不算小"，成为每节诗的开句，反复吟咏，有自得其乐的味道。怎么不小呢？小是事实，也是社会主义初级阶段中国的现实。人口众多，住房拥挤，国家还不富裕，生活尚很艰难，这毋庸讳言。这种现实需要以积极进取的态度去加速改变，也是毫无疑义的。安于现状不行，过于急躁呢？也要不得。诗有意味地表达了诗人在这样一个狭窄的生存空间中所持有的平和悠远的心态。中国知识分子自古以来就有这么一种身不羁縻于物、贫也不改其乐的品格。唐朝诗人刘禹锡不就写过《陋室铭》吗？室虽陋小，而君子居之，唯吾德馨，何陋之有？

不过，古人身上表现出来的是一种不得志时独善其身的士大夫式的悠闲；而鲁藜的诗则透露出悉心关注社会风云、奋笔疾书人间悲欢的诗人的赤子心肠。小屋不小，正是因为它与广阔的宇宙相通连：打开小窗，能看到"万古悠悠的星空"；闭上眼睛，能听到天地万籁的交响。在跼身而处的小小屋子中，自有诗人神驰的大大世界，可以"观古今于须臾，抚四海于一瞬"，把历史的兴衰更替、人间的酸甜苦辣凝注笔端。"打开"、"拥抱"、"沉思"都表现了诗人的积极能动的人生态度。他是在历尽劫难后登上人生峰巅，俯视世界的，彻悟而不出世。

在平静的心情下，有着不平静的思考；在满足的神态中，有着永不满足的追求。屋小，诗也小，但其蕴涵与怀抱又何尝小?！

(袁忠岳)

侧关尼

严　辰①

无边的寂寞，是你的家，
蜘蛛的长丝，做你的袈裟，
在这冷酷的洞窟里——
青春的花，无声地萎谢。

十二个香洞，注定了你的命运；
念珠的循环中，滑过
沉长的，沉长的时辰；
求菩萨，保佑你长生。

华严经，是你不移的宪法；
破木鱼，是你生命的慰藉；
虱子成群地在身上打滚，
是你的慈悲，小小的生命。

你的脸，是一潭静止的死水，
永远地，泛不起微笑的涟漪；
或许你有小窗般大的希望，

---

　　①　严辰(1914—2003)，江苏省武进人。 1934 年开始在《申报》《诗歌月刊》等刊物上发表诗作。 1949 年后，任《人民文学》编辑部主任，《新观察》主编，《诗刊》副主编、主编等职。 著有诗集《生命的春天》《唱给延河》《战斗的旗》《同一片云彩下》《晨星集》《最好的玫瑰》《红岸》《繁星集》《青青的林子》《严辰诗选》等。

可也寂寞地死了，在寂寞的洞窟里。

（选自《现代》1934 年第 5 卷第 2 期）

【赏析】

这是一首写闭关静修的尼姑的诗。"侧关"是诗人家乡一带的土话，一般称闭关。诗中的这一个尼姑，无名无姓，仅仅从诗题中知道她在庵中削发为尼，"青春的花，无声地萎谢"暗示了她是一个妙龄的少女。诗人以极冷的色调，描绘了她的阴冷和绝望的尼姑生活。诗紧扣尼姑彼时彼地所处的环境，展开有限的铺陈，让她的悱恻凄婉、孤寂苦闷的幽咽声，毫无节制地流泻在诗的时空里。在诗人的笔下，她所居住的庵堂，是一座"洞窟"，"冷酷"，又"寂寞"，她诵读的《华严经》，是阴森的"宪法"，她手中伴随黑色的时辰敲击着的"木鱼"，是她唯一的"生命的慰藉"，而这"木鱼"，竟是"破"的！诗人以简洁的笔墨，制造了一种凄清黯淡的氛围，引领读者去窥测这位尼姑愁苦的心境。在这座毫无生机的庵堂——洞窟里，除了尼姑，有生命的只是"蜘蛛"和"虱子"，与她互为对照，由此反衬了她的孤立无援。尼姑身陷洞窟，诗人却偏要让她"求菩萨"保佑长生，但菩萨只能哺育尼姑无边的痛苦。尼姑在"念珠的循环中，滑过／沉长、沉长的时辰，"诗人在此精心选择了动词"滑"，含义深刻，它传神地形容了"沉长的时辰"流逝的速度之快。明明是度日如年，尼姑虔诚于拜佛念经，体验到的竟是度年如日！她也许能感受庵堂以外的世界的丑恶，也许就是为了挣脱人世的苦难而出家修行，但她并不能体味到此刻她所置身的洞窟的黑暗。她咬破了一张网，却又钻进了另一张网。

诗人以第二人称写来，通篇都是未出场的诗人和"你"——尼姑的单向道白，在看似冷静客观的描摹里，注入了诗人巨大的同情和爱怜。 在诗的最后一节，诗人难以抑制内心情感的波涛，我们仿佛看到运载希望的风帆欲从诗人的殷殷祈愿里航向尼姑孤寂的眼帘，但诗人失望地看到，尼姑的脸，"是一潭静止的死水／永远地，泛不起微笑的涟漪"。 这样，诗人的这一希望，如同尼姑曾有过的"小窗般大的希望"，最终还是"寂寞地死了，在寂寞的洞窟里"。 悲凉之雾遍及全诗！

（戴　达）

发票贴在印花上

袁水拍①

发票贴在印花上，

寇丹搨在脚趾上，

水兵出巡马路上，

吉普开到人身上。

黄浦佘到阶沿上，

房子造在金条上，

工厂死在接收上，

鸟窠做在烟囱上。

演得好戏我来看，

重税派在你头上，

学生募捐读书钱，

教师罢工课不上。

仓库皮子一把火，

仓库馅子没去向，

---

① 袁水拍（1916—1982），原名袁光楣，笔名马凡陀。江苏省吴县人。1935 年在上海沪江大学肄业。抗战爆发后，开始诗歌创作。新中国成立后曾在《人民日报》文艺部工作，兼任《人民文学》《诗刊》编委。著有诗集《解放山歌》《诗四十首》《歌颂与诅咒》《煤烟和鸟》《春莺颂》《政治讽刺诗》等。

廉耻挂在高楼上，
是非扔进大茅坑。

民主涂在嘴巴上，
自由附在条件上，
议案、协定归了档，
文章写在水面上。

游行学生坐卡车，
面包装在吉普上，
自由太多便束缚，
羊枣优待故身亡。

脑袋碰在枪弹上，
和平挑在刀尖上，
中国命运在哪里，
高高挂在鼻子上。

米粮落入黑市场，
面粉救济黄牛党，
财政躺在发行上，
发行发到天文上。

上海跳舞中国饿，
十九个省份都闹荒，

收购军米免征粮，
树皮草根啃个光。

百姓滚在钉板上，
汉奸坐牢带铜床，
曲线软性是救国，
地上地下往来忙。

南京复员拆蓬户，
广州迎驾砖砌窗，
力气使在市容上，
四强之一叮叮当！

（1946 年 4 月 11 日）

【赏析】

　　在抗日战争胜利之后，袁水拍以马凡陀的笔名创作了许多政治讽刺诗，对于国民党统治时代的社会弊端，政治黑暗进行了揭露和嘲讽，这些诗结集为《马凡陀山歌》，其中代表作便是《发票贴在印花上》。这首诗以其生动夸饰的笔触，像漫画一样画出了当时种种怪现象，表达了人民的心声，因此能够广泛流传，并作为优秀的讽刺诗载入中国现代文学史。

　　这首诗的语言是平实朴素的，使用了通俗的口语，明澈晓畅。但由于距今相隔四十余年，当代青年对时代背景不甚了解，因而阅读过程会有困难，我们对个别语句需做一些注释：

　　"发票贴在印花上"，印花的形状很像现在的普通邮票，用以计税资。 商家出售物品后需开发票，并在发票上贴上印花。 由于物价飞涨，税资也飞涨，往往一张发票要贴几枚或几十枚印花，其总面积比发票还大，只能把发票贴在印花上。 这种颠倒本身便是对畸形经济、畸形社会的辛辣讽刺。

"寇丹搨在脚趾上"，上流社会女人素以红色染手指甲为美，抗战胜利后至新中国成立前夕，大都市中的一些"吉普女郎"夏天穿皮凉鞋，将脚趾甲染红以示时髦。 正是这些人挽着美国兵招摇过市，媚态丑态百出："水兵出巡马路上，／吉普开到人身上"，指美国水兵登岸后酗酒滋事，吉普车撞死行人的事屡见不鲜。

美国介入了中国的政治经济，民族工商业受到了严重的冲击，工厂倒闭，市场萧条，重税难当，学生罢课上街募捐，社会一片混乱。 在这种背景之下，国民党政府宣扬"礼义廉耻"的标语高挂于上海国际饭店的高楼上，这是蒋王朝腐败荒唐的缩影。

当时国民党的舆论机器高叫民主自由，在"国大"会议上也有"议案"，然而都是形式，真正要求民主自由的爱国志士反被屠杀。 当时推行黑暗政治的后台乃是高叫"和平"的美帝国主义。所以说"中国命运在哪里，／高高挂在鼻子上"，当时外国高鼻子是国民党政府的太上皇。

经济畸形和政治畸形是相伴相随的，国民党政府以暴刑冤狱强加于百姓，而对汉奸则予以优待。

当我们了解了当时的政治经济背景之后，便能理解《发票贴在印花上》这首诗相当全面、相当真实地描绘了当时的社会风貌。 其构思的特点是把反常现象作为正常现象摆在人们面前，恰如当时流行的一首《古怪歌》："板凳爬上墙，灯草打破锅。"这些怪现象，一旦成为现实存在的时候，是非便颠倒了，世界便倾斜了。 读罢，让人发笑，让人思索，让人愤懑，这便是讽刺诗的内在力量。《发票贴在印花上》所反映的时代已成为历史的陈迹，然而今天来读，仍有认识价值和启示性。

（同　吾）

江边

邹荻帆①

尽在江楼怀故国的弟兄吗？

你看江边芦荻的萧瑟，

是谁品玉笛的时候！

白线的波纹长系着水鸟的银翅，

江风驶向了丛林，

从天外送来的，

是谁的归帆呀？

江边是寂寞的，

我爱寂寞。

寂寞的山中，

曾寂寞地生长过千仞青松。

松针是无数乐键，

它奏过江潮澎湃的调子，

唤醒了满山的蛰虫。

夜来了，

江潮紧一阵，

---

① 邹荻帆（1917—1995），湖北省天门人。1936 年开始诗歌创作。1978 年从社会科学院外国文学研究所调至作协工作，担任过《诗刊》主编。有诗集《在天门》《木厂》《尘土集》《雪与村庄》《青空与林》《噩梦备忘录》《布谷鸟与紫丁香》《邹荻帆抒情诗》《假如没有花朵》等。

又紧一阵……

我朝着一星渔火的岸边摸索。

倩渔舟载我渡过这长江，

我将折芦管吹奏故国的曲子，

用泪水润着歌喉，

低唱着："祖国呵……"

（1937 年秋）

【赏析】

写这首诗时，邹荻帆二十岁，当时，卢沟桥的炮声已经打响，抗日烽火烧红了北方，《义勇军进行曲》《五月的鲜花》《流亡三部曲》，全国青年学子一片歌声。然而这首诗是一支江边吟，一首小夜曲。历经帝国主义侵略者、新老军阀、内战、灾荒的中国人民多灾多难。如今，妄图一举亡我的东洋强盗在大举进攻了，"生死已到最后关头"。这就是当时亿万青年学生所面临的严酷现实。人们悲愤，人们慷慨，也有深深的忧郁。这首诗所表现的属于后者。它的情绪、情感是复杂的，有家国的悲思，有个人前途的忧虑。可以想见，诗人是想来到江边，排遣这些内心的郁闷的。然而，这些郁闷却被江边阵阵秋风和芦荻的萧瑟所激化了。他的心中情和眼前景是和谐一致的，他爱上了这江边的"寂寞"。不过他的这种"寂寞"，只是酝酿别样东西的一种暂时的容器罢了，毕竟安慰不了他。上节诗他连用了两个反问句，势如天外来峰，突兀异常，显示了他内心的躁动不安。芦荻的"萧瑟"、"水鸟"的飞翔、远来的"归帆"，下节诗的"江潮澎湃"等物象，都是作为他内心的对应物而出现的。至此，物我交融一起，那山上"曾寂寞地生长过"的"千仞青松"，那"奏过江潮澎湃的调子"的无数"松针"成为"乐键",唤醒着"满山的蛰虫"。 究竟是诗人在抒写外物呢？还是在抒发自己倏然觉醒的"千仞青松"似的刚毅的秉性和品格呢？他成了奏着江湖澎湃调子，唤醒满山蛰虫的"青松"。 诗的喻象和象征意义是明显的，包括渡江——从精神世界的此岸到达精神世界的彼岸，他将双手托起青年一代的历史重任。 这个含着热泪歌唱"流亡三部曲"的他，今后将"用泪水润着歌喉"，作为人民的歌者，"吹奏故国的曲子"，与人民大众共赴国难。 虽然他所吹奏的只是折芦管所做的芦笛，音调不高，但他是纯洁的，真诚的。

好诗是有生命力的。 半个世纪过去了，当时年轻今已老迈的读者，仍然记得这首仅有 22 行的短诗，它那满腔热情呼唤祖国的结尾，仿佛余音犹在，绕耳未绝。

（崔　叶）

无 题

邹荻帆

我们将扑倒在这大风雪里吗

是的

我们将

而我们温暖的血

将随着雪而溶化

被吸收到大树的根里去

吸收到小草的须里去

吸收到五月的河里去

而这雪后的平原

会袒露出来

那时候

天青

水绿

鸟飞

鱼游

风将吹拂着英雄底墓碑……

(1948 年 5 月)

【赏析】

《无题》是诗人于 1948 年 5 月被迫离开武汉，到香港后写的。
诗的开头，采用自问自答的形式，问答中表示了对"大风雪"的向
往。 这向往应当指的是北方，当时，那里正进行着中国两种命运的

决战。 作者虽然写的是牺牲，却并无悲戚和感伤，相反，对未来抱着热烈的憧憬。 他相信，扑倒后的"温暖的血"将随雪而融化。然后，被吸收到树的"根"里，到小草的"须"里，流淌到"五月的河里"去，化为一股滋润着大地的春水。 而雪后的平原，将是"天青／水绿／鸟飞／鱼游"，一派春天的景象。 这当然是指未来美好的日子，为之献出生命的将来。 诗到此，已完成它的主题，但作者却并不在此结束，而是又加了"风将吹拂着英雄底墓碑"，这就显得更为凝重、悲壮。

北方，这个概念在从前是荒凉、粗犷的象征，这里象征着中国之希望，象征着光明。 作者写这首诗之前十年，就写过一首《走向北方》的诗。 在那首诗里，作者说，为了争求祖国的"自由与光明"，愿以"粗砺的脚趾／快乐而自由地行走在中国的每一条路上。"稍后，作者在《柬鲁夫》一诗中也说："愿我们生得骄傲／死得美丽。"这两首诗都和这首诗异曲而同工。 那是一个向往光明的年代，而向往光明就不免和死亡相维系，有这种必死的决心，才能真正夺得光明的未来，这就是这首诗的时代精神的所在。

（莫文征）

雨 后

陈敬容[①]

雨后黄昏的天空，
静穆如祈祷女肩上的披巾；
树叶的碧意是一个流动的海，
烦热的躯体在那儿沐浴。

我们避雨到槐树底下，
坐着看雨后的云霞，
看黄昏退落，看黑夜行进，
看林梢闪出第一颗星星。

有什么在时间里沉睡，
带着假想的悲哀？
从岁月里常常有什么飞去，
又有什么悄悄地飞来？

我们手握着手，心靠着心，
溪水默默地向我们倾听；

---

① 陈敬容（1917—1989），曾用笔名蓝冰、文谷等。四川乐山人。1948年任《中国新诗》编委。1956年调任《世界文学》编辑。中国作家协会会员。她的诗深受古典诗词和西方诗歌影响，常从生活的表层进入较深沉的哲理境界，写得凝练而耐人寻思。但也有直接反映现实世界的一面，能紧紧抓住时代的脉搏，通过形象，快速反映真实生活和内心感受，诗风锐敏而有力。为"九叶诗派"代表诗人之一。

当一只青蛙在草丛间跳跃，

我仿佛看见大地眨着眼睛。

【赏析】

《雨后》写诗人在雨后夜晚的所见所感所思。诗人首先展开奇特的想象，把"雨后黄昏的天空"的"静穆"景象比作"祈祷女肩上的披巾"；把"树叶的碧意"比作"流动的海"；这一静一动的描写，把雨后黄昏大自然的清新、澄澈的气象形象地展现了出来。紧接着，写诗人和她的朋友"避雨到槐树底下"的观感："看雨后的云霞"，"看黄昏退落"，"看黑夜行进"，"看林梢闪出第一颗星星"，这四个"看"字，把雨后夜晚在时间中流动的种种情状和变化自然地勾勒了出来。目触夜晚的景况，不免引起他们思绪的涌动，勾起他们对人生的探询："有什么""带着假想的悲哀""在时间里沉睡"？"从岁月里常常有什么飞去，又有什么悄悄地飞来？"……从这些富于哲理意味的思索中，透露出诗人的敏感，她思辨着察觉着在变动不居的岁月里，旧事物的逝去；新事物的到来。正当他们静静地思考，亲切地交谈的时候，一只青蛙把他们的注意力又引向了神奇的富于情趣和诗意的大自然："当一只青蛙在草丛间跳跃，／我仿佛看见大地眨着眼睛"，哲思精深，比喻精绝，意味无穷。

本诗对自然景色与内心思绪相互着墨，虚实相参，浓淡相间，描绘出一幅清新、自然、澄澈、静谧的雨后夜景图，创造出扑朔迷离、朦朦胧胧的诗歌意境，给人以美的享受与感思。诗的语言着似淡雅，实则有着耐人咀嚼的韵味。诗人摆脱理性的矫饰，抒写自然真切之情，不刻意求深而自深，正是诗人陈敬容的本色。

(龙泉明)

力的前奏

陈敬容

歌者蓄满了声音
在一瞬的震颤中凝神

舞者为一个姿势
拼聚了一生的呼吸

天空的云、地上的海洋
在大风暴来到之前
有着可怕的寂静

全人类的热情汇合交融
在痛苦的挣扎里守候
一个共同的黎明

（1947 年 4 月于上海）

【赏析】

人们在剧场里，曾听过歌手的嘹亮放歌，也看过舞蹈家的腾跃旋转；在夏季，也见过暴风雨席卷大地的威力；在海岸也见过飓风来时的海浪汹涌，这一切都蕴聚着强大的力量。在古今中外的诗作中，有多少赞美歌手、舞蹈家和大自然威力的诗篇啊！最著名的歌颂力的诗是郭沫若的《立在地球边上放号》了。可是陈敬容这一首诗却别开生面，写"力的前奏"，即力爆发出来之前的积聚时刻，写它的"引而未发","蓄势以待"。 看，诗中写了歌者放声歌唱前的"凝神"和对声音的蓄聚，写了舞蹈者拼聚一生呼吸而准备伸肢腾跳，写了天空密集的云、地上深沉的海在风暴到来前那可怕的寂静。 然而这一切又都是为了表现那"全人类的热情汇合交融／在痛苦的挣扎里守候／一个共同的黎明"光辉时刻。 意在表现人民群众为争取自由光明所贮存的伟大力量。 其主题意义是深刻的。

　　在艺术上，本诗采用了意象的组合与象征手法。 待唱的歌者、待跳的舞者、风暴到来之前密集的云及平静的海洋这些各自无关的意象，都在一种内在的深刻思想的支配下联结起来，构成一个整体的象征，即在痛苦中守候黎明到来的全人类的热情，这种热情，正是既可载舟又可覆舟的汪洋大海，也是可转动风车、吹动风帆又可摧毁树木的风暴。 那些高高在上的统治者，应该清醒地看到这一点。 这首诗，给了我们形象的感受。

（吴开晋）

波　浪

蔡其矫①

永无休止地运动，
应是大自然有形的呼吸，
一切都因你而生动，
波浪啊！

没有你，天空和大海多么单调，
没有你，海上的道路就可怕地寂寞，
你是航海者最亲密的伙伴，
波浪啊！

你爱抚船只，照耀白帆，
飞溅的水花是你露出雪白的牙齿，
微笑着，伴随船上的水手，
走遍天涯海角。

今天，我以欢乐的心回忆，
当你镜子般发着柔光，
让天空的彩霞舞衣飘动，

---

① 蔡其矫（1918—2007），福建晋江人。幼年侨居印尼。1938 年到延安入鲁迅艺术学院文学系学习。1953 年到北京中央文学讲习所任教。著有《回声集》《回声续集》和《涛声集》《迎风集》《福建集》《双虹集》以及香港出版的《蔡其矫选集》等。

那时你的呼吸比玫瑰还要迷人。

可是，为什么，当风暴到来，
你的心是多么不平静，
你掀起严峻的山峰，
却比风暴还要凶猛？

是因为你厌恶灾难吗？
是因为你憎恨强权吗？
我英勇的、自由的心啊！
谁敢在你上面建立它的统治？

我也不能忍受强暴的呼吸，
更不能服从邪道的压制，
我多么羡慕你的性子，
波浪啊！

对水藻是细语，
对巨风是抗争，
生活正应像你这样充满激情，
波——浪——啊！

【赏析】

从内容看，这首诗的主旨无疑在最后三节，它明明白白地向读者宣示，诗人把个人的尊严和自由看得是那样重要，对于那践踏人的自由的强权，对于邪道的压制和侮辱人的强暴的吆喝，是如何的憎恨。这首诗没有注明写作日期，资料表明写于十年浩劫之后。如果读者对诗人，对这一位"三八式"老革命的坎坷命运略有所知，特别是对他在十年浩劫期间刚正不阿的性格和行为有所了解，就不难看出，在这首诗里概括着多少诗人的生活体验和情感体验。它的浓度是这样大，以至于有某种格言的色彩。但是它不是理性的格言而是抒写感情的诗，不是概念而是形象，不光是这最后三节，全诗都如此。如果只是表现作者的智慧，就很难撼动读者的情感了。

这首诗的高度的概括性，是建立在"波浪"统一的意象上的。这个波浪的意象，它的感情成分在前面的五节中作了充分的积累，而且达到了相当的饱和度，如果不把读者的心灵带到一定的临界点（或境界）便使用格言式的语言，读者心理会产生抗阻。

为了把读者带到这种境界，诗人一开始就将波浪的功能从自然界转移到人的情感领域中去，通过情感逻辑对之加以假定性地强化。一切都因它而生动，没有它，天空和大海就非常单调，海上的道路就非常寂寞。这样在波浪的意象中，就包含着双重的特性，一重是波浪本身的，一重是超越了波浪的特征、属于诗人情感的。诗人的情感是灵魂，波浪的形态是血肉，波浪意象的魅力存在于二者的精致契合之中。不契合就不艺术，契合而不精致，同样不艺术。为了增强波浪意象的可感性，诗人还用多种感觉去丰富它。从波浪的颜色引出"雪白的牙齿"，把波浪的起伏，比为人的呼吸，又把呼吸的运动形态转化为玫瑰的色泽和香气，诗人在运用通感上是得心应手的。正是因为哲理的深刻和意象的精致达到了比较和谐的统一，这首诗才成为蔡其矫的力作。

（孙绍振）

秋

杜运燮①

连鸽哨也发出成熟的音调，
过去了，那阵雨喧闹的夏季。
不再想那严峻的闷热的考验，
危险游泳中的细节回忆。

经历过春天萌芽的破土，
幼叶成长中的扭曲和受伤，
这些枝条在烈日下也狂热过，
差点在雨夜中迷失方向。

现在，平易的天空没有浮云，
山川明净，视野格外宽远；
智慧、感情都成熟的季节呵，
河水也像是来自更深处的源泉。

紊乱的气流经过发酵，
在山谷里酿成透明的好酒；
吹来的是第几阵秋意？醉人的香味

---

① 杜运燮（1918—2002），曾用笔名吴进、吴达翰。福建古田人，生于马来西亚农村。1945 年毕业于昆明西南联大外语系。大学毕业后曾任重庆《大公报》编辑，并在上海《文艺复兴》《诗创造》《中国新诗》等刊发表诗作。他的诗题材广阔，意象丰富，感情深厚，现实性强而又具有现代诗风。美国出版的《20 世纪中国新诗选》、香港出版的《现代中国诗选》等多种选本都收录有他的诗作。

已把秋花秋叶深深染透。

街树也用红颜色暗示点什么，
自行车的车轮闪射着朝气；
塔吊的长臂在高空指向远方，
秋阳在上面扫描丰收的信息。

【赏析】

读这首诗，仿佛置身在诗人周密布置的全景中，不是单线平涂，不是匆匆一瞥，也不只是几个彼此孤立的特写镜头。上下、远近、左右、前后，充满了鲜明的几乎是工笔的感性形象：视觉的，听觉的，嗅觉的……诗人以他不动声色的、娓娓的画外音指点你去感受他的感受，诱引你也想到一些什么。

一片秋阳下安恬的秋光，怎样化成一组连续而跳跃的富于动态的"蒙太奇"？

先是一声鸽哨，接着，诗人在愉悦的宁静中不免想起才过去不久的夏天的烈日暴雨，种种狂躁郁闷，更欣然于眼前的天高云淡，"山川明净，视野格外宽远"。他自然地想到现已到了成熟的季节，智慧成熟了，感情成熟了，"连鸽哨也发出成熟的音调"，连"河水也像是来自更深处的源泉"。诗人不滥情，也不放任直觉，意象中总夹着理性的判断。"平易的天空"之所以为平易，不仅是拟人化的修辞，而且也反衬出过去天低云重的森严和压抑。诗的冷静和节制或许也是艺术上成熟的一种表现吧？

杜运燮的诗中惯于把静态动态化，把抽象具象化，把具象的物或抽象的概念拟人化。如："塔吊的长臂在高空指向远方"、"秋阳在上面扫描丰收的信息"、"自行车的车轮闪射着朝气"、"街树也用红颜色暗示点什么”，都是如此。 诗人把自己情感所生发的想象，精确地投射到客观自在物身上，使之成为客观对应物，没有强加于人之感，熔铸意象于自然，见出他的艺术功力。

那街树用红色暗示的也是成熟。 这两行上承第四节：“吹来的是第几阵秋意？醉人的香味／已把秋花秋叶深深染透。”阵阵秋风吹得人欲醉，再看秋花秋叶仿佛也被“醉人的香味”吹醉染红。 所谓通感，来自生活。 不说吹来的是秋风，而说第几阵秋意，也因为吹到身上是秋风，化入心中就是秋意了。 力避熟语，便觉新鲜。所谓炼字，同样来自生活。

此诗写于 1979 年秋天。 联系当时的政治形势和社会气氛，可以体会在这个“智慧、感情都成熟的季节”里诗人心情的舒畅、欣慰和乐观。 也不难理解那“阵雨喧闹的夏季”就是十年动乱的暗喻。

诗人自述写这首诗时，“也认真地想写得短些，精炼些，口语化些，有节调，押大致相近的韵，含蓄些，深刻些，浓缩些”（引自《诗刊》1980 年 9 期杜文），这些要求是达到了。

（邵燕祥）

赞　美

穆　旦[①]

走不尽的山峦的起伏，河流和草原，

数不尽的密密的村庄，鸡鸣和狗吠，

接连在原是荒凉的亚洲的土地上，

在野草的茫茫中呼啸着干燥的风，

在低压的暗云下唱着单调的东流的水，

在忧郁的森林里有无数埋藏的年代。

它们静静地和我拥抱，

说不尽的故事是说不尽的灾难，

沉默的是爱情，是在天空飞翔的鹰群，

是干枯的眼睛期待着泉涌的热泪，

当不移的灰色的行列在遥远的天际爬行；

我有太多的话语，太悠久的感情，

我要以荒凉的沙漠，坎坷的小路，骡子车，

我要以槽子船，漫山的野花，阴雨的天气，

我要以一切拥抱你，你，

我到处看见的人民呵，

在耻辱里生活的人民，佝偻的人民，

我要以带血的手和你们一一拥抱。

因为一个民族已经起来。

---

①　穆旦（1918—1977），原名查良铮，另有笔名梁真。浙江海宁人。在天津南开中学读书时开始诗歌创作。著有诗集《探险队》《穆旦诗集》《旗》《九叶集》《八叶集》《穆旦诗选》等。

一个农夫，他粗糙的身躯移动在田野中，
他是一个女人的孩子，许多孩子的父亲，
多少朝代在他的身边升起又降落了，
而把希望和失望压在他身上，
而他永远无言地跟在犁后旋转，
翻起同样的泥土溶解过他祖先的，
是同样的受难的形象凝固在路旁。
在大路上多少次愉快的歌声流过去了，
多少次跟来的是临到他的忧患；
在大路上人们演说，叫嚣，欢快，
然而没有，他只放下了古代的锄头，
再一次相信名词，溶进了大众的爱，
坚定地，他看着自己溶进死亡里，
而他是不能够流泪的，
他没有流泪，因为一个民族已经起来。

在群山的包围里，在蔚蓝的天空下，
在春天和秋天经过他家园的时候，
在幽深的谷里隐着最含蓄的悲哀：
一个老妇期待着孩子，许多孩子期待着
饥饿，而又在饥饿里忍耐，
在路旁仍是那聚集着黑暗的茅屋，
一样的是不可知的恐惧，一样是
大自然中那侵蚀着生活的泥土，
而他走去了从不回头诅咒。
为了他我要拥抱每一个人，

为了他我失去了拥抱的安慰，

因为他，我们是不能给以幸福的，

痛哭吧，让我们在他的身上痛哭吧，

因为一个民族已经起来。

一样的是这悠久的年代的风，

一样的是从这倾圮的屋檐下散开的

无尽的呻吟和寒冷，

它歌唱在一片枯槁的树顶上，

它吹过了荒芜的沼泽，芦苇和虫鸣，

一样的是这飞过的乌鸦的声音。

当我走过，站在路上踟蹰，

我踟蹰着为了多年耻辱的历史，

仍在这广大的山河中等待，

等待着，我们无言的痛苦是太多了，

然而一个民族已经起来，

然而一个民族已经起来。

（1941 年 12 月）

【赏析】

《赞美》是一首规模比较宏大，波动着激情的诗。 作者仿佛
站在历史的高度，鸟瞰满目疮痍的中华大地。 这大地是辽阔而美
丽的，有"走不尽的山峦的起伏"，"数不尽的密密的村庄"，
有美丽的"河流和草原"，动听的"鸡鸣和狗吠"。 但这却是一
片"呼啸着干燥的风"，"低压的暗云下唱着单调的东流的水"
的荒凉的土地。 而那些埋藏的、未埋藏的无尽的故事，却不过是

"说不尽的灾难"。灾难尽管在喧嚣着，但爱情是存在的。她沉默着，像天空飞翔的群鹰一般沉默着，沉默中却有着活跃的生命。正是这爱激励着诗中的"我"，这"我"对这土地"有太多的话语，太悠久的感情"。不管现实中灾难如何猖獗，但"我"是和这土地一起受难，呻吟着过来的。这对土地充满了爱，而且从这爱的力量，他感受到了一个伟大的史实："一个民族已经起来"。

诗的第二节，作者把激荡起来的感情，忽然凝聚到一个农夫身上，他粗糙的身躯，"行进在田野上"，多少朝代在他的身边"升起又降落"，"把希望和失望压在他身上"。他本可以在这里继续耕耘的，但他却把犁翻起的祖先"受难的形象"凝固在路旁，不得已要离开这土地。降临到他身上的只有"忧患"；那些孩子们的"饥饿"、"凝聚着黑暗的茅屋"、"不可知的恐惧"等向他袭来。而他仍然向前走着，走向抗战的队伍，去把自己"溶进大众的爱"，"溶进死亡里"，但他是"不能够流泪的，他没有眼泪"。他向前走去，"从不回头诅咒"。这里写的是农夫，又何尝不是我们的人民的形象！作者正是把农夫当作人民的象征，所以有"不能给（他）以幸福"而"失去了拥抱的安慰"，而感到不能为之尽责的愧疚和痛苦。诗以诗中的"我"，在现实的虫鸣和雁声中，在"多年耻辱的历史"的"无言的痛苦"中，踟蹰、思考、等待而结束。表现了作者对祖国的忧虑和希冀。

全诗自首至尾澎湃着火热的爱，这爱，是极为真挚而深沉的。这真挚而深沉的感受，来自作者与祖国共同经历过的现实的痛苦，和思考体验过以往历史的悲怆。这痛苦和悲怆仿佛是包围在四周的苦难，而作者的描写，又相当概括，真切动人，时有震撼心灵之笔。这样就形成后有痛苦历史，前有亡国危险的紧迫感，甚至是逼迫感。 这种逼迫感，几乎在所有诗行中流动，形成一种能卷起沉淀的、冲刷污迹的、有厚度的、大流量的爱的浪潮。 而每节的末尾一句"一个民族已经起来"，则是作者发自肺腑深处的"带血"的呼喊，沉雄、凝重而有力。

（莫文征）

金黄的稻束

郑　敏①

金黄的稻束站在，

割过的秋天的田里，

我想起无数个疲倦的母亲，

黄昏路上我看见那皱了的美丽的脸，

收获日的满月在，

高耸的树巅上，

暮色里，远山，

围着我们的心边，

没有一个雕像能比这更静默。

肩荷着那伟大的疲倦，

你们在这伸向远远的一片秋天的田里，

低首沉思，

静默。静默。历史也不过是，

脚下一条流去的小河，

而你们，站在那儿，

将成为人类的一个思想。

【赏析】

　　这是女诗人郑敏的佳作之一。意象创造的技巧圆熟，组织得非

---

　　① 郑敏（1920—　），福建闽侯人。九叶诗派代表诗人之一。她的诗深受德国诗人里尔克的影响和西方音乐、绘画的熏陶，善于从客观事物深入哲理境界。她的诗集《寻觅集》，获第二届全国诗集奖。2017年8月15日，获"百年新诗贡献奖——创作成就奖"。

常和谐。 这首诗不像一般的"视象"诗，一看即懂，它需要借助读者的思索不断地通过反刍作用来欣赏。 毫无疑问，它是写"金黄的稻束"，但欣赏会告诉你，它又不完全是写"金黄的稻束"。 诗的前两行写大自然的"稻束"，一个跳跃，却又写起了"皱了的美丽的脸"的"疲倦的母亲"。 从稻束到母亲，是两个意象的重叠，但其中用"我想起……我看见"作了暗过渡，所以虽然跳跃，却不感突兀。 在省略中我们能感到诗人在这里做出了一个重要的暗示：全诗把"稻束"与"疲倦的母亲"连了起来。 下面是环境氛围的意象描写：满月在树上，远山在心边，一切都那么静默。 在这凝固了的环境中，只有稻束，只有沉甸甸的金黄稻束，弯着腰低头沉思着。从诗一开始的暗示，我们已经可以想象，这里弯腰的形象既指稻束，也指正在收割的、弯着腰的劳动妇女。 天已黄昏，寂寞的田野里无数个未老先衰的妇女正默默地、勤劳地收割着稻子。 这幕景象使得诗人想得很多。 她们有着"金黄色"一般的质地，但都"肩荷着那伟大的疲倦"。 她们有着"美丽的脸"，但已是"皱了的"，命运叫她们就这样永远地"低首沉思"着。 这一切难道不就可以让思想家们去无穷地探索"思想"吗！沉甸甸的不仅是稻束，是景象，更是思想。

这首诗有着意象的跳跃，意象的重叠，但不给人一点零乱、费解的地方，因为它在跳跃的地方都作着有机的过渡，用一根无形的线索把数个意象贯串起来。 这根线索是由诗人对那个一切都被颠倒了的社会中的一个社会问题的认识引起的，即为什么劳动者却是贫穷者，对社会贡献得越多，自己却丧失得越多。 诗人把这些对社会的认识，通过"稻束—母亲—思想"这样一根艺术线索贯串起艺术形象，表现了出来。

（钟　文）

渴望：一只雄狮

郑　敏

在我的身体里有一张张得大大的嘴

它像一只在吼叫的雄狮

它冲到大江的桥头

看着桥下的湍流

那静静滑过桥洞的轮船

它听见时代在吼叫

好像森林里象在吼叫

它回头看着我

又走回我身体的笼子里

那狮子的金毛像日光

那象的吼声像鼓鸣

开花样的活力回到我的体内

狮子带我去桥头

那里，我去赴一个约会

【赏析】

由于编辑要求我写些与这首诗有关的创作情况，我愿提供当我创作这首诗时的主观状态。

那是一个气氛相当压抑的年头。 我对诗的观念常常是随着气候的转变而转变的，这时我已经很久无法写出"优美"的诗，对自己有些愤怒。 一天我想我应当忘记一切关于诗的传统观念，直接写下自己心灵深处的情景。 这时我仿佛清晰地看到在我的身体深处有一只张大着嘴的狮子，它被监禁很久了，于是我让它走出我的身体，以后它做些什么，看见什么，感觉到什么，又怎样将我引向新的希望和生机丰富的境界，都如实地写在诗里了。 这首诗以迅雷不及掩耳的速度来到我的笔下。 写完后我如释重负，感觉恢复了内心的平静和力量。 诗歌的创作常给我审美的满足，但这一次却使我体验到它的宣泄能使久受压抑的心灵康复。

我认为这是一首超现实主义的作品。 因为它是来自那无意识的心灵"黑洞"，化成一头渴望解放的狮子，走入我的意识，又进入我的诗歌。 因为我爱护了这头狮子，它就以它的野性的自然威力支持、丰富了我的心灵，使我能分享它获得解放的欢乐。 它使我摆脱精神的荒漠，重新恢复同自然的丰富的繁殖力的联系，因而获得生机。

这首诗曾被美国人，我的朋友，麦可·丹尼斯·布朗认为是一首奇特的诗，他非常喜欢它。 中国人在心灵上的压抑感与简单化的西方流行的弗洛伊德说法在内容上不同，但其压抑的具体感受又有相同之处，尤其由于经受十年动乱和其后的一些余波的折磨，心灵深处的旧创常在阴雨天气疼痛。 这样就形成了我们民族特有的无意识黑洞中的某些射线，它经常穿透意识帷幕走入我们的文学中，我的狮子就这样走入了我的诗歌。

（郑　敏）

归 心

丁 力①

归心比快车还急，
跑在列车的前面；
离故乡越近，
越觉得故乡遥远。

列车追赶着我的心，
像一条巨龙飞在云间；
我的心呀，
早已在故乡的原野上飞旋……

平坦的土地，
无边无涯；
累累的稻穗，
把头低下。

白沙湖边的芦花，
该被秋风吹白了；
家门口的红杨树，

---

① 丁力（1920—1993），湖北省洪湖人。本名丁明哲，字觉先。1942 年开始发表作品。1947 年至 1949 年，曾与人合作辑编出版《平民诗歌丛刊》《诗主流丛刊》和《诗行列丛刊》。著有诗集《召唤》《大红花》《仇恨》《北京的早晨》等。

该已升到半空了！

我的心，
在欢笑；
我的心，
在向乡亲问好。

为了爱故乡，
我特地回来；
为了爱故乡，
我还要离开。

（1956 年 9 月 29 日）

【赏析】

《归心》是一首澎湃着铿锵节奏的游子思乡进行曲。

全诗的可贵之处在写活了一颗"归心"——"归心比快车还急，／跑在列车的前面"，诗的开头两句就活脱脱地勾画出了一颗情绵绵、意切切的赤子思乡之心。"归心比快车还急"，是写真，是对久离家乡的游子之心的写真，而心儿"跑在列车的前面"就是一种诗的夸张了。它既为全诗张开了想象的翅膀，又极为自然地带出了"列车追赶着我的心"的佳句，使全诗在"归心""跑在列车的前面"和"列车追赶着我的心"的你追我赶的画面闪烁中，一唱三叠，层层递进。假如以疾徐有致的列车轰鸣，作为《归心》画外音的主旋律的话，那么，在风驰电掣的火车头的特写镜头中，闪回叠印上故乡无涯的土地、累累的稻穗；秋风吹白了的白沙湖边的芦花，秋雨中升高了的家门口的红杨树；乡亲们的欢笑、父老们的问好……那真真是一曲"紧打慢唱"的绝妙电影小段、戏剧小段、音乐小段了。

游子思乡是历代骚人墨客写烂了的题材。《归心》却另具特色且洋溢着新生活的气息。"离故乡越近,越觉得故乡遥远"可谓警句,而"为了爱故乡,／我特地回来；／为了爱故乡,／我还要离开"的结句,更是一扫过去同类诗词中或是"相见不相识"的失望慨叹,或是衣锦还乡式的狂放浪笑,含蓄却又炽烈地表现出了革命者爱家乡与爱祖国相一致的崇高情怀,诗的主题也一下子得到了艺术的升华。

(周桐淦)

老妓女

唐　祈①

夜，在阴险地笑，
有比白昼更惨白的
都市浮肿的跳跃，叫嚣……

夜使你盲目，太多欢乐的窗和屋，
你走入闹市中央，
走进更大的孤独。

听，淫欲喧哗地从身上践踏：
你——肉体的挥霍者啊，罪恶的黑夜，
你笑得像一朵罂粟花。

无端的笑，无端的痛哭，
生命在生活前匍伏，残酷的买卖，
竟分成两种饥渴的世界。

最后，抛你在市场以外，唉，
那个衰斜的塔顶，一个老女人的象征
深凹的窗：你绝望了的眼睛。

---

① 唐祈(1920—1990)，江苏省苏州人。本名唐克蕃。笔名唐那、唐吉诃
等。1934 年开始写诗。1939 年考入西北联大历史系，1942 年毕业。1938 年发表
诗作。中国作家协会会员。著有诗集《诗第一册》《九叶集》（与人合出）。

你塌陷的鼻孔腐烂成一个洞，

却暴露了更多别人荒淫的语言，

不幸的名字啊，你比他们庄严。

（1945 年写于重庆）

【赏析】

诗人写此诗时，抗战已近尾声，重庆在一片虚假而混乱的繁荣中。诗人很可能想到罗丹的同名雕塑：《老妓女》。但诗与雕塑各有自己的功能。假如雕塑以它的"静"的躯壳含蕴着生活的"动"的话，这里唐祈却是用诗行的近乎神经质的跳动来反衬那最终沉淀在老妓女身上的沉重的"静"。在这首诗里动和静是两个相矛盾冲突的力。生活，在老妓女的世界里，只能是摧残她的人的尊严的破坏力，但这个"动"，虽然在现实中迫使"生命在生活前匍伏"，但它终于被老妓女的沉重而庄严的"静"所克服，所以全诗留给读者的最后印象是一尊在痛苦中保持了自己的尊严的老妓女的雕像。诗的结尾是全诗之冠，诗人说："不幸的名字啊，你比他们庄严。"这种意境使得全诗获得一种光辉，摆脱了单纯描述。

回过头来，仔细剖析诗中各段，我们就发现在这首诗中"动"和"静"进行了一场搏斗，"动"是那生活中对老妓女进行迫害的一种力量，而"静"是老妓女用来保护自己的心灵的一种力量。在第一节中关键的一行是："都市的浮肿的跳跃，叫嚣……"它集中了所有的疯狂的毁坏力，冲击着本来是宁静的夜，在破坏了夜的本质的自然状态后，改变了夜的性质，使它发出"阴险的笑"。第二节中"欢乐"和"孤独"是对比着的矛盾力量。它们的较量使得人们感到茫然和"盲目"。第三节中恶魔似的动力是："淫欲喧哗地从身上践踏",充分说明代表恶的"动"的凶恶,刻画了这股力量的形象和声音及来势的凶猛。 而夜则从阴险的笑转变为更具欺骗性的"罂粟花"的笑。 罂粟花在这里是一个内涵十分丰富的意象,它显示了肉欲的麻醉的魅力与毒素的结合。 第三节、第四节逐渐过渡到诗的顶峰,老女人的符号是那衰斜的塔和深凹的窗。 在道出那句最有分量的话:"你比他们庄严"之前,诗人又刻画了老妓女的一个具体的形体的象征:"你塌陷的鼻孔腐烂成一个洞",这是"庄严"和纯洁的精神高潮到来之前的一个反作用,丑的顶峰,但这丑又是被污辱与被损害者身上的一个最大的创伤,它是一只洞,一只大张着口的黑洞,将一切经过它身边的敌人的动力吸引入它的巨大的、无底的、沉默的、否定的黑洞中,它的否定的无声吞蚀了那喧哗的一切:欲望的骚动和噪音。

最后在这可怕的沉寂之后,代表灵魂的力量的老妓女的庄严,留下了她的如罗丹的雕刻一样的形象,那是含蕴在否定和沉默中的力量。

(郑　敏)

憎 恨

绿 原①

不问鲜花是怎样请红雀欢呼着繁星开了，

不问月光是怎样敲着我的窗，

不问风和野火是怎样向远夜唱起歌……

好久好久，

这日子，

没有诗。

不是没有诗呵，

是诗人的竖琴，

被谁敲碎在桥边，

五线谱被谁揉成草发了。

杀死那些专门虐待着青色谷粒的蝗虫吧，

没有晚祷！

愈不流泪的，

愈不需要十字架；

血流得愈多，

---

① 绿原(1922—2009)，湖北省黄陂人。 本名刘仁甫，笔名刘半九。 1941 年开始诗创作。 中国作家协会会员，中国笔会中心会员。 有诗集《童话》《集合》《又是一个起点》《从一九四九年算起》《人与诗》《人与诗续编》《另一支歌》，诗论集《葱与蜜》。

颜色愈是深沉的。

不是要写诗，

是要写一部革命史啊。

（1941 年）

【赏析】

鲜花，红雀，繁星，月光……这一切美好的景象多么让人留恋，可现在它们全都远离于诗人的视线之外了。诗作开头一连用了三个"不问"，看似语气决绝，实则环境所迫，是诗人不得已而为之的。第一节这三行长句曲折地透露了诗人胸中的愤懑。紧接着的三行短句没有任何修饰，最简捷不过地揭示了当时"无法作诗"的黑暗现实。开头这两节诗阔狭顿异，长短交织，一下子从生动的有声有色的描写转入简短的直截了当的叙述，形成了一种特有的张力，为全诗安下了一个冷峻的基调。

《憎恨》的感情是多层次多侧面地展开的。刚说"没有诗"，接着却来了一个转折，说"不是没有诗"，而是诗人受到了压迫，作品受到了破坏。这一节用了虚写的象征手法，它既生动形象又高度概括，比一般化的铺陈描述要有力得多。它犹如一个成功的特写镜头，在艺术家运用蒙太奇手法频频推出和转换的画面中具有特殊的魅力，诗人特意把它安排在全诗的中间，起到了承上启下，映照前后的作用，确是颇为高明的。

既然诗人的"竖琴"被"敲碎"，一切美好的事物被破坏——"红雀"之类早已不知被赶到哪里去了，那当然只有绝望之后的抗争，回过身来向着反动势力进击了。这里，场景的转换看似有些突兀，感情的脉络却是清晰的，受着深沉的理性的支配。我们看到的是诗人喷出的一串愤怒的火焰，射出了一串锐利的子弹，而在燃烧和射击的同时，诗人又特意用了四个"愈"字，揭示了流血愈多也就憎恨愈深、反抗愈烈的生活的辩证法。这就为全诗"憎恨"的题旨增加了明显的亮色，把诗篇提到了一个更高的思想境界。

这样的反抗不也是诗吗？是的，作为一个现实主义诗人，绿原是不会不知道烈火狂飙是可以出诗、转化为诗的。问题是对于当时的他来说，反抗、斗争已经成了第一义——压倒一切的任务了。正是这种着意反抗、无心作诗的心境促使他写下了遒劲庄重的最后一节诗，为全诗作了一个有力的概括。

《憎恨》就是这样一首不断变换角度、变换表现手法的诗篇，而在不断变换之中贯串始终的则是诗人不可遏止的"憎恨"之情。在相隔整整四十几年之后重读这首抗战时期具有特殊风貌的诗篇，不也可以让人想起那个烽火遍地的年代，别有一番滋味在心头吗？

（孙光萱）

航　海

绿　原

人活着。
像航海。

你的恨，你的风暴，
你的爱，你的云彩。

【赏析】

这首小诗只有四行，二十个字，但展开了一个宽阔的境界。

将生活当作海洋，这比喻是用得比较普遍的。而将风暴来形容人的恨，将云彩来形容人的爱，则比较新奇（虽然在旧诗中，李白也有"浮云游子意，落日故人情"这样的句子）。但它是从人在生活的海洋上航行这一形象中生发出来的，是有机地与这一形象联系在一起的，显得很自然，很贴切。

生活是像海洋辽阔。像海洋一样，有时是碧波如镜，有时是急浪汹涌；有时是蓝天门云，有时是狂风暴雨……而你，生活海洋上的航行者，你也有你的风暴，那是你的恨，那是像风暴一样雷霆万钧、排山倒海的。你也有你的云彩，那是你的爱，那是像云彩那样瑰丽谲奇，霞光闪闪的。

从诗的字面上来看，可以解释到这里为止。

但还可以再深入一步。

能够有着像风暴一样强烈的恨，有着像云彩一样光辉的爱的人，一定是一个胸襟宽广的人，一个志向远大的人，一个有着理想和追求的人。 我们不能设想，一个为自己打算的自私者，一个庸庸碌碌的苟活者，能够这样强烈地恨和爱。

所以，这首小诗，是对于航行在生活的海洋上，有着远大理想的人的赞歌。

同时，它也鼓励每一个在生活海洋上的航行者，希望他们成为有着远大理想的人，要在生活中有所爱，也有所恨——有他们生活中的风暴和云彩。

这首诗展开了一幅浑然一体的宏大的画面，一幅壮丽的画面。诗内有着一种庄严的气势，而且有着比较丰富的内涵。

（曾 卓）

悬崖边的树

曾　卓①

不知道是什么奇异的风
将一棵树吹到了那边——
平原的尽头
临近深谷的悬崖上

它倾听远处森林的喧哗
和深谷中小溪的歌唱
它孤独地站在那里
显得寂寞而又倔强

它的弯曲的身体
留下了风的形状
它似乎即将倾跌进深谷里
却又像要展翅飞翔……

(1970 年)

【赏析】

这首诗写于 1970 年，诗里沸腾着诗人顽强的生命意识，是诗人在生存的危崖上情态的呼号，凝聚了诗人深重的情感寄托。 诗不是

---

① 曾卓（1922—2002），原名曾庆冠。 湖北武汉市人。 曾为中国作家协会理事、武汉市文联副主席。 著有诗集《门》《母亲》《悬崖边的树》《老水手的歌》以及散文、评论集等。

史，这里无须对这是一股什么样的"风"去进行探究，而是要看在这股"风"的面前"树"表现出来的情感、意志、品格、追求。意外的打击，使他濒临绝境；但他在绝境中，"寂寞而又倔强"地站立着。正是这逆境中的坚定，恰恰展现了意志的顽强。这扭曲的枝干，昭示了生活的悲剧，但也宣告着生命的热力。

这首诗运用象征的手法传达出诗人的情感。积淀诗人心中的情感，随时都在寻找外化的机缘，当某一事物可以负载诗人的情感时，这个事物便成为诗的形象。诗人的情感赋予它以生命，它便成了一个"自由"的象征。在象征中"象"与"意"结合，使它们各自超越了原来的意义而获得生命，获得美感。

这首诗还采用了电影的手法，表现诗的形象。开头陡起，轰然一声，强风将虬枝铁干的树推到人们面前，使人们感受到生活的氛围和诗人的情绪。接着镜头拉开，用舒缓、宁静的调子展示树与森林，树与小溪的关系，以显示它从森林家族中获得的生活热力，从山中邻居里感受的生活气息。这时镜头又从远景推成中景：它毕竟是孤独的，盘结在悬崖上。诗的第三节，镜头从中景推到特写，显示树饱经风雨，枝干扭曲的形体。然后猛拉成仰角，表现树临渊履险而凌空欲飞的态势，从而完成了"悬崖边的树"的形象塑造。诗短短三节，近景，远景，中景，特写，画面不断变化。急迫，舒缓，孤寂，险峻，格调不断转换。再加上节奏疾徐调整，画面声音（风吼、林喧、溪唱）对位，构成了一个丰富多变，广阔深邃的意境，适应了抒情主人公复杂情绪的展现。

这首诗意象超拔而情感深泓，格调冷峻而志趣高洁，结构严谨而层次跌宕，文字简约而内涵丰富。没有激荡澎湃的生命情感，是难以写出这样的诗篇的。

（鲁　原）

轻　烟

屠　岸①

扣住头发的
白色缎带
白色的连衣裙
白晰的皮肤——
是一团白色的闪光

乌黑的头发下
一对乌黑的眼睛
是智慧的双子星

胸口贴着一颗
心形红纽扣
是一座小太阳

我踏着石块
过了小河
你还在石块上趔趄
差一点掉下河水

---

　　① 屠岸（1923—2017），原名蒋壁厚。 江苏常州人。 曾任人民文学出版社
总编辑、中国作家协会理事、中国散文诗学会顾问、《当代》文学双月刊顾问。
著有诗集《屠岸十四行诗》，旧体诗词集《萱荫阁诗抄》，并出版有《莎士比亚十
四行诗集》等译著多种。

为什么不搀着你的手？
一同过河
为什么不再回到河中央
搀起你的手
把你领过河？

怕你手上的电流
击中我的心脏？
怕你的脚一闪失
你扑进我怀里
使我惊惶？

为什么？为什么？
我这样问自己
问了四十二年

从早晨的白云
我见到连衣裙
从黄昏的星星
我见到眼睛

但永远见不到
那颗红色心形纽扣

也许小太阳
早已烧化成轻烟

飘到了

最远最远的地方

（1987 年 8 月　北京）

【赏析】

我们每个人大约都有过青春期爱情萌动的经验。 可是，人到中年以后，再回想早年初恋时的情景，就仿佛雾里看花，虽不能见得十分清楚，却也自有一种朦胧的美。 她以其特有的魅力，无可替代地占据着你的心房的一隅，永远给你一种温馨甜蜜的安慰。

屠岸的《轻烟》，正是表现青春期爱情萌动的优美诗篇。 它主要是表现抒情主人公的自我感情特征。 "我"与姑娘一起过一条小河。 "我"已经过去了，而姑娘"还在石块上趔趄／差一点掉下河水"。 接下来，便以连续的几个"为什么"层层深入地揭示了抒情主人公内心的隐秘："怕你手上的电流／击中我的心脏？／怕你的脚一闪失／你扑进我怀里／使我惊惶?"正是因为抒情主人公爱着姑娘，而又缺乏当面向姑娘表露这种感情的勇气，所以‘当姑娘需要搀扶时，他才表现出了这种踌躇不前的样子。 对此，姑娘也许一一看在了眼里，也许始终未曾察觉。 但是，我们的诗人，却将它锁在心里，整整埋藏了"四十二年"。

这首优美的诗作，以丰富生动的审美意象，将我们带进了一个美妙的诗的境界。 我们仿佛看见刚刚走过来的诗人，正回首望着在河心"石块上趔趄"的姑娘，脸上则呈现出一种拘谨而尴尬的表情。 这种诗的境界，是从诗人的情感与自然景物的契合而来，都是诗人的情趣与意象融合的结果。 或者说得更周密一些，这种诗的境界是诗人的性格，情趣和经验的反照，而诗人则通过生动、丰富的意象，表现个人的心灵与情思。

"抒情诗歌主要是主观的、内在的经验,是诗人本人的表现"。(《别林斯基选集》第三卷,第五页)因此,《轻烟》里的姑娘"是一团白色的闪光","她的眼睛是智慧的双子星",她胸前那颗"心形红纽扣""是一座小太阳"等描写,其所表现的,并不是事物的实在面貌,不是对生活特征的再现与模仿;而是事物的实际情况对审美主体心情的影响,即诗人内心的经历和对所观照的内心活动的感想。诗中对姑娘的头发、眼睛、纽扣等的描写,则是由几个视觉要素形成的一种意象结构。诗的感觉是诗人的感情和智性的综合体,在这三维的综合体中,渗透着诗人的审美经验和人生经验。那有如"一团白色的闪光"的姑娘,她那"智慧的双子星"般的眼睛,她前胸那像"一座小太阳"似的"心形红纽扣",也都是诗人的感觉,都是真、善、美的象征,都表现着纯洁、美丽的少女对抒情主人公的强烈的吸引力,和诗人对少女的深挚的爱情。

(岳洪治)

树的哲学

屠　岸

我让信念
扎入地下
我让理想
升向蓝天
我——
愈是深深地扎下
愈是高高地伸展
愈是同泥土为伍
愈是有云彩作伴
根须牵着枝梢
勿让它
走向缥缈的梦幻
枝梢挽着根须
使得它
坚持清醒的实践
我于是有了
粗壮的树干
美丽的树冠
我于是长出了
累累果实
具有泥土的芳香
像云霞一样
彩色斑斓

【赏析】

《树的哲学》是作者诗艺达到较高时期的作品。作者写过许多优美的抒情诗，像这样以哲理见长的诗是别开生面的，却在相当程度上体现了作者艺术的成熟。哲理诗的创作，与一般诗的创作不同，它需要经过两个层次的努力。一层是意念的创作，一层是意象的创造。首先，意念必须具有启迪性，也就是能够发人深省。意象要准确体现内容，并有新鲜感。此诗以树为中心意象，以揭示根与梢的辨证的依存关系，来完成主题：事物只有深深扎根于本源之中，才能具有持久的生命力，才能获得向更高阶段发展的基础。只有根"深深地扎下"，梢才能"高高地伸展"，因梢有赖根的供养；但根也必须"牵着枝梢"，才能取得雨露阳光，否则也将是生命枯萎。二者不要脱节，构成生命的整体，才能长出"粗壮的树干"、"美丽的树冠""累累果实"。这里，讲的是树的哲学，但很明显，作者真正要讲的是人生的哲学，讲基础和发展的关系。一个人要获得事业的发展，理想的实现，必须和基础保持紧密联系。这个基础不是别的，它就是现实生活，就是祖国、人民。要离开了这些，就谈不上这一切；一种成就的创造，和对其基础的联系分不开。当然，基础也必须以发展为其生存的条件。作品用生动的形象、简洁的语言，把一个哲理问题表现得如此明晰，这是很不容易的。

诗作以写树为表现，以写人生为本质，这就是所谓的弦外之音，象外之象。用两组意象反复、交叉流动，互相衬托，互相对比，使得树的形象更加鲜明，哲理变得更为肌理细密、结构完整。这都是这首诗艺术上的特点。有位诗人曾说，诗不是感情的喷射，而是经验的升华，大概就是指哲理诗而言的吧！

（莫文征）

夜莺飞去了

闻　捷①

夜莺飞去了，
带走迷人的歌声；
年轻人走了，
眼睛传出留恋的心情。

夜莺飞向天边，
天边有秀丽的白桦林；
年轻人翻过天山，
那里是金色的石油城。

夜莺飞向天空，
回头张望另一只夜莺；
年轻人爬上油塔，
从彩霞中瞭望心上的人。

夜莺怀念吐鲁番，
这里的葡萄甜，泉水清；
年轻人热爱故乡，
故乡的姑娘美丽又多情。

---

① 闻捷(1923—1971)，江苏丹徒人。 原名赵文节，曾用名巫之禄。 著有诗
集《天山牧歌》《东风吹动黄河浪》《祖国，光辉的十月》《河西走廊行》《生活
的赞歌》《复仇的火焰》《花环》《闻捷诗选》等。

夜莺还会飞来的，

那时候春天第二次降临；

年轻人也要回来的，

当他成为一个真正矿工。

【赏析】

这首诗吸取民歌的表现特点，用流畅的语言，明快的节奏，写一个新疆吐鲁番的年轻人，告别亲爱的故乡，告别美丽多情的姑娘，翻过天山，到金色的石油城中当一名矿工。 诗人写他既热爱故乡，留恋心上人，又向往新的生活、新的世界的喜悦而复杂的心情。

闻捷的诗一般都体现出整体美的特征。《夜莺飞去了》具有同样的特点。 很难说诗中的哪一句是全诗的佳句、警句，可是当你读完全诗之后，你就会被诗中生动鲜活、具体可感、富有诗情画意的画面语感所打动。

一般说来，描绘和叙述容易使诗显得平淡无味，而闻捷这首诗却正是用朴素的描述手法写成的，可为什么不使人感到平淡乏味呢？ 这是因为，第一，诗人并非客观地描述，而是倾注了极大的热情，和深挚的爱心，这使整首诗充满浓厚的感情色彩，既真切又动人，给人以美感。 第二，诗人并非简单地平铺直叙，而是将描述和民歌中的反复咏唱相结合，成为一种边叙边咏的新的歌行体。 如诗中对夜莺的反复咏唱即是明证。 这样，既避免了单纯描述的板滞，又着力渲染了欢快的情趣和爱情，把吐鲁番青年热爱故乡，热爱情人，热爱新生活的优美爱情很有层次地表现出来，使整首诗弥漫着一种爱情的温馨和生活的芬芳。

（刘士杰）

爱

牛 汉①

小时候，

妈妈抱着我，

问我：

给你娶一个媳妇，

你要咱村哪个好姑娘？

我说：

我要妈妈这个模样儿的，

妈妈摇着我，

幸福地笑了……

我长大之后，

村里的人说：

妈妈是个贫穷的女人。

一个寒冷的冬夜，

她怀里揣一把菜刀，

没有向家人告别，

（那年我只有五岁，

---

① 牛汉（1923—2013），蒙古族。 生于山西省定襄县。 原名史承汉，后改为史成汉，又名牛汀，曾用笔名谷风。 诗集有《彩色的生活》《祖国》《爱与歌》《温泉》《海上蝴蝶》《沉默的悬崖》等。

弟弟还没有断奶)

她坐着拉炭的马车，

悄悄到了四十里外的河边村。

村里的人说：

妈妈闯进一座庄园，

想要谋杀那个罪大恶极的省长，

被卫兵抓住，吊在树上，三天三夜，

当做白痴和疯子……

从此，远乡近里，

都说妈妈是个可怕的女人，

但是，我爱她，

比小时候还要爱她。

(1947 年 4 月)

【赏析】

许多诗人都写过怀念妈妈的诗，这些诗的共同点是抒写对妈妈的爱。牛汉这首诗也是以"爱"作为标题，但他不仅写出了动人的母子之爱，还鲜明地刻画了一个温柔而刚强、贫苦而又疾恶如仇的妇女的形象。

整首诗是通过回忆来写的。前两节是对童年的回忆。对于童年，可以回忆的事情很多，而诗人只选择了一个最有特征的细节：他理想中的媳妇就是像妈妈这样的。在孩子的心目中，妈妈是最美最可爱的，这是可以理解的人之常情。第三节到第五节也是回忆，诗人已经长大了，这才知道妈妈只是一个贫穷的女人，而且曾经怀揣菜刀，想要谋杀一个罪大恶极的省长。 诗人所选择的，也只是这样一个最有特征的细节，然而对于完成妈妈的形象来说，这已经足够了。 前面两节写出了妈妈性格中温柔的一面，中间三节写出了她的性格中刚强的一面，这两个方面是强烈的对比而又相辅相成，一个活生生的感人的形象就突现出来了。 结尾一节也是一个强烈的对比，妈妈在世人心目中是个可怕的女人，而在诗人心目中却更可爱了，比留在童年记忆中的妈妈的形象更可爱。

牛汉的诗，都是从生活实感出发的。 他只写生活中最能激动他、并长久地沉积在思想深处的东西。 他几乎从来不去注意雕琢字句，只是用最简单、朴实、明快的语言，记下他要说的话。 他只服从内心的情绪的指引，而他的情绪有如他的呼吸、他的流动的血液，使他的诗句活了起来。 他不大注意诗的形式美，而只注意诗的力度，让情绪的节奏形成诗的节奏。 诗的感人的力量，来自诗人的生命的感人的力量。 这首《爱》，比较充分地显示了他的诗的这些特点。

（罗　洛）

悼念一棵枫树

牛　汉

我想写几篇小诗,把你最后的绿叶保留下几片来。

——摘自日记

湖边山丘上
那棵最高大的枫树
被砍倒了……
在秋天的一个早晨

几个村庄
和这一片山野
都听到了,感觉到了
枫树倒下的声响

家家的门窗和屋瓦
每棵树,每根草
每一朵野花
树上的鸟,花上的蜂
湖边停泊的小船
都颤颤地哆嗦起来……
是由于悲哀吗?

这一天

整个村庄
和这一片山野上
飘忽着浓郁的清香

清香
落在人的心灵上
比秋雨还要阴冷

想不到
一棵枫树
表皮灰暗而粗犷
发着苦涩气息
但它的生命内部
却贮蓄了这么多的芬芳

芬芳
使人悲伤

枫树直挺挺的
躺在草丛和荆棘上
那么庞大，那么青翠
看上去比它站立的时候
还要雄伟和美丽
伐倒三天之后
枝叶还在微风中
簌簌地摇动

叶片上还挂着明亮的露水
仿佛亿万只含泪的眼睛
向大自然告别

哦，湖边的白鹤
哦，远方来的老鹰
还朝着枫树这里飞翔呢

枫树
被解成宽阔的木板
一圈圈年轮
涌出了一圈圈的
凝固的泪珠

泪珠
也发着芬芳
不是泪珠吧
它是枫树的生命
还没有死亡的血球

村边的山丘
缩小了许多
仿佛低下了头颅
伐倒了
一棵枫树

伐倒了

一个与大地相连的生命

（1973 年秋）

【赏析】

牛汉的这首诗写在"文化大革命"期间被遣送到云梦泽"劳动
赎罪"的时候。 在乡村，他从大自然那里得到抚慰，但大自然也有
创伤和痛苦，这使诗人想到自己的不幸的命运，于是，他以大自然
的事象，作为诗的取材对象，来寄寓自己的人生体验。 牛汉把这些
作品称为"情境诗"。

这首诗写的是枫树，是这棵高大的枫树在秋天的一个早晨被伐
倒，以及山野、村庄所产生的反应。 诗自始至终是平白的，近乎散
文式的陈述。 找不到惊人的意象和比喻，没有对时空转换的经营，
没有排比和对偶，也发现不了警句与"诗眼"。 可以说，平白得近
于"散漫"和几乎不见"技巧"。 然而，有的是作为诗的生命的诚
挚，这种诚挚的情感，匀称地流贯、浸润在诗行中，引领着读者从
整体情绪上去感受和呼应。

这首诗的动人，首先根源于诗人写枫树，并非仅把事象作为负
载、阐释某种观念的"符号"。 他的情感、心灵，融入描写的对
象，赋予自然物以生命，诗人的情感与作为这些情感、体验的映象
的枫树之间，构成了超乎简单的比喻性质的关系。 其次，正是因为
用心去体验，正是因为生命的融入，使看似平常的描述，传达出来
自心灵深处的颤动。 枫树倒下时，家家的门窗、屋瓦，每棵树，每
根草，连同鸟、小船，"都颤颤地哆嗦起来"：这既是真实情状的
描写，又是诗人心灵的体验。 说枫树的清香落在人的心灵上"比秋
雨还要阴冷"，说叶片上挂着明亮的露水"仿佛亿万只含泪的眼

睛"，说枫树被解成木板后流出的树脂，是涌出的"凝固的泪珠"
——使这些描述，超越了对事象的介绍，而达到"落在人的心灵
上"的效果。 第三，诗的动人，还在于作者对总体情绪的把握上。
全诗一再渲染枫树的浓郁芬芳，但这种芬芳能被强烈感受到，却是
由于它的被伐倒。 这种矛盾情境，构成了诗的悲伤、阴冷的基调。
这是一种悲剧性的情绪。 "阴冷"，是由于这本来扎根于大地、无
限依恋大地的生命的毁灭。 但是，它的死亡的悲剧，并不是以尖锐
的痛苦和愤激的抗议的形态出现。 相反，这种阴冷与悲哀，由于它
的内在生命的美丽——"贮蓄了这么多的分芳气息"的释放而得到
反衬和证实。 诗人含着没有滴落的滚烫的泪，哀悼那些被砍伐、被
遗弃、被践踏然而正直、高贵的生命，而赋予诗的悲剧性以交织着
感伤情绪的崇高感。

（洪子诚）

镜　子

王尔碑①

珍贵的镜子被打碎了

别伤心，有多少碎片

就有多少诚实的眼睛……

【赏析】

《镜子》是对美的呼唤。镜子是美丽的，它晶莹，透明，单纯，能够真实地照见人生。美的追寻者都有一个珍贵的镜子。珍贵的镜子被打碎了，是美的破灭，令人惋惜。然而对于美的追寻者来说，美是不会消失的，对美的追求是没有止境的。诗人独具慧眼，她看到珍贵的镜子被打碎之后，并不是美的毁坏，而是激起人们对美的更高层次的追求，人们更加懂得美的可贵了。所以诗人说，"别伤心，有多少碎片就有多少诚实的眼睛……"原来镜子也就是审美的眼睛。

《镜子》一诗中有诗人的信念，有诗人的赤子之心，寓意是深邃的。这是特点之一。特点之二是语言的凝练。全诗只有三行，却意味深长。

王尔碑善于观察生活，更善于反复推敲自己的诗句。《镜子》是经过几番锤炼的。最初发表的原文是这样的：

---

① 王尔碑（1926—　），四川盐亭人。原名王婉容，曾用笔名海涛、非非、浮草、王念秋等。从 1946 年即在成都、重庆一些报刊上发表诗歌和散文诗。曾任《四川日报》文艺部诗歌编辑。为中国作家协会会员。著有诗集《美的呼唤》和散文诗集《行云集》。

珍贵的镜子被打碎了，

别伤心、有多少碎片，

就有多少诚实的眼睛。

那是无数小小的明镜呵，

它依旧可以完整地照出——

魔鬼的嘴脸，丑恶的灵魂。

后来结集时，诗人删掉了后面三行，是颇具匠心的。因为，后三行的意思，第三行已经巧妙地点出来了。所以，语言更简练了，主题更集中了，诗意更浓了。

（木　斧）

树

王尔碑

一棵树，被人砍断了
剩下半截生命
荒凉，孤独
一半痛苦，一半愤怒

呵，它已被人遗忘……
春天，滴血的心上
又艰难地捧出
一片新绿

绿的枝条，绿的叶了
都在笑：笑那斧头的锋利……

【赏析】

　　象征是诗人"托义于物，借物言志"的手腕。譬如王尔碑这首诗，表面上给了读者一个完整的诗的形象，但是，诗的鉴赏不能到此止步。这诗的形象掩盖着、暗示着、朝向着另一个深邃境界呢。读者需要从诗的形象中去寻觅象外的感应与契合。赞美生活中真正的强者，嘲弄被历史老人最终判为弱者的丑类，这是弦外音、象外意吧？

（吕　进）

有什么话儿只管说

张志民①

有什么话儿只管说，
——何必扭捏，
要爱你就爱，
躲躲闪闪作什么？

听你在会上发言，
倒也清脆利落，
看你在地里做活，
不数第一，也是第二个！

为什么站在我面前，
搓着两手没话说，
五尺高的小伙子，
难道还不如个姑娘——我！

(1957 年)

---

① 张志民(1926—1998)，河北省宛平县人。 1942 年开始创作。 1947 年在《晋察冀》日报上发表反映土地改革运动的《王九诉苦》和《死不着》等。 1950 年出版叙事诗集《死不着》。 其他主要诗集有：长篇叙事诗《将军和他的战马》，长诗《金玉记》，诗集《家乡的春天》《社里的人物》《礼花集》等。

【赏析】

这首诗是诗人张志民 50 年代的作品。 诗中通过一个姑娘的话，埋怨小伙子谈恋爱不大胆，扭扭捏捏，羞羞答答，表现了新中国农村的姑娘泼泼辣辣，大大方方，勇敢地追求所爱的崭新风貌。

"有什么话儿只管说，／——何必扭捏，／要爱你就爱，／躲躲闪闪作什么?"这真是快人快语! 听其言，我们似乎看到一个甩着乌黑的发辫，闪着明亮的目光的姑娘站在小伙子面前等待着回答。

"听你在会上发言，／倒也清脆利落，／看你在地里做活，／不数第一，也是第二个!"从她的话里，证实了她是个农村姑娘;从她的话里，我们知道对方是个思想进步、劳动肯干的青年;从她的话里，表明姑娘早已留意他了。 这些，诗人虽没有直接表述，但包含的内容却清清楚楚。

"为什么站在我面前，／搓着两手没话说，／五尺高的小伙子，／难道还不如个姑娘——我!"小伙子的腼腆，显示了他忠厚老实，姑娘的爽朗，说明了她热情似火，两个人的形象，跃然纸上。

通篇的诗情都是通过姑娘的话展开的，以言写神，以神传形，使人物活灵活现，宛然目见。 这样的诗最容易取得雅俗共赏，易记可背，广泛流传的艺术效果。

(刘　章)

黄河落日

李 瑛①

等了五千年
才见到这庄严的一刻
在染红一座座黄土塬之后
太阳，风风火火
望一眼涛涌的漩涡
终于落下了
辉煌的、凝重的
沉入滚滚浊波

淡了，帆影
远了，渔歌
此刻，大地全在沉默
凝思的树，严肃的鹰
倔强陡峭的土壁
蒿艾气息的枯黄的草色

只有绛红的狂涛
长空下，站起又沉落

---

① 李瑛（1926— ），河北丰润人。 解放战争后期毕业于北京大学中文系，
后参加中国人民解放军。 先后任文艺刊物总编辑及出版社社长、中国人民解放军
总政文化部部长。 已出版诗集20多部，如《石城底青苗》《野战诗集》《红柳
集》《红花满山》《难忘的一九七六》《在燃烧的战场》《我骄傲，我是一棵树》
《李瑛诗选》《美国之旅》等。

九万面旌旗翻卷
九万面鼙鼓云锣
一齐回响在重重沟壑
颤动的大地
竟如此惊心动魄

醉了，洪波
亮了，雷火
辛勤地跋涉了一天的太阳
坐在大河上回忆走过的路
历史已成废墟
草滩，燔火
峥嵘的山，固执的
裸露着筋络和骨骼
黄土层沉积着古东方
一个英雄民族的史诗和传说

远了，马鸣
断了，长戈

如血的残照里
只有雄浑沉郁的唐诗
一个字一个字
像余烬中闪亮的炭火
和浪尖跳荡的星星一起
在蟋蟀鸣叫的苍茫里闪烁

【赏析】

　　《黄河落日》是组诗《黄土地情思》中的第二首。 在这一组诗中，诗人讴歌深厚质朴的古老东方文化，传达出我们这个东方民族坚毅向上、百折不屈的民族精神。 《黄河落日》就是集中体现诗人的这一创作意图的。

　　首先，诗人用画家的手笔，尽情渲染了太阳，终于以其辉煌凝重的色彩，沉落于黄河的浊流。 然后是大自然的静默，沉思。 然而绛红色的狂涛却不肯安静，诗人以夸张的笔法说它翻卷着 9 万面战旗，敲响着 9 万面鼙鼓云锣，以惊心动魄的力量撼动着大地，描绘得雄浑而壮阔。 接着诗人又以神来之笔描绘了太阳本身，说它辛勤跋涉了一天，坐在大河上沉思自己走过的路，让人想起它光荣的历史。 值得称赏的是诗人大开大合的泼墨手法，在对黄河落日的精彩描绘中所表现出来的那种独特的绘画美。

　　然而，这首诗的成功还在于诗人采用诗的象征手法。 诗人明写黄河落日，实际上却暗有所寓。 落日只不过是一个象征体，象征着我们这个古老的民族在与大自然和入侵者的搏斗中立下的丰功伟绩，也创造了灿烂的文化。 然而，它正面临着一次巨大的蜕变，正如这黄河落日一样，它将在黄河的浪波中洗去旧日的创伤和积淀的尘垢，以光辉的形象再一次升起于东方。 这一寓意是深远的，给人以强烈的美感力。

（吴开晋）

石 头

李 瑛

1

石头是什么凝成？什么凝成？
汗和泪，搅拌着思想和感情；
当然，它有血液，血在流淌，
当然，它有心脏，心在跳动。

不要说它没有大脑和经络，
没有喉咙和眼睛，
因此便没有知觉，没有梦，
没有生命的温度和热情。

亿万年了，谁比它有更多的记忆，
它呀，始终在思考，在注视，在倾听；
把一切深深地藏在心底，
又说给你听，说给我听。

因此，石头才这般坚硬，这般坚硬，
郁积的是无数雷雨、雪暴、狂风；
当然，还有痛苦，也有幸福，
当然，也有憎恨，还有爱情……

2

我不知道时间的源头是什么样子，

也不知道宇宙极限是怎样的情景；
也许，只有熔岩横流，大火弥天，
也许，只是一片混沌，云雾腾腾……

让科学家去研究，去解释，
让哲学家来回答，来说明；
我只知道石头紧裹着整个地球，
它是人间的精英，宇宙的精英。

它如此古老却又如此年轻，
年轻得像欢乐的歌声；
从石头中，你是否看见新的活力，
人间呵，一切都从这里诞生。

虽然，它始终是死灭般的寂静，
却给我们带来进步和文明；
也许，它还不知道自己的美丽，
无论通体浑圆，还是头角峥嵘……

3

这块块石头已存在了亿万年，
它在自然界巨大的应力里形成，
又在激剧的运动中成长，
但这一切，却又像都不曾发生。

这里有沟鳞鱼，有恐龙，

有巨象的肋骨、树叶和草丛，

有波涛起伏的旋律，

旋律中，小鱼在快乐地游泳。

还有某一天的落霞残照，

还有某一次的雨后飞虹；

还有盘古的巨斧，后羿的箭镞，

或者，还有不死的胚芽，正在滋生……

也许还有细得像游丝一样的声音，

你听，你听，仿佛金属的鸣声，

呵，千般身影，万种风情，

都庄严的统一在浩瀚的时空。

4

石头是唯物主义者，没有谎言和欺骗，

它尊重历史的每一分钟，每一秒钟；

它不会因淫威而歪曲历史，

它不会因胆怯而放弃刚正。

它是质朴的，但却晶莹，

它是崇高的，但却普通，

它是冰冷的，却藏着火的种子，

它埋葬了死者，又孕育出新生命！

我在长城边认识了它，它威武，

我在斯大林格勒认识了它，它英勇，

我在漓江两岸认识了它，它奇幻，

我在阿尔卑斯山下认识了它，它深情……

站在庄严的石头面前，
像站在宇宙面前，我想起生命，
想起我们的地球在倾斜的轨道上旋转，
难道不该把每块石头，都叫星星！

（1980 年 3 月 21 日于北京）

【赏析】

《石头》是一首创造性地运用象征手法写成的诗篇。象征物"石头"在诗中一以贯之，须臾不离。诗共四章，每章四节。第一章第一节劈头就问："石头是什么凝成？什么凝成？"问得突兀新奇，一下子便把不同读者的不同目光聚集到"石头"上来了，而当读者正在思考答案时，诗人又出其不意地做出了回答："汗和泪，搅拌着思想和感情"。"搅拌"一词，令人想起水泥制品的制作过程，两者若此若彼，不即不离，显得十分巧妙。底下两行，以"当然"这个斩钉截铁不容置疑的词语开头，在点明"血液"和"心脏"以后又移步换形，易宾为主，用"心脏"、"血液"作主语作了一番动态的描述，这两行诗一波三折，顿挫分明，借助于不平凡的语言形式表达了不平凡的思想感情。第二节连用五个"没有"，用"否定"表"肯定"，和第一节相反而又相成。有了前两节的刻画和铺垫，第三、四节才正式揭示出"石头"所象征的第一层含义："亿万年了，谁比它有更多的记忆，／它呀，始终在思考，在注视，在倾听"，"因此，石头才这般坚硬，这般坚硬，／郁积的是无数雷雨、雪暴、狂风"。原来，诗人是把"石头"象征为一个久经沧桑的历史老人，象征为一部人类社会发展史。钱钟书曾对比

217

喻作过精辟的阐述，大意是"喻体"与"本体"两者"分"得越开，一旦"合"起来也就越有效果。（见《旧文四篇·读〈拉奥孔〉》）比喻如此，象征亦然。在日常生活中，恐怕除了考古学家和建筑工人以外，很少有人会对"石头"发生浓厚的兴趣，诗人却从"石头"存在了亿万年的事实出发，把它和社会发展史巧妙地"合"起来了，真可谓寓意高远，不落俗套。

诗人并不赞成把象征物写得朦胧含混，令人捉摸不透，相反，他主张不泥不隔，亦实亦虚，运用各种手法对象征物做出淋漓尽致的刻画，此诗第三、四章就是为此而安排的，其中既有盘古开天、后羿射日等古老的华夏神话，也有诸如恐龙、沟鳞鱼等近代地质学的名词术语，既有古情古调的渲染，也有新的时代的折光和投影。诗人包举中外，纵观古今，一路洋洋洒洒地写下来，显得形象峥嵘，色彩斑斓，特别耐读耐诵。

在第二、三章进行了大幅度的描绘和渲染之后，诗人又毅然从第四章起回过头来，遥接第一章，继续发掘"石头"多方面的象征意义："石头是唯物主义者，没有谎言和欺骗，／它尊重历史的每一分钟，每一秒钟"，这里说的"石头"又象征革命者坚贞不移的品格和实事求是的精神。"坚如磐石"是人们口耳相传的成语，诗人正是以此为出发点，做出了富于诗意的概括和升华。"它是冰冷的，却藏着火的种子，／它埋葬了死者，又孕育出新生命！"这是说的"石头"象征着革命者热爱生活、瞩目未来的宽阔胸怀。古人击石取火，"石在，火种是不会绝的。"（鲁迅：《题未定草之九》）死者埋于泥土石块之中，而泥土石块又"孕育出新生命"，总之，岁月如逝而万物生生不息，革命者是完全不必悲观的。"石头"经过诗人这番点化和发掘之后，居然取得了如此深广的意蕴，这不能不说是创造性地运用了象征手法的结果。

《石头》在运用了丰富多彩的象征手法之后，也有一段改用"赋"体的颇为生动的诗行："我在长城边认识了它，它威武，／我在斯大林格勒认识了它，它英勇，／我在漓江两岸认识了它，它奇幻，／我在阿尔卑斯山下认识了它，它深情……"众所周知，垒石夯土，迤逦千里，我国的长城就是这样筑成的；打完了弹药拾起石头作武器，红军战士就是这样守卫斯大林格勒的；漓江两岸，翠峰如簇，谁不说那边的"石头"奇幻；阿尔卑斯山耸立于欧洲大地，远方赶来的登山者谁能不感到那里的"石头"热情好客？如果说前面列举的那些象征诗行含义较为宽泛，用笔较为空灵，那么，这一节诗的特色是丰满实在，概括了辽阔的空间和具体的历史内容，两者相映成趣，又一次构成了空灵与实在相交融的艺术境界。

（孙光萱）

在云彩上面

雁　翼①

我们的工地，在云彩中间，
我们的帐篷，就搭在云彩上面，
上工的时候，我们腾云而下，
下工的时候，我们驾云上天。

白天，我们和云雀一起歌唱，
画眉鸟也从云下飞上山巅；
夜里，我们和星斗一起谈笑，
逗引得月亮也投来笑颜。

当我们过节的时候，
在云上演剧，跳舞；
当我们开庆祝会的时候，
摘下朵朵云霞，挂在英雄的胸前。

当我们饿了的时候，
砍下云上的松枝烧饭；
当我们口渴的时候，

---

① 雁翼（1927—2009），原名颜鸿林。 河北馆陶县人。 中国作家协会会员。 1949 年开始创作，著有诗集《大巴山的早晨》《在云彩上面》《黑山之歌》《胜利的红星》《展翅高飞》《黄河帆影》《金色的凤凰》《唱给地球》《唱给祖国》《抒情诗草》《白杨颂》等。

就痛饮云上的清泉。

当炎热的季节到来，
云上的松树给我们撑伞，
当寒冷的冬季来临，
我们砍下云上的松枝，把篝火点燃。

篝火的青烟升入高空，
带着我们的欢笑飞过群山，
它告诉我们亲爱的祖国，
你的儿女战斗在云彩上面。

【赏析】

20 世纪 50 年代的诗歌观念是比较狭窄的，对于诗的题材有着较严格的规定，要求歌颂领袖、歌颂党、歌颂工农兵、歌颂英雄事迹，即要求诗歌具有主题的明确性，有激昂的情绪和明丽的色调。由于理论的狭窄，使当时的大量诗歌作品有着较明显的公式化概念化的倾向，衍生了"假大空"的流弊。这首诗虽也受了这种理论的影响，但仍能以较为巧妙的构思，比较艺术地表现建设者的劳动热情和精神风貌，这是难能可贵的。

这首诗先比较完整地描绘了寂寞与艰苦的生活环境，为了表现劳动者的品格和精神，便强化了人的主体性，从而淡化了客观的寂寞和艰辛。本来是寂寥无人的荒山野岭，诗却没有实写，而是说"白天和云雀一起歌唱"，"夜里，和星斗一起谈笑"，并且"逗引得月亮也投来笑颜"。这是写人的主体性感觉，因为人是快乐的，所以在人的眼睛里万物都有了快乐的精致。

为了突现人的精神风貌，诗人着意渲染流动的气韵，并且选择了确切的灵动的足以表现人的欢快情态的词语。"上工的时候，我们腾云而下，下工的时候，我们驾云上天"，一"腾"一"驾"不仅准确地描摹了劳作环境和人所释放的精神力量，而且含有一种飘逸的诗意之美。生活环境虽然艰苦，但"砍下云上的松枝烧饭"和"痛饮云上的清泉"同样是突现人的爽朗而奔放的情怀。最后的直抒胸臆，也不是平直的呐喊，而是巧妙地让那升入高空的青烟"带着我们的欢笑飞过群山"，向祖国倾诉忠诚与自觉奉献的情感。

　　全诗围绕着"云"来写，具体而又自然。虽无豪言壮语，却深刻地表现了一代人的生活理想和美的追求。

（同　吾）

只有一个人能唤醒它

公 刘①

我的心房里，
爱情在酣睡。
只有一个人能唤醒它，
我不知道这个人是谁。

(1956 年北京)

【赏析】

这首诗写爱情的坚贞，这是一个严正的主题。诗人不说教，不喊口号，只是说萌动的爱情正在心房里酣睡。对男方说，它是女性；对女方说，它是男性。谁能唤醒它，这一个人便是它的终身伴侣。但这个人是谁，它并不知道，只能到茫茫人海去探求。能够找到这个人，当然幸福；要是找不到呢，可能一辈子痛苦。妙在诗人并不点破。只是以天真烂漫的语气说"只有一个人能唤醒它，／我不知道这个人是谁。"从羞答答的语气看，在心房里酣睡的爱情属于女性。五四运动以后文艺界产生过许多"问题小说"，这首诗也可以说是"问题诗"，因为它提出了一个关系到人生能否幸福的大问题，摆在"情窦初开"的青年的面前。

这首小诗内涵深厚，构思新颖。一方正酣睡，一方要唤醒。构成了一对矛盾。而矛盾的能否解决，关系到恋爱观甚至人生观是

---

① 公刘（1927—2003），原名刘仁勇，又名刘耿直，江西南昌人。1980 年出版的诗集《仙人掌》获"1978—1982 年全国新诗奖"。诗作思想敏锐，感情深沉，有独特的风格。

否正确的问题，关系到人的一生是否幸福的问题。 这当然是大道理。 但诗人并不说理，只是用第一人称的口气，用叙述的语言，像讲家常一样，颇有情趣，说得幽默，不很严正。 一种呼之欲出的"心灵美"，颇耐咀嚼，具有吸引人心的艺术魅力，有较高的审美价值。

（欧阳镜）

纸 船

田 地①

我用半张报纸，
给孩子折了只无篷的露水船；
孩子又用一根纱线，
把露水船系在窗台上面。

孩子上床时对我说，
要去接外婆到我们家来玩；
他出生以来还没见过外婆，
却把外婆深深悬念。

夜里的风把露水船带走了。
我怕孩子找不到船会泪流满脸，
他却说："昨夜外婆已经来过，
天亮她又乘船回到了乡间……"

【赏析】

田地写过不少儿童诗，《纸船》就是深受儿童喜爱的一首。

儿童诗看似大白话，篇幅又不长，其实并不好写。 儿童好
奇、好幻想，他们心中自有一个想象广阔而丰富的世界，这就要

---

① 田地（1927—2008），原名吴南薰，浙江奉化人。 当过小学教师，参加过《诗创造》的编辑工作。 1944 年开始文学创作。 新中国成立后曾任《人民诗歌》编辑、《儿童时代》社代社长、青海贵南中学教师。

求诗人了解和熟悉儿童的要求和心理，用儿童的眼光去观察和反映生活。《纸船》所以受到儿童乃至成人的喜爱，正是因为它所反映的生活内容、所蕴含的感情色彩、所运用的文学语言具有儿童特有的情趣，易于为儿童所接受，同时，它也可以给成人以一定的启迪，让他们随着诗人的动人描画进入特殊的儿童天地。

儿童的思想感情和成人不同，往往带有幻想和浪漫主义色彩。如果说《纸船》的第一节写的是成人和孩子共同创作的话，那么第二节起，诗人的着眼点就落到了成人和孩子的思想感情的差异上。我"折"纸船不过想让孩子玩玩而已，而孩子却想到了另一世界，"要去接外婆到我们家来玩"。由于两人对生活的观察感受不同，想法也就有了差异。接着情况发生了变化，"夜里的风把露水船带走了"，"我"算是很体贴孩子的了，一般人也许会掉头不顾，忙于去干大人要干的事，我则不然，心中老是担心孩子找不到船会不会泪流满脸，看来，"我"算得上是体贴孩子的了，然而，出乎"我"的意料，孩子非但没哭，反而高兴地说"昨夜外婆已经来过，天亮她又乘船回到了乡间"，这是一个多么有趣的转折，多么富有浪漫色彩的插曲，它进一步揭示了"我"和孩子在情感上存在着差距。这情感差距的描写是符合人物的年龄、性格和心理的，它突出了天真活泼的儿童情趣，也构成了诗歌喜剧性的情节，具有较强的吸引力。

《纸船》充分揭示了儿童心灵的美和想象、幻想的美，人长大了不可能再回到童年时代，但儿时纯真、美好的感情却深深地留在诗人的记忆之中。一只纸船，普普通通，在孩子的心目中却有着神奇的作用。不是有"摇啊摇，摇到外婆桥"的儿歌吗？孩子由船想到外婆，自然熨帖，合乎情理。没见过外婆却把外婆深深想念，更是强化了孩子纯洁、美好的心灵。孩子说的第二句话是出人意料的，但当我们将这句充满美好想象的话与第一句话联系起来思考时，就又感到在人意中了，因为孩子的第一句话为第二句话做了铺垫。 这两句动听而又感人的话语体现了一种淳朴的美、纯洁的美，体现了一种正确的人际关系的美。

（陆惠芳）

烟之外

洛　夫①

在涛声中唤你的名字

而你的名字

已在千帆之外

潮来潮去

左边的鞋印才下午

右边的鞋印已黄昏了

六月原是一本很感伤的书

结局如此之凄美

——落日西沉

你依然凝视

那个眼中展示的一片纯白

他跪向你向昨日向那朵美了整个下午的云

海哟，为何在众灯之中

独点亮那一盏茫然

还能抓住什么呢

---

① 洛夫（1928—2018），本名莫洛夫。湖南衡阳人。1954 年与诗人痖弦、张默共同创办《创世纪》诗刊。1959 年创办《诗宗社》。著有诗集《灵河》《石室之死亡》《无岸之河》《因为风的缘故》等。诗论集有《诗人之镜》《洛夫诗论选》等。被诗歌界誉为"诗魔"。

你那曾被称为雪的眸子

现在有人叫做

烟

（1976 年 8 月 10 日）

【赏析】

这是一首情诗，从第一句可以看出受到纪弦的《你的名字》的影响。不过与纪诗具有不同的意蕴。纪弦诗美得单纯，这首诗美在繁复。

首节第一句，写在喧哗的涛声中呼唤你的名字，说明我的声音是十分低微，你根本很难听到。这说明主述者呼唤其名时是在海边，在海边看着千帆，希望你能听到。但希望绝断了，因为你根本不在这千帆之内，而是在千帆之外。温庭筠的"过尽千帆皆不是，望断白蘋洲"，正是此意，不过洛夫换了一种说法，就显得另有一番境界。要注意首行中，"而你的名字"不另起一行，而是让它在一句中重复，目的是使呼唤声延长，也说明其呼唤之接连不断。

第二节第一行，"潮来潮去"，表现人世聚散离合之无常，第二至六行道出这个爱情故事主角年龄的差距，一个已是下午，另一个则届黄昏，这种恋情并不见得和谐美满。他们之间发生的故事是令人感伤的，结局凄美，如"落日西沉"。七至九行要注意人称。在这里叙述角度改变了。"你"是主述者，"我"、"那个人"都是诗开头"你的名字"中的你，我凝视你眼中的一片纯白，表示我对你的执著之情，以你的美为美。第九行中的"他"就是主述者"我"。"你"又回到诗首的"你"，叙述角度又改变了。用"我跪向你"就不如"他跪向你"的感情强烈。叙述角度的不断改变不紊乱，却变化多端，显示出高度的艺术技巧。"跪向你向昨日向那朵美了整个下午的云"，连贯而下，一气呵成。"昨日"，说明"爱"已成过去,自己所恋慕的是一朵飘浮不定的云,虽然很美,但并不长久,至多是整个下午。 虽然如此,自己仍然跪拜其前。 最后二行说你是我航行在大海中指引方向的灯塔,但其光亮却是茫然一片,不使我走向幸福的爱的彼岸。 最后一节是说人间所有的一切(包括你的爱情)都无法牢牢把握,一切都仿佛缥缈的烟,包括你那"雪的眸子"——纯洁美丽的眼神。 眼睛是灵魂之窗,也就是指纯美的灵魂,这一切都不过是烟,甚至如诗题,在烟之外,比烟还要难以把握。

(璧 华)

过去的事儿不要再说

孙静轩①

过去的事儿不要再说

就让它在记忆的棺材里永远埋葬

该宽恕的，就宽恕吧

该遗忘的，就把它遗忘

漫长的人生，总是坎坎坷坷

有快乐，有烦恼，也有悲伤

谁没有品尝过初恋的甜蜜

谁没有经验过失恋的迷惘

过去的事儿，就让它过去吧

切莫让暗淡的回忆耗掉剩余的时光

【赏析】

《过去的事儿不要再说》，诗题明白如话。既是明理，又是抒情。明理有三：一是说，应该宽恕和遗忘的。什么是应该的，什么是不应该的，每个人的选择和判断是不同的。诗人既没有多说，我们也不必去穿凿，但可以肯定地说，它所包容的比说出的更为丰富。这正是诗意所在。对于可以宽恕和遗忘的东西，诗人明白地回答："应该。"这里没有丝毫的犹疑，明白的诗句，道出坚定的

① 孙静轩（1930—2003），原名孙业河，山东肥城人。当过小学教导主任、报刊编辑。1956 年到作协重庆分会从事专业创作。1958 年到农村劳动。1962 年后在四川省文联、社会科学所工作。曾在作协四川分会从事专业创作。2003 年 6 月 30 日因病在成都逝世。

信念。 二是说，人生总是坎坷的。 一个"总"字，表达对人生的整体思考，似乎向人们告诫：漫长的人生道路中必然会遇到酸甜苦辣的事。 "有欢乐，有烦恼，也有悲伤"一句，是对人的生活经验的高度概括，由感情的波动到理性的判断，令人置信。 三是说谁没有初恋和失恋，一个"谁"字就显示个别与一般的统一，肯定所有人都会有这样的经历。 这不需要什么补充说明，人人都会明白。以上三方面，是最易牵动感情的，对此诗人做出了理性判断。

　　小诗寓情于理。 所抒之情，大体有三种：一种是世情。 所谓宽恕与遗忘之情；欢乐、烦恼和悲伤之情，是人人所感知的。 只有经历过坎坷的人，才更能领略到它在人的情感天平上的分量和价值，否则，也不会理解烦恼和悲伤的痛苦。 一种是爱情，诗中所说初恋的甜蜜和失恋的迷惘，是爱情的两极，虽然是短暂的，然而却是难忘的。 第三是含而不露的豪情。 诗中虽无豪言壮语，但从理性的回答中，可以看出，诗人劝说人们把过去的烦恼、悲伤和迷惘都葬在记忆中，把该宽恕的、该遗忘的，都埋在回忆里，为了开展更大的抱负。 只有丢掉感情的负荷，好在人生的征途上迈出更坚定的步伐。 沉湎在黯淡的回忆中，只能内耗自己的生命。 应当珍惜"剩余的时光"，与过去告别。 耗费与珍惜"时光"，正是对人生价值否定或肯定的选择。 诗人立足现实，放眼未来，决心把握"剩余的时光"，继续探索人生的奥秘。

（陈振国）

草木篇（选五）

流沙河①

寄言立身者　勿学柔弱苗

——（唐）白居易

白　杨

她，一柄绿光闪闪的长剑，孤零零地立在平原，高指蓝天。也许，一场暴风会把她连根拔去。但，纵然死了吧，她的腰也不肯向谁弯一弯！

藤

他纠缠着丁香，往上爬，爬、爬……终于把花挂在树梢。丁香被缠死了，砍作柴烧。他倒在地上，喘着气，窥视着另一株树……

仙人掌

她不想用鲜花向主人献媚，遍身披上刺刀。主人把她逐出花园，也不给水喝。在野地里，在沙漠中，她活着，繁殖着儿女……

梅

在姐姐妹妹里，她的爱情来得最迟。春天，百花用媚笑引诱蝴

---

① 流沙河（1931—　），原名余勋坦，四川金堂县人。中国作家协会会员。作品《故园六吟》获"1979年—1980年全国中青年诗人优秀新诗奖"。1982年《流沙河诗集》获中国作家协会第一届全国优秀新诗奖。著有诗集《农村夜曲》《告别火星》等。

蝶的时候，她却把自己悄悄地许给了冬天的白雪。轻佻的蝴蝶是不配吻她的，正如别的花不配被白雪抚爱一样。在姐姐妹妹里，她笑得最晚，笑得最美丽。

毒 菌

在阳光照不到的河岸，他出现了。白天，用美丽的彩衣，黑夜，用暗绿的磷火，诱惑人类。然而，连三岁孩子也不去采他。因为，妈妈说过，那是毒蛇吐的唾液……

（1956 年 10 月 30 日成都）

【赏析】

"寄言立身者，勿学柔弱苗"，诗人引用唐代大诗人白居易的佳句，来作为《草木篇》的题记，也是作者的立意所在。以草木谋篇，警喻为人，是我国现实主义诗歌的优良传统。如屈原的《桔颂》、左思的《郁郁涧底松》、杜甫的《楠树为风雨所拔叹》、白居易的《有木八首》、郑板桥的《竹石》等，不胜枚举。诗人是深得其中精髓的，他以抑恶扬善为主题，针砭时弊，爱憎分明，蕴意深刻。

这五首散文诗，勾勒了两组对立的艺术形象。诗人歌颂的是白杨、仙人掌、梅三种形象。白杨"纵然死了吧，她的腰也不肯向谁弯一弯"，表现了宁死不屈的精神。仙人掌被主人逐出，在沙漠中"活着，繁殖"而显示出顽强意志。梅花有勇气把自己"悄悄地许给了冬天的白雪"，奉献出纯真的爱情。诗人把白杨、仙人掌、梅作为美好事物的象征。尽管她们会遭到狂风暴雨的袭击，受到摧残和虐待，但她们永不屈服，永远保持自己的信念和理想，因此为人们所追求和喜爱。诗人对"纠缠着丁香，往上爬，爬、爬……"的藤，进行辛辣的讽刺；对以伪装"诱惑人类"，"毒蛇吐的唾液"一样的毒菌，进行了无情的揭露。这些由于伪装尽管可以猖獗一时的丑类，终究会被人们所识破，所抛弃。作者笔锋犀利，有感而发，感情浓烈，爱憎分明，歌颂了真善美，鞭挞了假丑恶。

在写作上，诗人主要运用象征手法，巧妙地利用植物（白杨、仙人掌等）的客观特征，既写出符合它们个性的方面，又写出诗人的主观意图，读来不仅真实可信，而且意味深长，耐人咀嚼。同时又用对比手法，使两类植物不但从形象上比，也从意义上比，显示出作者强烈的爱憎感情。

（唐　逊）

吻

梁上泉①

阿妈哟阿妈，
你为什么不说话？
眼望着新修的医院，
为什么噙着泪花？

问你你不回答，
吻着怀里的娃娃，
向医院步步走近，
你到底在想什么？

莫非想起以往的儿女，
没有一个长大？
莫非想起旧日的病痛，
找不着一个"门巴"？

阿妈，你擦干了眼泪，
是不是要说说心里话？
笑脸却亲贴着明净的门窗，
像吻着白胖胖的面颊。

---

① 梁上泉（1931— ），四川省达县人。中国作家协会会员。出版的诗集包括：《喧腾的高原》《寄自巴山蜀水间》《我们追赶太阳》《大巴山月》《山海抒情》《在那遥远的地方》《多姿多彩多情》《你是一朵云》等。

啊！你吻吧！吻吧！

你以吻孩子的母爱，

在吻着自己的医院，

在吻着自己的祖国呀！……

（1955 年 2 月 19 日　扎木）

【赏析】

此诗后来编入诗选《山泉集》时改为《阿妈的吻》这个题名。

阿妈是以她的吻说话的；阿妈是以她的泪说话的。她的一个亲吻，她的一朵泪花，至今还烫着我的心。

1954 年年底，当康（川）藏公路全线通车之时，我正随西南军区慰问团在昌都慰问筑路部队。有一天黄昏，我从新修的昌都人民医院门前经过，看见一位藏族阿妈，一会儿脸庞亲贴着玻璃窗，一会儿又亲吻着怀里的孩子，眼含泪花，久久不愿离开。她这个不被人们注意的行为，却深深地触动了我，使我想起了一年前，我在雪山草地的阿坝做民族工作时所遇上的另一相近的情景。那是在一座专为寺院服劳役的"塔洼"里，有位老阿妈告诉我，她曾生养过九个儿女，由于缺医少药，都一个个夭折了，没有一个长大成人。当地习俗认为，妇女生产是脏污的事情，只能在牲口圈里进行；有什么病痛，也只能念经求神。这自然会造成种种悲惨的结局。那可怜的老阿妈，一直独自一人住在一顶又黑又小的牛毛帐篷里，度着孤苦无依的残年。有回她病了，我和卫生员一起送药上门，并亲自给她喂服，她感动得直摸我们军帽上的"八一"星徽和那红十字药包，什么话也说不出来……眼下，我在远隔千里的昌都，似乎见到的又是那位阿坝的老阿妈！于是，我就随声轻吟出"阿妈哟阿妈，你为什么不说话？……"我在黄昏的雪光中走着吟着，吟着走着，两眼潮润，不知所归。 但这首诗的诗眼，直到一两个月后到扎木医院采访时才找到，完成了它的最后一节。

最末二句，我想到：阿妈吻自己的医院，就是吻着自己的祖国。 祖国是医院的扩大，医院是祖国的缩影。 对这位饱经风霜的阿妈来说，"自己的医院"、"自己的祖国"包含着何等深沉的意义! 过去，病了求神佛保佑，最终只有孤独是自己的，只有苦难是自己的! 而今公路像一条金色飘带连接了北京和拉萨。 西藏成了祖国牢不可分的一部分，这医院也才是自己的，祖国也才是自己的!因此，她的吻，是雪原之火; 她的泪，是赤诚之光。

（梁上泉）

月亮里的声音

——给月琴手沙玛乌兹

梁上泉

你的胸怀竟如此宽广，
抱住了一个圆圆的月亮；
你的长裙拖着红霞，
从凉山飞到北京的舞台上。

听着月亮里的声音，
几疑是天上的嫦娥下降；
你用琴弦跟听众谈心，
又分明是个彝族姑娘。

月亮里只有个广寒宫，
月琴里却有你整个家乡；
通过你会说话的手指，
把我引到你放羊的远方。

一曲倾诉着奴隶的苦难，
像山顶郁结着不化的银霜，
森严的寨堡里有娃子在呼号，
一滴热泪燃起一星火光。

一曲庆贺奴隶的解放，

两弦间就是一条欢腾的金沙江，

雪白的荞子花开在两岸，

牧人的舞影跃入水中央。

最后一曲献给山区的未来，

弹得星星落在孩子的书桌上，

惊喜地望着那美丽的现实，

一半像神话，一半像幻想……

掌声的急雨把我催回剧场，

幕布的黑云把你深深掩藏；

归来的路上琴音还很明朗，

正像这深夜里满街的月光。

（1957 年 3 月 17 日—6 月 1 日，北京—重庆）

【赏析】

1957 年的一个春夜，我去北京天桥剧场，观赏参加全国业余文艺会演的四川代表团的演出。 久居首都，自然想见到天府亲人，听到巴蜀乡音。

节目一个个演过去，不及一半，一位名叫沙玛乌兹的彝族姑娘落落大方地出现在舞台上。 她高挑的身材，穿着五色长裙，像拖着五彩云霞，从遥远的大凉山飞降到千多位观众面前。 她抱着那张圆如满月的月琴，是那么自如，那么自信，才从容地弹响第一个音符，就把整个场子镇住了，也把我这个常在少数民族地区生活工作的年轻军人征服了。

通过她那件有两根弦的弹拨乐器，向我诉说着奴隶社会的悲惨景况：娃子们脚踏郁结的寒霜，头顶漫卷的风雪，牛马般地劳动着；奴隶们溜出寨堡，躲过监视，向外地逃亡。当金沙江两岸获得真正的解放时，欢腾的浪花在琴弦上飞溅，荞子花又和牧人同舞同乐。面对现实，想望未来，满怀着奇丽的憧憬。激越跳动的旋律又把我挂在眼帘的苦泪一下抹尽擦干了。当丝绒大幕把她掩隐之后，我再没心思观赏后面的那些歌舞，耳边总萦绕着那月亮里的声音。一直到场终人散，我才发现自己还独留场内未走。

我走出剧场，已无车可乘了，只得踏着满街的月光，徒步吟咏，从城南走回到城北的军营。在这十里左右的途程中，这首诗的腹稿也初步完成了。

事后，我带着草稿回到四川，走访城乡的同时，也对它进行了两个多月的"冷处理"，作了一些润色加工，就在当年的《诗刊》第 7 期上发表出来。收入我的诗选《山泉集》时，又把"幕布的黑云"改成了"幕布的紫云"。以后许多诗选本都把它当作我的代表作选入了，并有不少评论。如严辰写道："《月亮里的声音》着墨不多，委婉动人，写弹月琴的姑娘，'你的胸怀竟如此宽广，抱住了一个圆圆的月亮'，比喻既现成又新颖。轻轻一转，概括了彝族人民曾经走过和将要走的道路。彝族姑娘把深情化为倾诉的乐曲，青年诗人把深情凝成鲜明的形象。"

这首诗流传虽然较广，但我 1973 年夏到凉山州文工团亲访这位月琴手时，她却不知道我写给她的这首诗。大凉山毕竟太遥远了，这使我感到她真的住在广寒宫里，信息难通呵！

（梁上泉）

垂 钓

木 斧①

岁月滔滔地流去
积成烟波浩渺的湖
那湖中泛起波影
谁能一网收尽

我坐在湖边垂钓
钓勾上挂着兴趣
让它到波光闪闪的湖中去吧
看看能不能钓起一串记忆

突然钓起一节童年的笑声
笑声扬着荒唐的韵味
可怜那羞红的脸蛋
找不到胡须的遮蔽

愈来愈浓的兴趣
拖住了我的钓勾
我一古脑儿落入湖中
全身浸透了记忆

---

① 木斧(1931—)，回族。祖籍宁夏固原县，生于四川成都。原名杨莆，20世纪40年代后期开始创作。著有诗集《醉心的微笑》《美的旋律》《木斧诗选》《缀满鲜花的诗篇》等。

不甘心消逝，我
等着，等着机会
等着明天的我
又来湖边垂钓

到那个时候
我已化为记忆
我将沿着钓勾
再爬回岸上去

【赏析】

这是一首饶有趣味的小诗。

名为"垂钓"，其实并未写钓鱼——"渔翁"之意不在鱼，而在乎垂钓之趣，这，才是小诗的旨趣所在。

能够亲自去体会垂钓之乐的人毕竟不多，但人们可以从旁体会沉浸在垂钓之中的垂钓者的乐趣。甩线撒网，是一乐；鱼儿咬钩，是一乐；钓起鱼儿，更是一乐；即便静候良久，毫无鱼儿上钩迹象，但欲罢不忍，终抱期冀的心境，仍然不失为一乐。"垂钓"一诗写的正是后一种乐事。

不过，真写这种垂钓之乐又未免有些拘泥和呆板，因为诗中的"垂钓之乐"，其实不过是一种象征。请看这些意象："烟波浩渺的湖"是"滔滔流去"的"岁月"积成；面对这片大湖，"钓翁"产生"兴趣"——要去"钓起一串记忆"。把这些意象连在一起的是"钓勾"以及由此而来的"钓"字。这样，垂钓就成为对记忆、对逝去岁月、对美好童稚欢乐的寻觅和追忆。"钓"字成为全篇的诗眼。

接着，诗中呈现出这样一个意象："突然钓起一节童年的笑声／笑声扬着荒唐的韵味"。 ——是诗人忆起了童稚的欢笑，还是此时的笑声变成童年？是为了钓起一条小鱼儿，还是为了想起孩提时伙伴们垂钓中的嬉闹？竟然"羞红脸蛋"，顾不得"胡须的遮蔽"！那是怎样一番乐趣呵。

那是一种心灵的幻化——现实的诗人与往昔的记忆融成一体，"我一古脑儿落入湖中／全身浸透了记忆"。 虽然有点荒唐，却颇有情致。 诗人要全身心在岁月的烟波湖中遨游，追索。 看来，它很够我们"想入非非"一番了。

如果诗就此打住，也不能说不够味儿。 但是诗人又推出令人惊讶的意象：此时他把自我幻化为二——一是沉浸在记忆之湖中的我，二是明天又来湖边垂钓的我，要让"已化为记忆"的"我"再被垂钓的"我"钓起："我将沿着钓勾／再爬回岸上去"。 今与昔、现实与记忆如此纠结缠绞，这近乎荒谬的意象构成出人意表的境界，不禁令人咂舌。

这意境与开篇"谁能一网收尽"岁月沉积之湖的慨叹连成一体，愈发有对往昔的追寻"剪不断，理还乱"、沉而不溺、舍而不止的韵味，朦胧而不模糊，给读者留下绵长回味的余地。

当然，古今写垂钓的诗篇不计其数。 如果说前人的垂钓诗是以景写情，那么，此诗则是因情设"景"——垂钓只不过是一种比喻和象征，从这角度看，此诗可以说写得别开生面，恰到好处。

（张德厚）

江

刘畅园①

这是一条
古老的江
江上的渔舟
同古画上一样

怎么回事
橹摇千年
也未走出
这破旧的画框

【赏析】

有的诗歌，诗句看似平淡，却使人读后寻思不已，抚卷叹息。
刘畅园的短诗《江》，就是这样的作品。

开头一节，全是叙写，突出了一个"古"字。

在一些人的眼中。"古老的江"、"同古画上一样"的渔舟，
是很有兴味的风景，因为它们可以引人发思古之幽情。发思古之幽
情，并不是坏事，你可以为之而陶醉；但现实生活更应当受到关
注，因为这关系着祖国及其十亿儿女的命运。正由于这样，诗人对
眼前的"古"景激发不起"雅兴"，而发出"怎么回事"的疑问。

---

① 刘畅园（1932— ），生于黑龙江省肇东。1951 年开始写诗。1962 年开
始从事专业创作。中国作协会员、黑龙江作家协会理事、中国诗歌学会理事。
有诗集《树叶与小溪》《青青草》等。

这疑问当中，蕴涵着怅惘与叹息。

试想，"橹摇千年"，耗费了多少代人的汗水、青春、生命？可是那"渔舟"竟然"也未走出／这破旧的画框"！此情此景，是难以使人振奋的。

这一"破旧的画框"中的"渔舟"，是令人思索的意象。它使我们驰骋想象与联想，是指某些生产方式、人们生活的某些方面没有发生多大的变化，还是指某些意识形态方面的东西依然故我？为什么会出现这种现象？使人思索。

仁者见仁，智者见智，让我们都思索吧。

诗人对此怅惘、叹息，是不满的表现。不满并不可怕，它往往是要求改革、立志改革的"动力"。诗人希望"渔舟"早日冲击"这破旧的画框"，这正是广大人民群众的意愿。

诗采用象征手法来写，却相当深刻地反映了现实的某些本质方面。语言朴素，似乎是信口道出，却凝聚着深意。堪称以少胜多、以一驭万的精练之作。

(杨光治)

最后的飞翔

宫　玺①

一只受伤被缚的鹰，
终于挣脱绳索，
奋力冲上了天空！

可是绳索撕去它一条腿，
鲜血淋漓，
心肝如进！

为了重获自由，
即使只有片刻，
它也甘愿付出被缚的生命；

为了最后的飞翔，
它聚集起周身的力量，
忍受着难以忍受的剧痛！

盘旋着，盘旋着，
一圈、一圈、一圈……
向大地倾洒无尽的柔情！

---

① 宫玺(1932—)，山东省崂山人。中国作家协会会员。著有诗集《我爱连队我爱家乡》《蓝蓝的天空》《银翼闪闪》《花漫长征路》《空军诗页》《无声的雨》《抒情的原野》等。

啊！……

山河收留了它的羽毛和血肉，

蓝天拥抱了它不死的魂灵！

（1981 年 1 月 6 日夜至翌日凌晨）

【赏析】

这首诗，内涵极富。一开头，悲壮的情调就抓住心弦，令人仰叹！受伤而又被缚，假如不是鹰，而是一只小鸟，它的命运，该是怎样的悲惨！

鹰，终于挣脱绳索，冲上天空，却撕去一条腿。这形象，是刚烈的。生命诚可贵，自由价更高，为了飞翔，它甘愿付出被缚的生命。为了最后的飞翔，它忍受难以忍受的剧痛，盘旋着，一圈一圈，向大地倾洒无尽的柔情……柔情二字，蕴蓄极致，显示了诗人的艺心独造。在这里，如果用"倾洒无尽的爱"，这就落入寻常之笔了！

全诗从头到尾，鹰的立体感极强！这只鹰，悲愤惨烈，它给人情绪上的感染，不是消沉，乃是亢奋。从形象中流出来的历史感，是多角的。这受伤而又被缚、然后又挣脱绳索，冲向蓝天作最后飞翔的，仅仅是鹰吗？小者，我们可以联想到个人；大者，我们可以联想到我们的民族，我们的国家许许多多的人和事……

这是一支悲壮的自由之歌。

（黎焕颐）

无　题

邵燕祥①

真的，这不算异想天开，
海上生出了一片云彩。
把千言万语交付它，
借一阵风把它吹向西北。

西北有高楼，楼上有人在等待，
不要说人家都在我不在；
你没有白白地眺望海角，
我给你寄来一片云——一个大海。

它挟着白热的闪电，迅猛的风雷，
激荡着所有善感的胸怀。
一天夜雨拍打着你的窗扉，
让你想象着海涛澎湃。

让你想起海边的潮水，
每逢初一、十五准要涨一回。
而我将做一个不速之客，

---

① 邵燕祥(1933—　)，原籍浙江萧山，生于北京。笔名有雁翔、汉野平
等。1978年，任《诗刊》编辑部主任、副主编等职。主要诗集有：《歌唱北京
城》《到远方去》《给同志们》《献给历史的情歌》《含笑向七十年代告别》《如
花怒放》《迟开的花》《岁月与酒》《邵燕祥抒情长诗集》等。

突然在你的意外归来。

（1959 年 8 月 24 日）

【赏析】

漫长的历史已把今日邵燕祥铸造成哲人，而当年邵燕祥仅仅是诗人，一个真诚的积蕴着才情的诗人。他相信，"这不是异想天开"，"海上能生出一片云彩"；他相信他的心中的一片云便是一个大海，他相信这个大海"挟着白热的闪电，迅猛的风雷"，能"激荡着所有善感的胸怀"；他相信，他是生活中的"不速之客"，终能回到生活中应有位置上来。

这是一首主观色彩很浓的诗，我们从中能看到邵燕祥式的真诚，这又何尝不是一代人的心理素质的艺术凝聚呢？

全诗运用了隐喻和象征，使精神内涵更丰富更宽广更深邃。

想象是优美的，语言是优美的，精练而又舒展，富有节奏感，富有音乐美，让人一咏三叹。

（同　吾）

沉默的芭蕉

邵燕祥

芭蕉
你为什么沉默
伫立在我窗前
枝叶离披
神态矜持而淡漠

从前你不是这样的
在李清照的中庭
在曹雪芹的院落
你舒卷有余情
绿蜡上晴光如泼

近黄昏，风雨乍起
敲打着竹篱瓦舍
有约不来
谁与我相伴
一直到酒酣耳热

呵，沉默的芭蕉
要谈心请拿我当朋友
要争论请拿我当对手
在这边乡风雨夜

打破费尔巴哈式的寂寞

芭蕉啊我的朋友
你终于开口
款款地把幽思陈说
灯火也眨着眼睛
一边听，一边思索

芭蕉，芭蕉
且让我暖了搁冷的酒
凭窗斟给你喝
夜雨不停话不断
孤独，不是生活

(1980 年 4 月 6 日)

【赏析】

这是诗人于 1980 年春天旅行云南，住在"竹篱瓦舍"旅店里所作。 一个远方的游子，倾听黄昏时骤雨敲打着青瓦绿蕉，唤起了一种身在异乡的寂寞之情，进而做出了富于诗意的表现。

诗的第一节是具象描写，但已赋予芭蕉以生命和性格："神态矜持而淡漠"。 这为以后诗情的发展作了准备和铺垫。 第二节是诗人的联想，与上节末句相对照："从前你不是这样的"，举出李清照中庭和曹雪芹院落中的芭蕉作例子，在这两位古代文学家的作品中，多次写到芭蕉，如李清照的芭蕉词："窗前谁种芭蕉树？阴满中庭。 阴满中庭，叶叶心心，舒卷有余情。"但由于所处的环境不同，感受不同，移情就有所不同。 用古代文人对芭蕉的描写，来进一步反衬诗人此时此地的心境。当黄昏风起雨落，相约的人不来，诗人只有独斟自慰。"谁与我相伴／一直到酒酣耳热"。一种落寞孤独之情油然而生，无人对话排遣宣泄，诗人客居他乡无比孤寂的形象跃然纸上。情景交融，构成了边乡风雨夜特有的氛围，感染了读者。

后面三节，诗人与雨中芭蕉直接对话，实际上，是诗人借物抒发他的感受和心境。在醉醺醺的诗人眼前，芭蕉也完全活了起来："芭蕉啊我的朋友／你终于开口／款款地把幽思陈说"。这样，就打破了前面清静冷漠的气氛，而且是边暖酒边与芭蕉对喝，"夜雨不停话不断"，显得热闹而充满活力，一位飘逸狂放、豁达脱俗的诗人形象展现在读者面前。最后一句，可算神来之笔："孤独，不是生活"！所有前面抒发的情怀，原来在此，与《沉默的芭蕉》题目对应，反点其题。令人感到意料之外，又在情理之中，这正是这首诗构思巧妙之处。

可以说，《沉默的芭蕉》的艺术构思，是汲取了我国古典诗词名作的精华，当我们读到诗人斟酒与芭蕉共饮对话，不禁就想到唐代大诗人李白饮酒邀月的诗篇："花间一壶酒，独酌无相亲。举杯邀明月，对影成三人。"同样孤独，同样豪情，同样具有浪漫主义色彩，但是时代和背景已截然不同。李白虽能一人自得其乐，但诗中却透露出一种凄凉之感；而在20世纪80年代的现代诗人，却是与芭蕉共饮对话，热热闹闹。最后冒出一句："孤独，不是生活"，将诗人热爱生活的感情和盘托出，激励读者热情地去拥抱生活，珍惜现在。

（宁　宇）

静默是睡熟的莲花……

刘湛秋①

静默是睡熟的莲花

对着夏天的太阳

是深山的一片落叶

跌落到无底的深渊

是永远喧腾的大海下面

蓝色深处游动的鱼群

是一个忧郁的少女的脸

闪现在关闭了的窗前

是一张发黄了的照片

是星星倔强而又爱恋的眼睛

是在乐队的热烈进行中

一个突然出现的休止符

啊，静默，我又分外地爱你

你是更强有力的声音

你是无声中的生命

---

① 刘湛秋（1935—2014），安徽芜湖人。 中国作家协会会员。 著有诗集《抒情与思考》《生命的欢乐》《无题抒情诗120首》。 散文诗集《写在早春的信笺上》《温暖的情思》《遥远的吉他》；译诗集《叶赛宁抒情诗选》《普希金抒情诗选》等。

【赏析】

静默是一种感觉，一种意念，它实在又虚渺。 然而诗人却以富于灵感的笔触，赋予了它婀娜的身姿。 由于这里意象的对"静默"的多角度、全方位观照，虚渺的意象不但变得可触可感，有着一种奇幻的美妙，而且获得了深刻的内涵，从而使"你是更强有力的声音／你是无声中的生命"这一抒情式"结论"令人心折。

诗人不用"静默是什么"？这种条陈排比句式，因为这显得比较呆板。 但由于诗人的不断转换角度和推进情绪，这里的排比却仿佛在一波一浪地涌动着，攒聚着，最终演成了高潮。 加之摄取的"形象是多色彩而又活泼的"（刘湛秋语），全诗确有弦管和鸣之妙。 睡熟的莲花，是恬静的。 叶落深渊无声，便觉森然。 喧腾的大海不能征服它的游鱼。 无言的忧郁掩藏着痛楚的心。 发黄的照片，爱恋的眼睛……从外在自然到至深的人性至高的艺术，动中之静，静中之动，无声的嘈杂，喧嚣的宁谧，生活有多么奇妙，静默有多少奥秘！

《静默是睡熟的莲花》，按其"质地"归档，应属"纯粹的诗"一类，它有如在山之泉水，清醇如酒。 它表现的是一种超功利的微妙的人生经验。 由于它的超功利性，很难引起较大的社会反响，不会广泛地为人们所注意；又由于它艺术表现的考究，言外之意，弦外之音特别丰富，就要求读者经过一定的阅读训练，有一定的欣赏经验，也就是说，它对读者比较挑剔。 由于这两条原因，这类诗的门前不会有车如流水马如龙的热闹。 然而，这类诗往往艺术水平较高，具有较高的审美价值，使人每有涉猎，怡然忘归。 像这首诗就写得很精致，玲珑剔透，隽永耐玩，仿佛一件水晶石雕镂出来的小巧的工艺品。

（朱子庆）

划呀，划呀，父亲们！（节选）

——献给新时期的船夫

昌　耀①

自从听懂波涛的律动以来
我们的触角，就是如此确凿地
感受着大海的挑逗：

——划呀，划呀
父亲们

我们发祥于大海
我们的胚胎史
也只是我们的胚胎史——
展示了从鱼虫到真人的演化序列
脱尽了鳍翅
可是，我们仍在韧性地划呀
可是，我们仍在拼力地划呀
我们是一群男子。是一群女子
是为一群女子所依恋的
一群男子
我们摇起棹橹，就这么划，就这么划

----

① 昌耀（1936—2000），原名王昌耀，湖南桃源人。 1950 年考入部队文工队，1954 年发表作品，1955 年调青海省文联。 1958 年被划为"右派"。 后颠沛流离于青海恳区。 1979 年平反。 著有诗集《昌耀抒情诗集》等。

在天幕的金色的晨昏
众多仰合的背影
在庆功宴上骄军的醉态
我们不至于酩酊
……

还来得及赶路
太阳还不见老，正当中年
我们会有自己的里程碑
我们应有自己的里程碑
可那旋涡
那狰狞的弧圈
向来不放松对我们的跟踪
只轻轻一扫
就永远地卷去了我们的父兄
把幸存者的脊椎
扭曲

大海，我应诅咒你的暴虐
但去掉了暴虐的大海不是
大海。失去了大海的船夫
也不是
船夫

于是，我们仍然要开心地燃烧起爝火
我们依然要怀着情欲剪裁婴儿衣
我们昂奋地划呀……哈哈……划呀

……哈哈……划呀……

是从冰川期划过了洪水期

是从赤道风划过了火山灰

划过了泥石流。划过了

原始公社的残骸，和

生物遗体的沉积层……

我们原是从荒蛮的纪元划来

我们造就了一个大禹

他已是水边的神

而那个烈女

变作了填海的精卫鸟

预言家不少

总会有橄榄枝的土地

总会冲出必然的王国

但我们生命的个体尚都是阳寿短促

难得两次见到哈雷彗星

当又一个旷古后的未来

我们不再认识自己变形了的子孙

可是，我们仍在韧性地划呀

可是，我们仍在拼力地划呀

在这日趋缩小的星球

不会有另一种坦途

不会有另一种选择

除了五条巨大的舳舻

我们只看到渴求那一岸的

船夫

......

就这么划着。就这么划着

就这么回答着大海的挑逗

——划呀，父亲们

父亲们

父亲们

我们不至于酩酊

我们负荷着孩子的笑声赶路

在大海的尽头

会有我们的

笑

【赏析】

昌耀的《划呀，划呀，父亲们》，是一首充满了"男子气息"
的诗。这并不是因为诗中宣告了"我们是一群男子"。它重复
着："划呀，划呀，父亲们!"这不仅仅是"一群男子"的呼唤，而
是一代人的呼唤。

这呼唤贯穿全诗，使人感到了浪的汹涌，船的行进，桨叶的挥
舞。诗仿佛也按着浪涛的节奏起伏着，这是行进中的诗。大海，
船夫，是一幅气势宏大的历史背景下最具体、最平凡的人类生活的
图画。是从冰川期划过了洪水期。"是从赤道风划过了火山
灰。／划过了泥石流。"是从"大禹"和"精卫"的"荒蛮的纪
元"，一直到"不再认识自己变形了的子孙"，那遥远的"大海的
尽头。"在这里，时间和空间都是无限延伸着的，没有开始，也没
有终结。

诗中第四节充满了哲理意味。"暴虐"是"大海"的魅力，征服是"船夫"的使命的崇高所在。流畅的音节，准确的用字，漂亮的句型，表达了大自然与人类的关系。

　　全诗格调明朗，很有气势，在形式上采用自由体，不受任何格律和韵脚的限制，却又能让读者感受到内在节奏的旋律。

（丁　玫）

回　忆

昌　耀

白色沙漠
白色死光

西域道
汉使张骞凿空
似坎坎伐檀
晋高僧求法西行，困进在小雪山的暴寒
悲抚同伴冻毙的躯体长呼——命也奈何

大漠落日，不乏的仅有
焦虑。枕席是登陆的
码头
心源有火，肉体不燃自焚
留下一颗不化的颅骨
红尘落地
大漠深处纵驰一匹白马

(1986 年 7 月 25 日)

【赏析】

走进这一首诗的境界，展现在我们面前的是茫茫的人兽罕至的
沙漠。 诗的开头用八个字绘出了如此触目惊心的景象："白色沙
漠。／白色死光"。 在中国西部生活的诗人对此有着深刻的感

受。他本是湖南桃源人，但从硝烟弥漫的朝鲜战场负伤归来，却自愿来到青海，从此魂系高原。在那个使孱弱的心灵望而却步的如"沙漠"一般的生存环境里，诗人曾付出了沉重的代价。

诗题为"回忆"，至少有两层意思。其一是此诗对以往历史的回顾，这种回顾虽然在诗中仅仅表现为推出两个人物：汉使张骞、晋高僧，但他们具有包容性，这并非是诗人怀古之幽情的寄托，而是通过他们展示了古往今来人与厄运的抗争。其二是诗人对自身的人生历程和精神经历的一种反思，亦可说是一种"回忆"。诗人曾被钉在"地狱"的十字架上达二十二年之久。那一片"沙漠"是自然环境，但何尝不是给诗人带来灾难的社会环境？诗人在苦难的逆境里依然将生命的小舟奋力划向精神的灯塔，这样，他的精神就在炼狱里得到了升华，他把苦难看作了净化和超度灵魂的"慈航"（《慈航》）。很清楚，诗人是把"回忆"作为情绪的切入口，从而将心灵的投影植入广阔的历史背景上，通过个体的灵魂骚动的轨迹，窥见了人类向着理想境界的艰难进军的足印。

诗的深度意蕴凭依这一匹"马"得到了强烈表现：人的肉体即便焚为碳水化合物，但因为抗争过、奋斗过，魂魄将化为"一匹白马"，永远在"大漠深处纵驰"！人死了，精神依然在历史的长河中拍水击浪，生命的涛声响彻其间！诗人对于生命的感受能因这样深刻的体验，只因他"心源有大"——这是照彻全诗的一道烛光。而当"大漠落日，不乏的仅有／焦虑"，更是透露了诗人对于祖国命运和前途的关切，同样，也强化了每一个中国人的紧迫感和使命感。

（戴 达）

有一句话

非　马①

有一句话

想对花说

却迟迟没有出口

在我窗前

她用盛开的生命

为我带来春天

今天早晨

感激温润的我

终于鼓足勇气

对含露脉脉的她说

你真……

斜侧里却闪出一把利剪

把她同我的话

一齐拦腰剪断

---

① 非马（1936—　），原名马为义。祖籍广东，生于台湾。毕业于台北工业专科学校。1960 年后留学美国马开大学、威斯康辛大学，在美国阿冈国家研究所从事研究工作。著有《非马诗选》《非马新诗自选集》，散文《凡心动了》，主编《台湾诗四十家》。其作品被收入一百多种选集，并被译成十多种字。《新诗界》及《国际汉诗》编委。

【赏析】

这首诗表面上是写人和花，实际上是写人与人。请看，诗人写人爱花何等亲切、自然：花儿在我窗前盛开，姹紫嫣红，千娇百媚，给我带来了春天。我对花"感激温润"，花对我"含露脉脉"。这些描写都是日常生活中人们最平凡的感情。无论是痴迷于花木的养花人，还是不懂花事的普通人，在美好的春天里都会同争奇斗艳的百花发生这种感情上的交流。但是，短诗的开头一节便说："有一句话／想对花说／却迟迟没有出口"，哪怕是再麻木的读者，都会感到这绝不是写一般性的闲人赏花，诗句里似乎有了弦外之音，韵外之味。诗中的花显然是我钟情的女子，我早就想把心中的爱慕向她倾吐，只是在等待时机而已。今天早晨终于鼓足勇气要向她表白，却遭受到了外来的破坏和干预："斜侧里却闪出一把利剪／把她同我的话／一齐拦腰剪断"。这既是写赏花者和花木修剪者在一瞬间的矛盾对立，又是写温柔缠绵的爱情遭到外力摧毁时的哀怨和苦恼。

爱情生活是社会生活的重要部分，世间良缘的结成，其中有着多少波折和痛苦，而金钱买卖婚姻又使多少有情人难成眷属。在现实生活中，外力对爱情的威压是司空见惯的事。以这类题材入诗，自然可以产生《孔雀东南飞》式的叙事名篇。但是，在白话抒情短诗中若省略了叙事成分，真切生动地表现出这种爱情上的挫折，却并不十分容易。《有一句话》的作者善于在平凡的生活细节中有所发现，并创造出诗意。诗人借助于想象和联想，迅速地捕捉住花木修剪给人带来失望的镜头，巧妙地完成了诗的构思。诗人把爱情生活中的受阻与"一把利剪"把花枝"拦腰剪断"机巧地联系在一起，以闲情写爱情，使小诗的构思蕴藉有致。

(徐荣街)

火 焰

张学梦①

你在舞蹈吗？火焰。
像旋舞的裙子，像舞动的红绸，像少年……
像狂风怒吼，江河咆哮，像血液
接受了爱情的呼唤。无声的
炽烈的旋律。像要挣脱缰绳的红鬃烈马
跳跃着，在烟尘里打旋。
山岗上，秋天的枫树林，橡树林
在骄阳下闪烁，突然，袭来龙卷风
英华纷乱。像被压抑的豪情，
无处驰骋的奔放。你燃烧着，
颠簸着，像被捆绑着的赤热的雷电。
啊，你疲倦了？火焰，
怎么像凝固的晚霞？忧郁的晚霞？
像开满野玫瑰的草原？失恋的少女
挥动红纱巾奔跑，她跑呀，跑呀
那纱巾，仿佛幻海的红帆……
风息了。杏花落了。寂寞的……
啊，你要安眠？你要梦寐？你要灰暗？

啊，哟哟，窜动起来啦，腾越起来啦！

---

① 张学梦(1940—)，河北省唐山市人。 1979 年开始发表新诗。 曾在唐山机铁铸件厂、唐山市文联工作。 著有《现代化和我们自己》《人类诗篇》（与大解、郁葱合写）等。

响着雷霆，闪着强电，像突然爆破的熔岩。

像开花前的沉默。像青春的前夜。

像丝丝奔突的导火线。啊，火焰

就这样，忘怀吧！疯狂吧！呼啸吧！

太阳不就是这样生活的吗？思想

不就是这样产生的吗？还有那动脉血里的

诗篇。就这样，放光、放热……

分解了，再化合，抛出躯体的每个单元，

哪怕戛然消失了，从此，悄然，永远……

我是司炉。常对燃烧，对青草

对天空大地，对生命，这样思辨。

（1981 年 11 月）

【赏析】

　　这首诗，作者注意了把对时代的观察与思辨同富有现代色彩的意象技巧的运用结合起来，从而获得了独特的美学效果。

　　"火焰"是这首诗的中心意象。它由众多的从属意象组合而成，包含了多重的象征意蕴层面。火焰当然是一种自然现象、物理现象，作者以一系列意象来形容它的明亮、灼热、奔突、呼啸："像舞动的红绸"，"像狂风怒吼，江河咆哮"，像"烟尘里打旋"脱缰的"红鬃烈马"，像被"龙卷风"吹刮的"枫树林，橡树林"的"英华纷乱"，"像被捆绑着的赤热的雷电"……从多个角度来描绘，然而诗人并不是就火焰写火焰，而是赋予强烈的主观情思，把它拟化为一种生命现象：青春的火焰、爱情的火焰、思想的火焰、精神的火焰。正因此，就必然在火焰的物象之上又交加迭印上"像少年"，"像血液"，像"爱情的呼唤"、"像被压抑的豪情"、像"忧郁的晚霞"、"像青春的前夜"等一系列生命意象。这是火焰从物质层面向精神层面的升华。

火焰从燃烧、停歇，再到更猛烈燃烧，是一个发展变化的过程。既然是过程，就必然蕴涵着从时间意识中升腾起来的历史意识。这样，火焰又幻化为一种历史影像，催发人们作更深广的想象和联想：我们所曾经走过的历史，从抗争、新生，经过挫折、失误，到复苏和再次崛起，不也是一团民族奋发、时代进化的火焰吗？

不仅如此，火焰最后还从宇宙本体与人本质相契合的高度，揭示了辉煌而深邃的人生哲理："太阳不就是这样生活的吗？思想／不就是这样产生的吗？还有那动脉血里的／诗篇。就这样，放光、放热……／分解了，再化合，抛出躯体的每个单元，／哪怕戛然消失了，从此，悄然，永远……"

这样，火焰从物理现象转化为审美对象，而成了宇宙、人生、历史、精神的象征。作为一个艺术载体，负载了诗人"对天空大地，对生命"真谛的思考。"我是司炉"，诗人在对我们伟大时代的整体熔炼中，铸成了当代中华民族的艺术雕像——生生不息的火焰！

意象是现代诗常用的一种表现手法，适合于表达现代人的繁复思绪。这首诗充分发挥了意象的效能。运用多种组合方式，或串联，或迭加，纵横捭阖，色彩缤纷，并且与直接抒情相结合。例如，在大量意象渲染的同时，穿插了这样直抒胸臆的句子："你在舞蹈吗？""你疲倦了吗？""啊，火焰，／就这样，忘怀吧！疯狂吧！呼啸吧！"等等。意象的创造，避免了思想的直说，增强了诗的暗示性和含蓄性；情感的直抒，又明确了诗思的流向，避免了令人费解的晦涩。朦胧与明朗在这首诗中，得到完美的统一。

（苗雨时）

绿 灯

张学梦

根据我对人性、偏见和政治的观察，
邪恶不仅仅存在，而且制造着战争与裂罅，
因此我们生起烘炉、锻造盾矛，
给祖国城市的平宁披上坚甲。

根据我与人们、花卉和历史的交谈，
善良不仅仅存在，而且屡次把冰雪围歼，
因此我们建造宾馆，生产甜酒，
为迎送客人与朋友扎制花环。

根据我对美与恶的比较，他们势匀力敌，
悲惨的教训与和平的生活轮番交替，
但如果我们团结一致、加深理解，
这一批橄榄树的绿荫就会延续。

那么请来吧，为了商事，了解和友谊，
既然道路相通，心灵就不该隔离，
我已学会把黄油和果酱抹在面包片上，
我的眼睛任何语言都能翻译。

信息像葡萄秧覆盖在天穹，
越来越多的酱果把阻拒变为联系。

我知道。并为了屋檐上白色鸽子，
一座城市或一个诗人都不是一粒珍珠，
可以闭锁在贝壳，孤独地孕育。

【赏析】

我们的这个星球，烽火连天，每天都在发生战争，流血，呻吟，暴力。我们的这个星球，五彩缤纷，每时都有鲜花开放，笑声，友谊，爱情。黑和白相杂；恶与善并存。诗人将人类的感情和行为的这两极，加以鲜明的对比，并郑重地推到人们眼前。在他的笔下，邪恶是在恶的"人性"，无知且无耻的"偏见"之上繁殖出来的；作为邪恶的对立面的"善良"，拥有她的是纯洁的"人们"，与幸福为伴的"花卉"和人民谱写的"历史"。诗的第一节勾勒"邪恶"的脸谱，第二节讴歌"善良"，每一节的每一行诗都互为对衬，如果"邪恶"的果实是"制造战争与裂罅"，那么，"善良"对付"邪恶"的办法则是"屡次把冰雪围歼"。但诗人借诗说理的重点是以善制恶。诗的第三节是全诗的主旨，善与恶呈势均力敌状，"但如果我们团结一致、加深理解，／这一批橄榄树的绿荫就会延续"。"橄榄树"是和平的标志，它的绿荫流泻的浓重的绿色，象征着生机和希望，诗题《绿灯》应是取意于此。诗的第五、六节，诗人强调了理解比什么都重要。地球变得越来越小，心距不应该变得越来越大，"既然道路相通，心灵就不该隔离"。诗暗示和诱发我们作这样的想象：一盏"绿灯"亮在人类相互沟通的心灵（"理解"）所造就（"延续"）的"橄榄树的绿荫"里，"屋檐上白色鸽子"沿着绿色的光芒向远天飞去……

诗看似说教而又不是说教。张学梦运用了富有现代色彩的语言，如这样的诗句："信息像葡萄秧覆盖在天穹／越来越多的酱果把阻扼变为联系"。 意味深长的是诗的尾声："一座城市或一个诗人都不是一粒珍珠／可以闭锁在贝壳，孤独地孕育"。 它似乎跳出了单纯扬善抑恶的说理圈圈，使诗的主题更加丰富，从而拓宽了诗的内涵。

（戴 达）

路

许达然①

阿祖的两轮前是阿公　拖载日本仔
拖不掉侮辱　倒在血地

阿公的两轮后是阿妈　推卖熟甘薯
推不离艰苦　倒在半路

阿爸的三轮上是阿爸　踏踏踏踏踏
踏不出希望　倒在街上

别人的四轮上是我啦　赶赶赶赶赶
赶不开惊险　活争时间

(1979 年 8 月)

【赏析】

《路》是一篇对不平人生的控诉状。 全诗分为四节，每节写一个历史时代或历史时期。 第一节写的是台湾日据时代祖辈的命运，他们用两轮车拖载日本仔而死于非命；第二、三两节分别写"阿妈"和"阿爸"，表现台湾光复后父辈为生活而劳碌奔波的情景；第四节出现的是诗的抒情主人公"我"，他驾驶着出租汽车而在艰

① 许达然（1940— ），原名许文雄，台湾台南人。 1962 年毕业于台湾东海大学，留校任教。 1965 年后留学美国哈佛大学、芝加哥大学，英国牛津大学。曾任教于美国西北大学。 著有散文集《含泪的微笑》《远方》《人行道》等。

险丛生的环境中争分夺秒。 全诗以"路"作为一个具有典型意义的横截面的背景，在这一背景之前，作者从历史的纵面选择了具有象征性的事物作集中的描绘，这就是"阿祖的两轮"、"阿公的两轮"、"阿爸的三轮"、"别人的四轮"，时间的跨度不同，但同为"轮"则一。 这样，作者就以"路"为经，以"轮"为纬，以人物为中心，纵横交织地创造了一幅令人惊心而深思的生活场景，写出了劳苦大众的悲剧命运和作者对他们的深厚同情。

《路》的语言简约精炼，句法也颇有特色。 全诗四节，每节均为两行，每两行又都是由两个短句构成，每一节各自独立，彼此之间又构成了严格的对仗。 在每一节中，首先出现的是车轮和人物，其次出现的是人物的动作行为，再次是现实的情况和人物的感受，最后则是结果。 每一节的两行四句之中，句型是长——中——中——短，和生活的节奏与诗人情绪的律动完全一致。 这种对仗整齐而变化灵活的诗句，充分表现了诗人的匠心安排。 在句法中，"顶真"与"重复"两种修辞手段的运用也很成功。 前者如"拖"、"推"、"踏"、"赶"，是顶真句法，而"拖不掉侮辱"、"推不离艰苦"、"踏不出希望"、"赶不开惊险"，则是相同的否定句式的重复，它们又置于每段相同的位置上，醒目而有力度。 前三节中的"倒在血地"、"倒在半路"、"倒在街上"的句式，也可作如是观。

（李元洛）

小草在歌唱 （节选）

——悼女共产党员张志新烈士

雷抒雁①

一

风说：忘记她吧！

我已用尘土，

把罪恶埋葬！

雨说：忘记她吧！

我已用泪水，

把耻辱洗光！

是的，多少年了，

谁还记得

这里曾是刑场？

行人的脚步，来来往往，

谁还想起，

他们的脚踩在

一个女儿、

一个母亲、

---

① 雷抒雁（1942—2013），陕西省泾阳县人。 西北大学中文系毕业。 1979年创作《小草在歌唱》获1979—1980年全国中青年优秀新诗奖。 中国作家协会会员。 著有诗集《小草在歌唱》《云雀》《春神》《父母之河》等。

一个为光明献身的战士的心上？

只有小草不会忘记。
因为那殷红的血，
已经渗进土壤；
因为那殷红的血，
已经在花朵里放出清香！

只有小草在歌唱。
在没有星光的夜里，
唱得那样凄凉；
在烈日暴晒的正午，
唱得那样悲壮！
像要砸碎礁石的潮水，
像要冲决堤岸的大江……

四

就这样——
黎明。一声枪响，
她倒下去了，
倒在生她养她的祖国大地上。

她的琴呢？
那把她奏出过欢乐，
奏出过爱情的琴呢？
莫非就此成了绝响？

她的笔呢？
那支写过檄文，
写过诗歌的笔呢？
战士，不能没有刀枪！

我敢说：她不想死！
她有母亲：风烛残年，
受不了这多悲伤！
她有孩子：花蕾刚绽，
怎能落上寒霜！
她是战士，
敌人如此猖狂，
怎能把眼合上！
我敢说：她没想到会死。
不是有宪法么，
民主，有明文规定的保障；
不是有党章么，
共产党员应多想一想。
就像小溪流出山涧，
就像种子钻出地面，
发现真理，坚持真理，
本来就该这样！

可是，她却被枪杀了，
倒在生她养她的母亲身旁，
……

法律呵，

怎么变得这样苍白，

苍白得像废纸一方；

正义呵，

怎么变得这样软弱，软弱得无处伸张！

只有小草变得坚强，

托着她的身躯，

抚着她的枪伤，

把白的，红的花朵，

插在她的胸前，

日里夜里，风中雨中，

为她歌唱……

五

这些人面豺狼，

愚蠢而又疯狂！

他们以为镇压，

就会使宝座稳当；

他们以为屠杀，

就能扑灭反抗！

岂不知烈士的血是火种，

播出去，

能够燃起四野火光！

我敢说：

如果正义得不到伸张，

红日，
就不会再升起在东方！
我敢说：如果罪行得不到清算，
地球，
也会失去分量！
残暴，注定了灭亡，
注定了"四人帮"的下场！

你看，从草地上走过来的是谁？
油黑的短发，
披着霞光；
大大的眼睛，
像星星一样明亮。
甜甜的笑，
谁看见都会永生印在心上！
母亲呵，你的女儿回来了，
她是水，钢刀砍不伤；
孩子呵，你的妈妈回来了，
她是光，黑暗难遮挡！
死亡，不属于她，
千秋万代，
人们都会把她当做榜样！

去拥抱她吧，
她是大地的女儿，
太阳，

给了她光芒；

山岗，

给了她坚强；

花草，

给了她芳香！

跟她在一起。

就会看到希望和力量……

（1979 年 6 月 7 日）

【赏析】

《小草在歌唱》是雷抒雁的成名作。

它首先是诗人灵魂的觉醒。别林斯基说："每一部诗情作品，都是占有诗人的强大思想的果实。"这首诗的作者取得那样的"强大思想"，则有一个艰难痛苦的过程。

雷抒雁在回忆这首诗的创作过程时说："我将高度评价那场关于真理标准问题的讨论，它把我的头脑从禁锢中引进了另一个新的天地。我看到自己头盖骨下那团苍白的物质，当年怎样在禁锢和迷信中风干。必须重新学习，重新认识人生，认识真理，认识文学，认识社会，重新过滤那段被污染了的时光。这一切，是在痛苦的自我解剖中进行的。"

诗人的这种感受具有很大的普遍意义。它们贯穿着一个东西，便是对经过 10 年动乱的社会、人生，包括对自我对艺术的真正意义的认识。这种认识的递进与深化又是以极大的痛苦——受骗之后的痛苦换来的。

正因为如此，作为这首诗核心部分的深刻的自我解剖，构成了这首诗的灵魂。诗中大段的自我剖析，在若干年来的新诗中是仅见的。 正是通过这种充满个性力量的自我剖析，诗人和读者靠拢和沟通了。

而诗人的灵魂的震颤和觉醒说明了一个民族一代人的觉醒。

应当说，这首在社会上产生过"轰动效应"的诗在艺术上仅仅是个起点。 作者刚刚摆脱那种对生活的简单描摹和突破对生活的具体感受，同时也初步地摆脱了别的诗人对他的过于明显的影响。 那种真正属于诗人自己的艺术个性尚在襁褓之中，那种超越时空的审美意识刚刚开始萌动。 而诗人对自己灵魂的无情剖析，成为艺术上真正觉醒的第一步。

（杨匡满）

一棵开花的树

席慕蓉①

如何让你遇见我
在我最美丽的时刻
为这——
我已在佛前　求了五百年
求它让我们结一段尘缘

佛于是把我化作一棵树
长在你必经的路旁
阳光下慎重地开满了花
朵朵都是我前世的盼望

当你走近　请你细听
那颤抖的叶是我等待的热情
而当你终于无视地走过
在你身后落了一地的
朋友啊　那不是花瓣
是我凋零的心

---

① 席慕蓉（1943—　），女，原名穆伦·席连勃，蒙古族，内蒙古乌兰察布盟达尔罕茂明安联合旗人。 1949 年由内地到香港。 1956 年入台北师范学校学习。著有诗集、散文集五十余种，《七里香》《在怨的青春》《一棵开花的树》等诗篇已成经典。

【赏析】

席慕蓉的诗像一条江河，泛着清丽的旋律，闪着悦目的波光，带着对爱情的追求、年华的惆怅和沉重的乡愁，流到读者的心坎里，漾动着读者的心弦。她没有堆砌复杂的意象，没有营造谲奇的句子，只是娓娓道来，却饱凝着诚挚，这首《一棵开花的树》，可见出她的艺术风格。

开始的一节，诗人以夸张的笔法来表现"我"对"你"的深切期待。在佛前"求了五百年／求它让我们结一段尘缘"，这是痴语，痴得动人。

第二节才出现树的意象。"我化作一棵树"，树就是"我"。开满了花的树，是树"最美丽的时刻"，在等待着"你"的来临。"慎重地"三字含有深意：这表明，花不是随便开放，只是为"你"而开放；花开得十分热烈，正因为"我"对"你"的"盼望"十分热烈。这"盼望"是"前世的"，与上节的"五百年"相呼应，使人认识到，"我"的感情由来已久，多么深沉。

第三节是第二节的自然延伸。这一延伸，把"我"的感情抒发得更为淋漓。"颤抖的叶"所发出的微响，是"我等待的热情"的呼唤，散落地上的花瓣，是"我凋零的心"，这是新鲜的联想，把"我"的心态细腻而深刻地表现出来了。

全诗没写一个"爱"字，却把热烈、诚挚、执著的爱凸现于诗行，使人读后感到情味无穷。

（杨光治）

长城谣

席慕蓉

尽管城上城下争战了一部历史

尽管夺了焉支又还了焉支

多少个隘口有多少次悲欢啊

你永远是个无情的建筑

蹲踞在荒莽的山巅

冷眼看人间恩怨

为什么唱你时总不能成声

写你不能成篇

而一提起你便有烈火焚起

火中有你万里的躯体

有你千年的面容

有你的云　你的树　你的风

敕勒川　阴山下

今宵月色应如水

而黄河今夜仍然要从你身旁流过

流进我不眠的梦中

【赏析】

作者孩提时候就随家人离开大陆，但不忘故乡。于是，乡愁就成为她诗作的一个主要内容。浓郁的感情，独特的感受，铸成了诗,《长城谣》鲜明地表现了她的艺术个性。

诗人虽然从小离开故土,还受过多年的"洋"教育,但心中存在着丰厚的民族文化积淀,一提笔写长城,即联想及"城上城下争战了一部历史",并以"夺了焉支又还了焉支"来将"争战"具体化。焉支山又名燕支山、胭脂山,在甘肃永昌县西、山丹县东南,靠近古长城。那里水草丰美,是放牧的好地方,也是古代的征战之地。诗人顺理成章地抒发了"多少个隘口有多少次悲欢啊"的感叹,而紧接的"你永远是个无情的建筑"却是突兀的一笔。似乎它与上行有点矛盾,但并不乖于情理,因为长城就是永远"冷眼看人间恩怨",所以萦绕着历史悲欢的它,本身是"无情"之物。"悲欢"与"无情",变化着的"人间恩怨"与不动的"蹲踞"在诗行中相对,造成了强烈的抒情氛围,散发出苍凉的历史感,诗人对长城之深情,也就融汇于其中了。

诗的第二节刻描了对长城的复杂思绪,苦思与激动交织于行间。末行"你的云 你的树 你的风"囊括了广阔的空间,诗人的思绪已超越长城了。

"敕勒川 阴山下"是北朝民歌《敕勒歌》的头两句。这首民歌描绘了北方草原的辽阔苍茫。它歌唱的正是诗人的故乡,把这两句直接引入诗中,增添了无穷的情味。"今宵月色应如水"是想象,而月下忆故乡是中华民族诗人典型的、传统的感情。"黄河今夜仍然要从你身旁流过"是实写;"流进我不眠的梦中"是虚笔,但虚而不空,诗人思乡深切,梦魂系故乡。

这首诗句子明白顺畅而又情真意切,富有民族味。七十年代以后,台湾诗坛摆脱了恶性西化的羁绊,纷纷"回归传统",这首《长城谣》是有代表性的一例。

(杨光治)

日子是什么

梅绍静[1]

日子是散落着泥土的小蒜和野葱儿
是一根蘸着水搓好的麻绳

日子是四千个沉寂的黑夜
是驴驮上木桶中撞击的水声

日子是雨天吱吱响着的杨木门轴
忽明忽暗地转动我疲惫的梦境

日子是一个含在嘴里止渴的青杏儿
是山塬上烈日下背麦人的剪影

日子是那密密的像把伞似的树荫
正从我酸痛的胳膊上爬向地垄

日子是储存着清甜思绪的水罐儿
正倒出汗水和泪水来哽塞我的喉咙

---

① 梅绍静(1948—)，原籍四川广安，在北京长大。 1967年毕业于北京大学附中。 1969年赴延安插队。 1970年到延安无线电厂工作。 1977年考入陕西师大中文系，两年后因病退学。 为中国作家协会会员。 著有诗集《兰珍子》《唢呐声声》《她就是那个梅》等。

【赏析】

诗人从北京来到陕北高原插队落户,她和扎着羊肚毛巾、赤着双脚的陕北汉子一起日出而作、日落而息,她和把梦裹在棉花卷儿里纺线织布的陕北女子同住一个窑洞;她像窑洞里的一架纺车,"黑夜里纺出这窑窗上的金黄"(《信天游》),像山风吹拂的玉米叶子,"灌满碧绿的血汗汁浆"(《山风才为玉米叶子歌唱》)。梅绍静的身影以至心灵,全部溶入足下的这一片黄土地里了。她的陕北乡土诗是从她的这一条生命之河里淘出来的金沙。

面对自身的这一段饱经人生忧患和坎坷的插队生活,当诗人设以诗题《日子是什么》扪心自问时,倾注于笔端流泻出来的竟是这样深沉凝重的诗句。看似抽象的"日子"被诗人极为具象地表现出来了。那震动大地的安塞腰鼓,那跳荡在阳光和阴雨里的金黄的唢呐声声,那山塬上吆牛的长长尾音,那苍凉且悠远的陕北信天游民歌,这些回荡在黄土高原的亘古如斯的时空里的声音,它们仅仅是作为无声的音响效果,被诗人埋在"日子"的深处了。在诗里,真正直接听得到的响声是"驴驮上木桶中撞击的水声","雨天吱吱响着的杨木门轴"。诗人不曾去描写陕北的古朴风俗或爱情与传统伦理观的冲突,更不曾去对陕北人的生活进行社会层次的考察,她主要是从食、住和劳动等方面去揭示陕北农民的生活状态。诗不可能像小说那样铺陈叙事,它必须以一当十,使读者摘一叶而知秋。所以,诗人写陕北农民的劳动生活,诗仅仅是这么一行:"日子是山塬上烈日下背麦人的剪影";写陕北农民的食,诗也只不过用了两行:"日子是散落着泥土的小蒜和野葱儿"、"日子是一个含在嘴里止渴的青杏儿"。当然这些诗行并不仅仅含有这样一些含义,它们和整首诗有机地连在一起,至少传达出陕北农民在陈旧、落后而又艰难的生活和生产的重轭下的悲怆感。

"忽明忽暗地转动我疲惫的梦境"中的"疲惫"和日子"正从我酸痛的胳膊上爬向地垅"中的"酸痛"等词汇，凸现了诗人沉重的悲凉、忧郁和苦涩，发人深省的是，陕北高原作为黄河流域的一部分，它曾是哺育中华民族古代文明的摇篮，负荷着悠悠岁月的尘埃，它步履艰难，踉踉跄跄，诗人将它的几千年的生活史缩写成这么一个"日子"，描绘出它的闭塞、沉滞和凝固，从一个侧面勾勒了我们古老民族的心态。

　　这首诗已脱去了信天游的外体，仅仅保留了双行节，既讲究押韵，又注重句式的参差。 全诗从头至尾的排比句式的运用，更为诗人沉郁的抒情增加了力度。

（戴　达）

一千双眼睛和两双眼睛

陈所巨①

夜蛐蛐在弹奏七弦琴,
柳丝把夜幕织得又厚又浓。
啊,一千双晶亮的眼睛,
偷窥着两双美丽的眼睛。

四扇心灵的窗户洞开着,
流溢着蜜一般的爱情,
那爱的火焰在闪耀,
夜幕盖不住它的光明。

夜没有耳朵(一只也没有)
听不见恋人们细语轻轻,
夜有着眼睛(一千双眼睛)
看见了一个迅速而热烈的吻。

不要躲闪,不要羞赧,
啊,原来她看见有那么多盯着的眼睛。
那些遥远的眼睛的影子,
忽闪忽闪,像一个个调皮的精灵。

---

① 陈所巨(1948—2005),安徽省桐城人。武汉大学中文系毕业。1976 年开始发表诗歌。为中国作家协会会员。出版的诗集有:《乡村诗草》(与郭瑞年合著)《在阳光下》《玫瑰海》《阳光 土地 人》《回声与岸》等。

她投出了一个石子，
河里的眼睛慌忙躲闪，乱撞乱碰；
他指了指天空，
那里却还有许多眼睛。

两双眼睛笑了，笑得美丽，
两千双眼睛笑了，笑得真诚。
爱是我们永恒的权利，
白天爱的端正，夜里爱的温存。

天上有一千双眼睛，
河里有一千双眼睛。
岸边有两双美丽的眼睛，
眼睛看着眼睛，眼睛爱着眼睛。

(1979 年 10 月)

【赏析】

这首诗观察精到，用笔轻盈，既有浓郁的乡土气息，又洋溢着温暖的动人的情思。

诗一开始简洁地勾勒了一幅静谧的农村夜景，为底下即将出现的人物设置了一个富于诗意的氛围。接着诗人调转笔锋，写到"一千双眼睛偷窥"，颇令人吃惊生疑，禁不住也要跟着去"偷窥"一番了。

如果说第一节是写室外写夜色的话，那么第二节就转而写室内一对青年夫妇在悄悄夜话。"心灵的窗户"这个比喻极妙，一是可以由此顺理成章地引出下面"流蜜"的比喻，二是承接前面的"偷窥"，进而把两种"窥看"的动作（一千双眼睛"偷窥"两双眼睛，两双眼睛彼此注视窥看）叠加起来，构成了一个亦此亦彼、似实似虚的美妙境界。第三节又转换角度，再写室外，写夜。在这一节里，夜不是时间概念，也并非作为氛围来描写，而是被拟人化了。为此，诗人用了两个括号，从表面上看来，括号中的句子不过作了点补充说明而已，此外别无他意。其实不然，有括号和没有括号大不一样。有了它，语气分外委婉，感情分外深沉；没有它，很难如此生动活泼，曲尽其妙（倘要说成"夜没有一只耳朵"之类，岂非笑话）。在诗中加括号，原是新月派诗人借鉴英美诗歌的一种表现技巧，陈所巨虽以写"乡土诗"取胜，却照样取来为我所用，自铸新篇，这不能不说是一种有益的尝试。

这首诗不同于一般的抒情诗，因为诗中的"他"或"她"并不等于诗人自己，当然诗人就不能直抒胸臆。为了表现青年男女的爱情的美好、幸福，诗人精心为此选择了两个颇有情趣的细节，一是"她"往河中丢石子，既说明"她"的羞涩，也表现了"她"的天真与稚气，大概只有在爱人面前才会有如此可爱率真的举动吧；另一个是"他指了指天空"的动作。这个动作选择得很妙，妙就妙在以动作代替语言。如果翻译出来就是这么一番话：河中的"眼睛"虽已被你驱散搅乱，但天上的"眼睛"仍在闪烁窥视，防有何用？又何必防？诗篇在经过了这一番转折，描述了这两个动作之后，才进而披露了"他"和"她"纯洁美好的内心世界："爱是我们永恒的权利，／白天爱的端正，夜里爱的温存。"这里值得注意的是，如果没有以上一番转折，这两行诗虽然无可非议，却会显得平直一般，缺乏生气，有了此番转折和两个容量较大的动作以后，人们就会觉得这两行诗有血有肉，是"他"和"她"的爱情的内在依据，同时也体现了有情人的共同愿望。

（孙光萱）

想飞的山岩

——惊心动魄的一瞥

叶延滨[1]

一只鹰，一只挣扎的鹰

向江心伸直尖利的嘴吻

爪子陷进山腹

两只绝望而倔强的鹰翅上

翼羽似的松林

在凄风中颤动

一块想飞腾的山岩

数百年还是数千年啊

永远只是一瞬

浓缩为固体的一瞬

想挣扎出僵死的一瞬

一个凝固为固体的梦境

一个酝酿在诗人心中

来不及写出的悲壮的史诗

你是自由前一秒的囚徒

又是死亡前一秒的存在

---

① 叶延滨（1948— ），黑龙江省哈尔滨市人。随父母南下，在四川读完中学。1969 年赴延安插队。1975 年开始发表诗作。1978 年考入北京广播学院文艺系文艺编辑专业学习。毕业后，到四川《星星》诗刊工作。1995 年调任《诗刊》主编等职。著有诗集《不悔》《二重奏》《二十一世纪印象》等。

是延续数千年追求的痛苦

对岸是亭亭玉立的神女峰

是听凭命运的安宁

那颗心早已是石头了

她早已不会动

也永远不能动

想飞的鹰，我能飞吗？

当你挣脱这浓缩千年的一秒

你的自由将需要你

用耸立千年的雄姿换取

你将消失

和禁锢你的死神一起消失

我相信，你会飞的

你的飞腾是一场山崩地裂

你的身躯会跌入大江

你的灵魂是真正的鹰

骄傲地飞越神女峰的头顶

【赏析】

这本来是一块静止的、没有生命的山岩。但在诗人笔下，它仿佛被注入某种生命的活力，变成一只挣扎着想飞腾起来的巨大的苍鹰，在人们面前展现出惊心动魄的一幕。

多么暴烈的挣扎！多么悲壮的飞腾！诗的第一段以拟物化的手法，摹写了这块鹰状山岩的凄厉暴怒的形象：尖利的嘴吻伸向大江，刚爪陷进山腹，松林似的翼羽在凄风中颤动，仿佛就是一只活生生的巨鹰在飞腾的刹那间留下的"定格"。那凝固起来的非凡的气势和力度，给人以每时每刻都要飞起来的强烈的动感。诗的第二段，诗人透过这一刚烈形象的表层特征，通过一系列由表及里、由浅入深的博喻，通过与对岸娴静安宁的神女峰的对比，深入阐发了形象所蕴含的丰富的象征意义——它是悲壮的史诗，是自由前一秒的囚徒，死亡前一秒的存在，是延续数千年追求的痛苦。诗的最后一段则进一步由此产生奇伟悲壮的联想，想象它在山崩地裂的壮景中，终于挣脱了那浓缩千年的一秒，以自己的雄姿换取了自由，获得了灵魂的新生。

诗人花这么大的气力摹写这块山岩，到底想说明什么？一位外国美学家认为："审美的欣赏并非对于一个对象的欣赏，而是对于一个自我的欣赏，它是一种位于人自己身上的直接的价值感觉。"（立普斯《论移情作用》）既然是人赋予山岩以情感和生命，那么，我们还是应该从人身上去寻找其中的奥秘。虽然我们尚不能完全把握山岩的全部的象征意义，但却明显地感受到一种生命力在剧烈躁动。那近乎绝望的痛苦，那奋力抗争的愤怒，那执著追求的悲壮，都给人以强烈的心灵的震颤，使人从中领悟到人的本质力量的价值所在，从而获得审美愉悦。

严格地说，这首诗不是咏物诗而是象征诗。诗人把抽象的意绪感受"移注"到具体生动的拟物描写中，构成了具有多种象征含义的意象。在具体的叙写中，一方面，诗人依据山岩本身所具备的质感和动感，先化动为静，把一切的意念力量全部积蓄起来，然后再化静为动，释放意念力量，使之爆发出强烈的冲击力和穿透力。另一方面，诗人在用博喻阐释形象的象征意义时，又巧妙地在同一空间设置了象征克制、安宁的神女峰作为参照系，在动与静、刚与柔、强与弱、疾与缓的鲜明对比中，热烈赞颂了人的生命伟力和追求自由、追求理想的顽强的搏击精神。

（徐生林）

宣 告

——给遇罗克烈士

北 岛①

也许最后的时刻到了
我没有留下遗嘱
只留下笔，给我的母亲
我并不是英雄
在没有英雄的年代里
我只想做一个人

宁静的地平线
分开了生者和死者的行列
我只能选择天空
绝不跪在地上
以显得刽子手们的高大
好阻挡那自由的风

从星星般的弹孔中
流出了血红的黎明

【赏析】

《宣告》是一首政治抒情诗。诗很精炼，只有三段。尽管作

---

① 北岛（1949— ），祖籍浙江湖州，生于北京。原名赵振开。曾任《新观察》和《中国报道》（英文）编辑。20 世纪 70 年代末开始发展诗作。有诗集《太阳城札记》《北岛诗选》等。

者在题目上标明，诗是"给遇罗克烈士"的，但他并没有用当事人自己或第三者的口气来写作，前二段都是模拟烈士自述的口吻来抒情的。这样写，显得真挚、更能打动人心。

诗的头一段写烈士在生命尽头的冷静自白。"我没有留下遗嘱／只留下笔，给我的母亲"。烈士没有遗嘱，却留下一支笔。那是怎样一支笔呢？那是一支毫不留情地抨击"血统论"、捍卫人性的尊严的笔，那是一支讴歌真理、挞伐谬误的笔！烈士留下这样一支勇敢、不屈的笔，实质是给母亲和世人留下了浑身浩然正气和一个顽强的灵魂，留下了一粒具有燎原之势的火种，这实际是最珍贵、最持久的遗嘱！因此作者借烈士之口喝道："我并不是英雄／在没有英雄的年代里／我只想做一个人。"是呀，坚持、捍卫真理并不只是英雄的职责，而应该是每一个公民、每一个堂堂正正的人的责任！然而，在那个"没有英雄的年代里"，真理被谬误取代、谎言把真话欺凌，大多数正直、善良的人噤若寒蝉，不敢直面人生，要做一个堂堂正正的人好难呀！这真是我们民族和国家的特大悲剧和奇耻大辱。作者在这里借烈士之口称自己不是英雄，只想做一个人，是有着极其深刻的意蕴的。

诗的第二段则是烈士慷慨激昂的"宣告"。"宁静的地平线／分开了生者和死者的行列"，烈士虽不认为自己是英雄，但为了真理，只能选择天空，慷慨就义，"绝不跪在地上"而生！对他来讲，为真理而死，虽死犹生，而屈服于恶势力，则无法堂堂正正地做一个人，便是生不如死！而烈士又岂止只是不肯跪在地上而生，他也更不愿跪在地上而死！因为那样，刽子手便显得高大了，自由的风便会为刽子手们所阻挡。而只有站着死，才能显示出自己的高大和衬托出刽子手们本质的渺小，才能呼吸到四面八方吹来的即使是微弱却是自由的风！

诗的末段只有两行，可以说是警句。 诗从烈士的口吻转向诗人自己的口气，并选取了两种颜色相近的意象：星星般的弹孔和血红的黎明。 烈士虽被刽子手的子弹夺去了生命，但他的热血却"从星星般的弹孔中，流出了血红的黎明"。 正因为有烈士为真理捐躯，因为有烈士的鲜血为人民擦亮眼睛，黎明才从烈士身上的弹孔中"流"了出来。 虽然只是星星般那么一点儿微光，但没有人怀疑，彻底的光明不久就会到来。 只是这黎明因染有烈士的鲜血而血红，血红的黎明将永远提醒人们珍视得之不易的光明、珍惜来之不易的真理。 只有这样，自由的风才能永远吹拂着中华大地，每一个人也才能堂堂正正地活着！这是烈士的宣告，也是诗人的宣告，同样也是我们每一个大写的人的宣告！

（吴心海）

回　答

北　岛

卑鄙是卑鄙者的通行证，
高尚是高尚者的墓志铭。
看吧，在那镀金的天空中，
飘满了死者弯曲的倒影。

冰川纪过去了，
为什么到处都是冰凌？
好望角发现了，
为什么死海里千帆相竞？

我来到这个世界上，
只带着纸、绳索和身影，
为了在审判之前，
宣读那些被判决的声音：

告诉你吧，世界，
我——不——相——信！
纵使你脚下有一千名挑战者，
那就把我算做第一千零一名。

我不相信天是蓝的；
我不相信雷的回声；

我不相信梦是假的；

我不相信死无报应。

如果海洋注定要决堤，

让所有的苦水注入我心中；

如果陆地注定要上升，

就让人类重新选择生存的峰顶。

新的转机和闪闪的星斗，

正在缀满没有遮拦的天空，

那是五千年的象形文字，

那是未来人们凝视的眼睛。

【赏析】

这首诗写于一九七六年四月，是诗人对"四人帮"在"四五"天安门事件中的倒行逆施所做的"回答"。全诗七节，每节四行，是半自由体。情感的表现，或含蓄曲折，或直抒胸臆，都给读者以深沉的启迪，能唤醒人们的正义感。

第一节的一、二行是警句。十年浩劫中，豺狼当道，许多坚持真理的人被冤屈，被迫害，遭残杀。在天安门事件中，"四人帮"对热血青年残酷镇压，白色恐怖笼罩全国。面对人妖颠倒、美丑颠倒、是非颠倒、善恶颠倒的现实，青年诗人不得不陷入痛苦的反思。他终于把反思的结晶凝练成两行警句。诗人捕捉"通行证"和"墓志铭"这两个人所共知的意象，构成强烈的反差对比，揭露了卑鄙者的卑鄙伎俩得以畅通无阻，而具有高尚行为的高尚者反被残害致死的现实，是对十年浩劫的高度概括和冷峻批判。这是控诉，是抨击，充满了浓重的悲剧感。诗人把这警句放在开头，以惊雷一般的诗情震撼人心，起到了先声夺人的艺术效果。不仅如此，警句将抽象的伦理观念与平易的意象相融合，使思想具有思辨色彩，有超越现实的思想力量在扩展。仔细玩味，似乎更具有很强的艺术张力。它可以启发我们联想到，它也是对历史上所有大灾难，大倒退年代的概括，因而又具有深广的历史内涵。第三、四行，是运用幻感意象对丑恶现实作象征性揭露，也是对一、二两个警句内涵作形象性的补充。"镀金的天空"是对用"假大空"的谎言装饰现实的深刻揭露，"飘满了死者弯曲的倒影"，是对那些高尚者被冤屈而死的变形的写照。蕴涵在意象里的，既有冷冽的反讽，又有沉郁的悲愤；既具有强烈的刺激力量，能引起惊心动魄的情绪效果，又具有色影交错，真幻莫辨的审美感受。

诗的第二节，将"冰川纪"和"冰凌"，"好望角"和"死海里千帆相竞"两组意象放在愤激的反问诗句中，构成浪漫激情与象征内涵互补交融的境界。第一、二行中"冰川纪过去了"象征意指是：寒冷的旧社会，旧时代已经过去了。"为什么到处是冰凌？"就是对冷酷无情的十年浩劫的诘问。第三行是对社会主义制度，共产主义理想被发现所做的写照。第四行中"死海里千帆相竞"不正是对十年浩劫中残酷迫害领导和群众，摧残文化，破坏经济，国家陷入崩溃边缘这种混乱局势所做的象征写照吗？

诗的第三节、第四节，诗人将自己描绘成一个即将被审判的囚徒形象，以表现对"四人帮"法西斯统治的彻底否定和蔑视。"只带着纸、绳索和身影"，显示了自己准备为真理、信念而献身的真诚和勇敢。面对"四人帮"的镇压，诗人所做的回答，显现出挑战者的英姿，无畏战士的浩然正气。"告诉你吧，世界，／我——不——相——信"，诗人用最明白的语言，宣告了自己的蔑视和愤怒，可以看作是彻底否定"文化大革命"第一声艰难的呐喊。 尽管有的评论指出其中杂有存在主义的怀疑情绪，但对异化的丑恶的现实，难道还能给以粉饰吗？我们倒觉得，诗人并不掩饰自己，他带着灵魂的弱点歌唱，正显露出自己的一片真诚。 同时却更看重这一声郁雷的历史意义，它是当年天安门前时代愤怒的诗的回响。

第五节，用排比句来做连珠炮般的轰击，激烈而坚定，但却不是直白的喷射。 诗人善于将虚伪的现实和对"四人帮"历史下场的预言，隐喻在意象中，更耐人揣摩。 "不相信天是蓝的"，该是对"形势大好，越来越好"这一谎言的否定；"不相信雷的回声"应是对所谓"阶级斗争一抓就灵"的热讽；而"不相信梦是假的"或许是对人民要打倒"四人帮"这一愿望的肯定；"不相信死无报应"也是对"四人帮"恶贯满盈必唤起人们觉醒的暗示。 诗人从"天安门事件"中，看到人民奋起抗争，决定自己的命运，敲响"四人帮"的丧钟而受到鼓舞，因而诗情是昂奋而有力的。

天安门诗歌运动，遭到了"四人帮"的残酷镇压。 当时，诗人和中国人民一样，存有一种忧患意识。 因为那是两种民族命运的大拼搏，人们都要有两种精神准备。 诗的第六节，诗人用了两个相反的隐喻来暗示两种不同命运和自己高尚的情怀。 "如果海洋注定要决堤"，是假设"四人帮"法西斯统治得以延续给民族带来更大苦难的暗示，而"让所有苦水注入我心中"，则是诗人要独自承担苦难的高尚心灵的表露，显示了一种悲壮的感情色彩。 "如果陆地注定要上升，／就让人类重新选择生存的峰顶"，就是对民族将重新振兴，人民将创造新的生活局面的热望。 这里所用意象比较鲜明，象征内蕴也就容易领悟得到。

诗的最后一节，诗人运用了新奇的联想和复合意象，将诗情升华到具有历史哲理内蕴的高度，加深了诗的思想性。 第一行将"新的转机"比较抽象的观念与"闪闪的星斗"这一意象并立，"缀满没有遮拦的天空"，就将"新的转机"具象化，生发出新的转机就是黑暗中希望的星光这一层诗思。接着又把"星斗"比作"五千年的象形文字"，更是悠久的历史上人民对理想追求的形象写照，给诗思又增添了一层历史意蕴。而把"星斗"再比作"未来人们凝视的眼睛"又是对未来人们永恒的向往所做的形象暗示，从而将历史、现实和未来凝缩成具有多层次意蕴的形象，既表现了诗人热烈的希望，又具有深邃宏阔的历史感。

总之，北岛这首诗从现实的人际关系出发，将浪漫主义激情和象征主义的意象营造交融在一起，以冷峻、凝重、严肃的格调来歌唱，将自己的一腔郁愤和忧患意识，化作曲折的情思和深刻的诗思来表现，和天安门诗歌运动相呼应，确是一声惊世骇俗的回答。

（鲍善本）

陌生人之间

伊 蕾①

陌生人，谁能测出你我之间的距离？

这距离或者像欧洲和太平洋，

这距离或者只是不可再分的，

一层微薄的空间，

也许只需擦亮一根火柴，

两个陌生的世界就可以互相看见，

也许面对面一分钟，

然后就可以跨进那个并不存在的门坎，

也许当敏感的手指碰到手指，

两颗心就奏响了一曲无声的和弦，

也许当脚印重复，再重复，

寂寞的行程就会消除韧性的防线，

也许一次礼节性的谦让，

却彼此获得了索取一切的特权。

陌生人啊，当一切也许都没有发生，

你我就在交臂之间走过去了，

各走各的经过选择的道路，

直到死，我们没有一句交谈。

那两个辉煌的思想的碰撞是可能的啊！

---

① 伊蕾（1951—　），原名孙桂珍，天津人。1969 年下乡，两年后调入山区军工厂，1982 年调入河北省廊坊文联。1974 年开始发表诗作。著有诗集《爱的火焰》《爱的方式》等。

……

然而，一切都没有发生。

因为陌生，我们不可能恨不相逢，

而这种恨几乎充满了我们每个人的生活。

【赏析】

古今中外无数诗人，写了数不清的赠友、致亲人的诗。若是每一首变作一片叶，可以聚合成一座爱的林；若是每一个字化成一滴水，就能够汇集成一片泪的洋。那炽烈的情、柔蜜的意，烧沸多少血，融化多少心？你可曾见有这样的诗，向陌生人吐露衷情？

伊蕾的诗使我们的视线转向了一个被大家忽略的更为广阔的陌生世界。无论对于谁，熟人总是小圈子，陌生人才是大圈子。小圈子也不是不变的，人一生下来，遇到的是家庭圈子，然后是亲戚邻里的圈子，上学后有老师、同学的圈子，随着年龄增长，熟人越来越多，小圈子越来越大。但再大，与陌生圈子比，仍是很小很小的。我们熟悉小圈子，习惯于生活在自己的小圈子里，而不关心他人的圈子。两人可能同路、同车、同座、同在一个活动空间，却依然是两个被无形的墙隔绝的世界。甚至两人的小圈子部分交叉重叠，两人仍可能是陌生人。谁能测出这陌生的距离？有谁想到沟通两个陌生的世界？这首诗表现了诗人对这种沟通的需要与渴求。它是具有首创意义的，也是符合现代观念的。

小圈子向着陌生世界开放，尽量扩大生活范围，这是现代生活的要求，是为了给"两个辉煌的思想的碰撞"创造最大限度的可能。这种可能是存在的。只要你去寻觅，陌生人中有着振动频率一致的人，有着燃烧点相同的人，存在着爱，存在着心，存在着你的第二生命。

我们恨不相逢，现实为我们提供的偶然机会太少了。也恨相逢不相识，差一步，就能"跨进那个并不存在的门坎"，为什么止步不前呢？"擦亮一根火柴"，就能照亮两个陌生的世界，为什么不费举手之劳呢？怨自己的孤傲、懦弱、麻木？怨对方的矜持、缄默、冷淡？怨人与人缺乏亲近与理解？怨弥漫于周围的那种封闭的因袭观念？诗人列出了方程，让我们自己到生活中去求解，每一个假设后面都有无数解。

诗中没有形象的描绘，没有情节的衍化，没有氛围的渲染，而是直抒胸臆，表达了一种情绪，一种思考。诗从习焉不察的一角，揭开为人忽略的人生的一个奥秘，促使某种沉睡的意识觉醒。如果读后，你有了不满，有了苦恼，有了渴望，有了追求，那就是诗在你的体内安上了一个骚动的不安分的精灵，你获得了新生。

（袁忠岳）

夜

李小雨①

鸟在棕榈叶下闭着眼睛，

梦中，不安地抖动肩膀，

于是，一个青椰子掉进海里，

静悄悄地，溅起，

一片绿色的月光，

十片绿色的月光，

一百片绿色的月光，

在这样的夜晚，

使所有的心荡漾、荡漾……

隐隐地，轻雷在天边滚过，

讲述着热带的地方，

绿的家乡……

【赏析】

这是一首优美的小诗。它的镜头对准南国海边的景物，捕捉夜的声响和色彩，创造出悠长、恬静、富于空间感和时间感的夜的意境。

首先，作品写出了夜的静谧的氛围。诗人的巧妙之处，不在于单纯地、直接地写静，而在于以动写静，以偶尔发出的轻微的声响

① 李小雨(1951—2015)，河北省丰润人。1969年到河北农村插队。1972年开始诗歌创作。1976年到《诗刊》社工作，为中国作家协会会员。著有诗集《雁翎歌》《红纱巾》《东方之光》等。

烘托出夜的宁静。 "鸟在棕榈叶下闭着眼睛，梦中，不安地抖动肩膀"，周围如果有声音的干扰，鸟是不会坠入梦中的，因此，"闭着"、"抖动"的动态描绘，恰恰反衬出一片宁谧安详的气氛。"所有的心荡漾、荡漾……"也是无声的动作连续。 更进一层的是以有声写无声，"青椰子掉进海里"，"轻雷在天边滚过"，都是长久的静穆中偶尔发出的声响，声响的消逝更衬托出永恒的无边的静；而且，这些声响也是"静悄悄地"、"隐隐地"，并不破坏整体的静，而是起于静并融化于静。 其次，作品描绘出夜的青绿的色彩基调。 夜是黑的归宿，但诗人却以绿写夜，不仅椰子、溅起的海水是绿的，而且连月光也染上了绿色，甚至雷声也告示着"绿的家乡"。 其他如棕榈树叶、心的荡漾，虽没明写色彩，但也将读者牵入绿的联想。 再次，作品潜心于刻画出夜的连绵的时间感和巨大的空间感。 黑夜似乎使时间变得静止凝固，使空间变得混沌模糊，但诗人却着意写出它的反面。 "一片绿色的月光，十片绿色的月光，一百片绿色的月光"，诗人之所以如此铺张、重复，正是要写出时间的连续性和流动感，月光的数量逐级增长是与时间均匀的运行成正比的。 "使所有的心荡漾、荡漾……"也为了使读者感受到时间的节奏和它的无边无际的绵延。 从空间上讲，作品主要写海边一隅，但它借助雷声，把意境扩大到天边和遥远的热带，将绿的现实存在与绿的想象中的家乡契合一体，给人博大深远的夜的艺术空间感。 可以说，静与绿构成了夜的品格的两大基本元素，而时间的绵延和空间的阔大则是本诗意境的特色所在。

在艺术手法上，除了上面提到的铺张、反复之外，还可以举出两点。 其一，拟人手法的运用。 鸟的梦和雷的讲述，都是将夜的景物生命化和人格化，由此表现出夜的静止的外在形态中充满着内部的生命存在和运动。 它们与象征着生命的绿色混合在一起，揭示出夜的活力和审美价值。 其二，情与景的对应、交融。 水花的溅起与心波的涟漪，一片、十片、一百片绿色的月光与所有的心荡漾、荡漾，两者之间有一种明显的对应关联和内在沟通；它们统一于动态的扩展，融合于悠长、恬静的夜的氛围。 作者移情入景，由景生情，使整首诗的意境浑然天成，耐人回味。

（方克强）

祖国呵，我亲爱的祖国

舒　婷①

我是你河边上破旧的老水车，

数百年来纺着疲惫的歌；

我是你额上熏黑的矿灯，

照你在历史的隧洞里蜗行摸索；

我是干瘪的稻穗；是失修的路基；

是淤滩上的驳船。

把纤绳深深

勒进你的肩膊，

——祖国呵！

我是贫穷，

我是悲哀。

我是你祖祖辈辈

痛苦的希望呵，

是"飞天"袖间

千百年来未落到地面的花朵，

——祖国呵！

---

① 舒婷（1952— ），中国女诗人，原名龚佩瑜，出生于福建龙海市石码镇。主要著作有诗集《双桅船》《会唱歌的鸢尾花》《始祖鸟》，散文集《心烟》等。舒婷崛起于 20 世纪 70 年代末的中国诗坛，她和同代人北岛、顾城、梁小斌等以迥异于前人的诗风，在中国诗坛上掀起了一股"朦胧诗"大潮。舒婷是朦胧诗派的代表人物，《致橡树》是朦胧诗潮的代表作之一。

我是你簇新的理想，

刚从神话的蛛网里挣脱；

我是你雪被下古莲的胚芽；

我是你挂着眼泪的笑涡；

我是新刷出的雪白的起跑线；

是绯红的黎明

正在喷薄；

——祖国呵！

我是你十亿分之一，

是你九百六十万平方的总和；

你以伤痕累累的乳房

喂养了

迷惘的我、深思的我、沸腾的我；

那就从我的血肉之躯上

去取得

你的富饶、你的荣光、你的自由；

——祖国呵，

我亲爱的祖国！

【赏析】

在舒婷的诗作中，这一首无论就思想而言，还是就艺术而言，都是比较接近传统的。首先她正面地把祖国一系列消极的现实和历史当作一种压力。在承认这种消极性导致了她的"迷惘"以后，她没有陷于迷惘，而是走向"深思"，然而她又真诚地承认：这并不意味着她已经完全理性地把握了历史的动向，只是在情感上"沸腾"了。她意识到了自己的责任，那就是把自己的"血肉之躯"奉献给祖国，以自己的血肉之躯去换取祖国的"荣光"、"富饶"和"自由"。在八十年代初，舒婷的这首诗最早赢得了各个方面，包括一些并不赞成"崛起"派诗风的人的赞赏。

这首诗在艺术上也是比较明朗的，四个诗章中的逻辑层次，情感和思维的演进都很清晰：第一节是写祖国数百年来的落后；第二节写落后导致的"贫困""悲哀"，但并没有失去"痛苦的希望"；第三节是写新时期振兴"绯红的黎明"；第四节写自我奉献。但是，这仍然不能算入传统的写法之中，它不但与李季、周捷、郭小川、贺敬之的诗风大有不同，而且与公刘、李瑛的写法也有明显的区别。

在五六十年代歌颂祖国的诗篇中，主体的自我与客体的现实之间界限是很鲜明的。祖国的历史、祖国的现实，作为一种客观的意象，尽管带上了诗人主体的情感色彩，但是它毕竟是客观的，诗人只以客观生活的反映者、歌颂者的姿态出现。而在舒婷的这首诗中，客观的历史和现实与主体的自我，不再有那么明显的界限，祖国落后的历史，贫困、希望乃至新的振兴都成了诗人自我的组成部分。在这里，已分不清客观的生活和主观的自我，老水车和"飞天"袖间的花瓣，不但是祖国躯体上的一部分，而且是诗人心灵的一个组成部分。从这一点上讲，舒婷的这首诗突破了五六十年代诗歌想象的模式。这样的突破是相当大胆的，因为从表面上看来，这就混同了主体与客体，好像不符合理性逻辑了，因而在一般情况下，诗人不敢贸然如此勇敢。早在三四十年代就有些诗人在这方面有所突破，但未写出在艺术上有高度成就的名篇。因而在通常情况下，诗人不作那样冒险性的想象，而是往往采取假定的句式。舒婷的这种主客合一，主体占优势的艺术想象，并不是把自己比作祖国的老水牛车，而是说祖国的一切就是自我的一切，不管是贫困落后，还是希望、振兴，每一种现象，每一种令人愉快的和令人不愉快的现实都和"我"血肉相连，它不是一种外部事物被"我"的心灵感知，而是"我"的心灵、"我"的肉体被"我"自己的神经系统感知。这一切都是"我"赖以存在的基础。从这一点上来说，舒婷不但在艺术上有所突破，而且在表现情感的深度上也有所突破。用心理学的语言来说，传统写法在表现外部感知方面，取得了胜利。舒婷的胜利特别表现在对主体的内部感受上。

为了表现这种血肉相连的内部感受，舒婷用了许多意象（矿灯、路基、驳船、蛛网、古莲、笑涡、起跑线），意象的特点是以外部感觉为基础，它的好处是可以使主体的情感（不可感的情感），变成可以用五官感知的，也就是变得可以看得见（如矿灯），摸得着（隧洞），听得到（疲惫的歌）。而且不是一般的感到，而是深沉地痛切地感到，因而，她写"纤绳"不是一般的"纤绳"，而是"深深勒进肩膊"的纤绳。为了痛切地、深沉地感觉到，她采取了两种方法把意象强化。第一，是量上加大，就是不满足于一般的量，而是用大量，或用借用一个术语："双料"。这就是二十世纪初美国意象派大师庞德所强调的"意象叠加"的办法。在这里读者可以明显地感到舒婷在表达同一情感时运用了相同性质的意象的叠加，如在第一节中的水车、歌、矿灯、隧洞、稻穗、路基、驳船、纤绳、肩膊，第三节中的蛛网、古莲、笑涡、起跑线、黎明。这种方法的正式命名，虽然来自北美，可庞德自己说他是从中国古典诗歌中师法来的（如：云霞出海曙，梅柳渡江春）。第二种方法就是尽量强化每一个意象的特征，例如起跑线，不是一般的，而是新刷出的，笑涡是挂着眼泪的，花朵是"飞天"袖间的，等等，这样的特征越是鲜明，对读者的想象激活量就越大。

当然，舒婷的长处，不纯粹在感觉上，更在于她善于把感觉向情感和思维深化。　这一点读者可以从这首诗的四小节的逻辑结构中看出。　首先她的意象是层层深入的，先是苦难，接着向对立面转化，写希望（与文明历史联系在一起的希望）。　接着又一个转折，新时期的光明，最后转向自我情感和理性的交融，从这里我们可以看出她的感觉意象既有历史的深度，又有情感和思维的层次。

（孙绍振）

神女峰

舒　婷

在向你挥舞的各色花帕中
是谁的手突然收回
紧紧捂住自己的眼睛
当人们四散离去，谁
还站在船尾
衣裙漫飞，如翻涌不息的云
江涛
高一声
低一声

美丽的梦留下美丽的忧伤
人间天上，代代相传
但是，心
真能变成石头吗
为眺望远天的杳鹤
错过无数次春江月明

沿着江岸
金光菊和女贞子的洪流
正煽动新的背叛
与其在悬崖上展览千年
不如在爱人肩头痛哭一晚

（1981 年）

【赏析】

神女峰是长江三峡的一处人们熟知的著名风景，古今为它留下不少诗篇和传说，众多的观赏者在这里也得到蕴涵不同价值的审美满足。然而，舒婷从人道精神出发，却从内心激起一种与传统的感情意向截然不同的强烈情绪。在"神女"的光荣地位和对于坚贞的品格的赞美中，她却体验到深刻的痛苦和悲哀，并从"神女"的处境中，看到这一形象是中国妇女命运的历史性"隐喻"。"神女"获得的受赞美、受欣赏的地位和品格，其实是长期的封建社会和至今仍有生命力的封建意识加在她身上的束缚和禁锢，她实际上失去了自己独立的人格，失去了作为一个真实的、普通人的生活权利。种种虚妄的、沉重的观念和准则成为供人玩耍欣赏的"风景"。舒婷禁不住发出这样感慨的呼喊："与其在悬崖上展览千年／不如在爱人肩头痛哭一晚。"

《神女峰》所表现的情感是炽热的。这种痛苦、忧伤而又激愤的强烈情绪，显然是由于作者对传统观念的顽强认识，由于对被禁锢者安于这种生活、思想轨道的不安。当然，她不完全相信心灵的火花的完全熄灭，不相信心"真能变成石头"，但这并不能改变对历史的沉重积淀的深深忧虑。因而，这种"叛变"性的感情的迸发，就难以抑制。不过，感情的直露宣泄，并不见得是诗的值得肯定的表达方式。作者在这里，靠敏锐的感受力和艺术经验，找到一条有效的"轨道"和形象的限定方式。但实际上，诗仍采取舒婷经常使用的第一人称表白方式。但是，在第一节中，"我"却在叙述中"脱身"并分裂为二：一是化为以"谁"的不确定称谓的第三人称，作为感情表达的"主体"，另一化身为观察这一切情景的并未直接出现的"旁观者"。这种人称、视角的"外化"和"分裂"，至少取得两方面的艺术效果：一，使对这种强烈感情的表述，由于采用旁观的描述方式，不致因"我"的直接宣泄而显得缺乏节制。二，内在的感情借助人物的动作等情景构成的形象得到凝定。 手的突然收回、捂住眼睛，衣裙漫飞如翻涌不息的云，以及对江涛的听觉上的描写，都成为丰富的心理内容的外在暗示，这只有借助旁观才能实现。 相对地说，回到第一人称（虽然"我"并未在字面上出现）的第二节，在表现力和情感内涵上倒有些减弱。 不过，结束一节又强化了作者的艺术敏感和表现力，对两岸"金光菊和女贞子的洪流"触目所及的描写，似乎是信手拈来，却为作者的情感所投射，而化为情感表达的一个有力手段，使诗结束在深刻意蕴的生动情景之中。

（洪子诚）

日　暮

马丽华[①]

隔着遥遥的时空之距

凝视

目光交流用宇宙的语言

或许还该笑，唱支送别的歌

请灰天鹅做信使衔起它

金色地融入夕光

或许该实现非分之想了

将那小船驶往黄金的岸

每天每天经历爱的潮汐

感情也变成大海

悲壮之美

静穆之美

别了，我的太阳

摇动晚霞斑斓的手帕

一路珍重，一路

珍重

牧歌唱晚

---

①　马丽华（1953—　），生于山东省济南市。童年直到成年，在鲁南的一个
小县城里度过。1976 年夏毕业于临沂师专，同年进藏。曾任《西藏文艺》编辑。
1976 年开始发表作品，著有诗集《我的太阳》等。2003 年任中国藏学出版社总编
辑。2016 年任中国作家协会委员。

我叹息心中的宁静
遂关闭心扉步入恒夜的相思

谁耽于幻想而倦于守候
谁就不免错过
夜，只为缄默地等待而夜
不再吟咏月光，再不吟咏
那片容易迸裂的薄薄的冰

从未相许的是我的太阳
永不失约的是我的太阳

【赏析】

以"我的太阳"为题，组诗包括《等待日出》《日既出》《日午》《日暮》四首。《日暮》是四部曲的尾声，卒章显志，读其一，可以知其三。

相伴一天的太阳远去了。若是人的分别，可以"执手相看泪眼，竟无语凝噎"。可现在分别的是太阳，离开地球十万八千里，无法"执手"，只能"隔着遥遥的时空之距／凝视"了。人间的语言太阳是不懂的，只有用"宇宙的语义"，即是不出声的目光交流。人与太阳，感情相通，却有天地之遥，物人之别。诗表现了这种既近又远，既亲近又陌生的悲哀。让小船或是天鹅衔着送别的歌，"金色地融入夕光"，"驶往黄金的岸"。表达了对太阳的倾慕献身之情。但这是不能实现的非分之想，爱的潮汐天天周而复始，徒然起落，爱之岸永远可望而不可即。夕阳静穆而悲壮。这不仅是从视觉上说的，也是从感情上说的。在平静克制的告别后面，是一片怎样的不平静的海！

日落以后，诗进入第二层，敞开的心扉渐渐闭拢，如夜幕之落，最后沉入彻夜的相思。 夜是宁静的，心是不宁静的，"叹息心中的宁静"是反说，真宁静就不会叹息了。 第四节写夜，仍是写己。 夜既送走太阳，也迎来太阳，它是一次会面到另一次会面之间的漫长的等待。 诗人坚信，只要有耐心，善守候，不三心二意地被那轻薄的月亮所动，就不会把幸福错过。

尾声像是爱的偈语，太阳天天升起，"永不失约"；它又夜夜归去，"从不相许"。 这不是用太阳来拟人，比附男女之爱，就是写"我"与太阳、人与物之间的那种热烈的遥远之爱，又是默默的无望之爱。 它超乎人间，又存在于人间，是一种升华了的深沉而又高尚的爱。 诗写得曲折、缠绵、动人。 这是悲剧的爱情，但不是爱情的悲剧。

（袁忠岳）

在漫长的旅途中……

于　坚①

在漫长的旅途中

我常常看见灯光

在山岗或荒野出现

有时它们一闪而过

有时老跟着我们

像一双含情脉脉的眼睛

穿过树林　跳过水塘

蓦然间　又出现在山岗那边

这些黄的小星

使黑夜的大地

显得温暖而亲切

我真想叫车子停下

朝着它们奔去

我相信任何一盏灯光

都会改变我的命运

此后我的人生

就是另外一种风景

但我只是望着这些灯光

---

① 于坚（1954—　），云南昆明人。 1984 年毕业于云南大学中文系。 1984
年与韩东、丁当创办文学刊物《他们》。 做过大学教师、研究人员等。 著有《空
地》《零档案》等。

望着它们在黑暗的大地上

一闪而过 一闪而过

沉默不语 我们的汽车飞驰

黑洞洞的车厢中

有人正在我身旁熟睡

（1986 年 10 月）

【赏析】

相对于那些训诫的诗，这首诗没有道德观，没有思想。 这里唯一的现实是语言，是在语感的自然流泻中，升腾的另一种有意味的空间。

《在漫长的旅途中》，诗人仿佛喃喃自语。 我们不必去寻找诗人情感的角度，诗人所倾心的，只是生命底层的那种对于纯粹"声音"享受的需要。 这种流畅、平稳的语感，就足以将我们带入一个特定的感觉场里。 这首诗的意绪是语感的容器，而肌质则是语感。在诗歌中，生命被表现为语感，语感是生命的有意味的形式，是诗人心灵的呼吸。 犹如中国书法的美感不是基于字义本身而是来自线条流动的气韵；音乐的魅力不是它所"表现"的、"宣叙"的故事本身，而是纯粹声音的微妙构组一样，诗歌的美感则来自语感的流动。 从这个意义上说，诗歌不属于文学，而属于艺术——它与音乐和绘画的血缘肯定大于小说、戏剧！

这首诗写的是诗人旅途中的感受。 诗人面对一盏盏开放在黑夜的灯火，灵魂为之湿润起来。 他将直觉到的东西组合成有意味的形式——成为语感，他的生命在这一瞬间得到了解放。 无意识的有了意识，无意义的有了意义，无情无不有情，无形式恰恰最有形式感。 诗人对"声音"的注意超过了一切，他在诗中没有为了"深刻”而去强调某一语义，也没有故意制造一种“口气”和“行文效果”。

这是一种“读”的诗，你一定要轻轻读出声音，而不必停下来寻找个别字词的隐义。用你的心去读，安静地读……渐渐地，你会感到这首诗流动起来，“变成了一种姿势，就像暂时超过了正常意义的文字”（布拉克墨尔语）。它不是消息性、陈述性语言，也不是大众信息的语言，而是一种语义偏离后生成的幻觉语言。这种幻觉，可以是毫无意义，或没有明确的价值取向，但它给你一种感动。这正是诗人生命的节奏和音乐的动作浸入了你的心。

这里绝不是玩弄形式主义的花样——肯定不是！因为，听凭生命的节奏无定向的流淌，自然的律动，你可以任意感知其“意味”，诗的内蕴也因之具备了多种可能性，诗歌最终摆脱了诗人，而成为不断增值的自足的生命实体。诗歌的“语感”，说到底还是诗人独异的审美感觉类型，这种感觉类型，在一首诗产生之前就完整地存在着。这本身就是意义，就是象征，就是生命！生命很难弄“懂”，但并不妨碍我们去谛听。

（陈　超）

中国，我的钥匙丢了

梁小斌[1]

中国，我的钥匙丢了。

那是十多年前，
我沿着红色大街疯狂地奔跑，
我跑到了郊外的荒野上欢叫，
后来，
我的钥匙丢了。

心灵，苦难的心灵，
不愿再流浪了，
我想回家打开抽屉，
翻一翻我儿童时代的画片，
还看一看那夹在书页里的，
翠绿的三叶草。

而且，
我还想打开书橱，
取出一本《海涅歌谣》，
我要去约会，

---

① 梁小斌（1954— ），山东省荣城人。曾下乡插队、当过工人。1979 年在《安徽文学》上发表处女诗作。他的《中国，我的钥匙丢了》《雪白的墙》等作品，被列为朦胧诗代表作品。1991 年加入中国作家协会。

我向她举起这本书，
做为我向蓝天发出的，
爱情的信号。

这一切，
这美好的一切都无法办到，
中国，我的钥匙丢了。
天，又开始下雨，
我的钥匙啊，
你躺在哪里？
我想风雨腐蚀了你，
已经锈迹斑斑了。
不，我不那样认为，
我要顽强地寻找，
希望能把你重新找到。

太阳啊，
你看见我的钥匙了吗？
愿你的光芒，
为它热烈地照耀。

我在这广大的田野上行走，
我沿着心灵的足迹寻找，
那一切丢失了的，
我都在认真思考。

【赏析】

　　梁小斌的诗往往写痛苦，生活对他似乎相当严峻，在严寒中生活，在逆境中探索是他写得最好的主题。

　　这首诗集中地表现心灵的失落感。这不是一般的失落，而是一种历史的失落，在十多年的狂热之后，突然发现的心灵损失。这也不是普通意义上的觉醒，因为在诗的结尾，诗人要寻找的目标仍然没有找到，他仍然在寻找那失落了的东西。

　　这首诗为什么经得起时间无情的考验呢？首先是由于诗里成功地运用了主体意象派生的方法。它的主体意象就是钥匙。这个钥匙有两点值得注意：第一，这是一个概括性的意象，而不是一个具体的用具。这个钥匙的外延和内涵都不同于日常生活中的钥匙。它借了钥匙的可感的外部形体，和它开锁芯的功能加以延伸、扩展，使这功能脱离了具体的日常有限的对象，而向精神的情感的领域渗透，这一来，钥匙已是一种精神的钥匙，而不是原来的物质的钥匙了。诗人特地赋给它具体的孩子气的心灵内涵，那就是《海星歌谣》，童年时代的画片和夹在书页中的三叶草。这一切作为有特点的意象，与童年时代追求知识、文明乃至青年时代的爱情联系在一起，暗示着一种纯洁的、理想的、没有受到污染的心灵境界。诗人还赋给这把精神钥匙以历史的内容。这把钥匙之所以失去，是由于十年浩劫中，他在"红色大街疯狂地奔跑"（至于怎样奔跑，怎样遗失，那是次要的，过多的涉及会导致散文的入侵，故作者一笔带过）。诗人为了提高这个主体意象概括力，还别出心裁地让这把钥匙与"中国"的意象发生直接的关系。"中国"一旦作为诗人呼唤对象，钥匙从一个具体用具遂上升到与中国并列的境界。它的重要性，它的功能，它的内涵都大大地提高了，被提高到一个极其广阔的空间背景上。这样一来，这个意象不但在外部形态上而且在内部含意上都带上了象征性。

有了这样内涵深厚形象概括的意象，就有了诗的象征核心，接下去的几小节不过是把这主体意象放在象征性的环境中加以推演。首先，遗失了钥匙意味着精神的蒙昧，心灵变得野蛮；找回钥匙就是要找回人的正常的文明的性灵，其中包括爱情。再次，钥匙找不到则可能在雨中锈蚀，意味着某种意识到了的危机。应该说用钥匙打开抽屉，找寻爱情诗集，担心钥匙会被雨水的腐蚀以及想象太阳在热烈照耀钥匙，自己要沿着心灵的足迹去寻找，这些派生的象征意象的想象层次都是很流畅的。这主要得力于钥匙和环境二者的象征和写实性的双重契合。一方面在表层意象上显示的是对一把钥匙的寻找，一方面在深层的意念上暗示的是在心灵道路的回归。从概念上看，二者本属于不同范畴，可是在这里恰恰又契合得那样紧密。写这类诗的大忌是二者之间发生裂痕，裂痕越大、人为的痕迹越显著，读者心理抗拒力越大；相反，如果把二者的结合部选择得很好，加之在语言上又能做到淡化，那么可能发生裂痕之外，读者想象的激活性会自然地增强。这是需要很精致的想象同时需要很精致的语言来表现的。

（孙绍振）

我感到了阳光

王小妮①

我从长长的走廊

走下去……

——啊，迎面是刺眼的窗子

两边是反光的墙壁

阳光，我

我和阳光站在一起

——啊，阳光原是这样强烈

暖得人凝住了脚步

亮得人憋住了呼吸

全宇宙的阳光都在这里集聚

——我不知道还有什么存在

只有我，靠着阳光

站了十秒钟

十秒，有时会长于一个世纪的

四分之一

终于，我冲下楼梯，推开门

奔走在春天的阳光里……

---

① 王小妮(1955—)，女。吉林长春人。1974 年中学毕业，插队农村，开始习诗。1977 年考入吉林大学中文系。2005 年执教于海南大学。著有《我的诗选》《我的纸里包着我的火》《我们是害虫》等。

【赏析】

　　既不靠汪洋恣肆的情感，也不靠瑰丽多姿的想象，而是凭借女性所特有的细腻而敏锐的感觉来写诗，这是王小妮的诗歌创作有别于他人的独特之处。

　　王小妮在创作中的自我为中心，通过我的视觉、触觉、听觉，通过我的每一根神经末梢来感觉，体验外在世界在我的心灵屏幕上所留下的印象，把握自己情感意向的流动变化。《我感到了阳光》一诗用神经质般的笔触表达了诗人那颗沉寂已久的心灵被强烈的光线所刺激时所产生的那种奇异的感觉："啊，阳光原是这样强烈／暖得人凝住了脚步，／亮得人憋住了呼吸。／全宇宙的阳光都在这里集聚。"诗人仿佛从寒冷而漫长的黑夜中走来，从阴沉幽深的地狱中走来，见到了阳光明媚的自由世界，感到了初春阳光的温暖与舒适。诗人压抑已久的生命意识觉醒了，她感到了一个新的自我，新的世界的诞生，"我不知道还有什么存在／只有我，靠着阳光／站了十秒钟／十秒，有时会长于一个世纪的／四分之一"。十秒，仅仅十秒，构成了诗人人生中一个新的里程碑。这十秒所给予诗人的，是以与诗人在过去的四分之一世纪中所失落的相抗衡。这种时空跨度上的感觉，看似错觉，实际上正表现出在动乱年代里荒废了宝贵年华的青年一代发自内心的真实感受。

　　追求诗的内在结构，使诗获得尽可能大的凝缩度。争取获得诗的内容的最大容量，这是王小妮孜孜以求的艺术境界。因此，她绝不仅仅凭奇幻的感觉，将那些一鳞半爪的印象凑合成诗，而是将这些感觉加以概括，综合，化成自己的血肉，形成自己的思想，然后再让思想穿上感觉形式的外衣，物化为优美的诗篇。在让思想转化成形式（即主观事物客观化）的过程中，象征起了不可或缺的作用。诗人摆脱了传统的拟人比喻和细节象征手法的束缚，采用一种总体象征的手法，来表达自己深刻的思想。从这一角度来看，《我感到了阳光》和《风在响》两首诗运用的是同一手法，处理的是同一主题：即对黑暗过去的诅咒与对光明未来的希望。但由于意象选择，组合的不同，从而导致了两首诗的风格迥异。《我感到了阳光》中诗人用"长长的走廊"象征漫长、黑暗的过去；用"刺眼的窗子"、"反光的墙壁"象征可触的现实，用"奔走在春天的阳光里"象征美好的未来。《风在响》中则用"老人"来象征毫无生气的过去，用"孩子"象征新生的现在和未来，用"厚厚的棉帽"象征严酷的冬天，用"彩色的纸屑"象征色彩斑斓的春天。这些具体的意象在情感因素的作用下，经过排列，组合，形成一种总体上的象征氛围，表现黑暗与光明、过去与现在、邪恶与正义、死亡与新生的对立、冲突，从而使诗的主题内涵得到了升华，使诗获得了深刻、丰富的象征意蕴。

暴露心灵所受的创伤、揭示阴暗的社会所强留给她们的精神噩梦，这是他们这一代人宝贵的精神财富。无疑，运用对比的方法，通过过去与现在的比较，将会使这种暴露更加深刻、更加彻底。《我感到了阳光》中，"我从长长的走廊／走下去……"，总起两行。"我和阳光站在一起"，再到"终于，我冲下楼梯，推开门，／奔走在春天的阳光里"，三度空间由小而大，由窄而宽的变化、更移，仿佛象征着诗人由压抑到正常、由正常到自由的生存处境和精神状态的变化。通过这种空间感觉的对比，使诗获得了恢宏的背景，产生了一种动态的历史感，从而扩大了诗的思想容量。

（吕周聚）

弧　线

顾　城①

鸟儿在疾风中
迅速转向

少年去捡拾
一枚分币

葡萄藤因幻想
而延伸的触丝

海浪因退缩
而耸起的背脊

【赏析】

乍读这首诗，似有一种零碎之感，毫无联系的意象拼凑在一起，要表达的意旨朦朦胧胧，难以捉摸，况且又冠一个很抽象的标题：弧线。

问题恰恰就在它的意象和结构上。这是一首象征型小诗，只有四段，每段都有一个具体清晰的意象，这些意象彼此兀离，相互无涉，而当我们将这一系列富有动感的视觉意象与"弧线"这个标题

---

① 顾城(1956—1993)，祖籍上海，生于北京。1977 年开始发表诗作。朦胧诗派的主要代表诗人。有诗集《舒婷、顾城抒情诗选》《北岛、顾城诗选》《黑眼睛》《顾城的诗》等。

连在一起，就会发现，鸟儿在疾风中飞动滑转的轨迹，少年低头拾币的肩膀，葡萄藤的伸展，退潮的海浪，在视觉上，都呈现一条弧线。 这是一种视觉的抽象与转换。 这时我们再回过头来看这些表面兀离的意象，就会感觉到它们之间有一种内在的意念的联系。 这些清晰可见的意象一旦被一种内在的意念的链条连接起来，它所构成的意义空间就相当宽泛而模糊了，它们象征着什么？ 是看风使舵？是希望的贬值？ 是狡黠的攀缘，还是急流勇退？ 似乎这几种理解都不算牵强，却也不算全面准确，或许更有深意。 诚如劳坡林曾说：“象征的定义可以粗略地说成是某种东西的含义大于其本身”。 在这首诗中，诗人多方面的痛切的生活经验、愤世嫉俗的思想感情，通过审美的视觉、直觉感应，瞬间交融于这一系列富有隐喻性的意象，经过蒙太奇式的剪辑组合，建造了这寓零乱于整一的独具张力的诗歌结构，从中抽象出一种对于人生世态的哲学思考。 诗中所呈现给我们视觉中的"弧线"，已不是一个单纯的线条，而是一个发光的几何体，从各个角度暗示着十年动乱给人们心灵造成的卑俗与世故，触动人们警醒。 至于它为我们创造出的更丰富、更深刻的象征含义，我们可根据自己的人生经验，各得其所。

这是一首艺术精到剔透的象征诗，只有八行，却为我们展示了一个偌大的世界。 很显著的一点，是意象化及其转换。 诗中一个多余的说明词也没有，都是通过意象的创造来表达。 这些意象都很生动，具有可视可触的质感，而且注重视觉意象的转换。 用顾城自己的话说，"在一瞬间就用电一样的本能"（其实是一种直觉）把一些根本不相干的意象迅速交错起来。

这首诗另一个显著的特点，是它的断裂式结构。 拆去了四节独立意象之间的因果性语言连接，造成一种突兀之感。 而每一节，变换一个视角，甚至可以拆开，重新排列组合，运用蒙太奇手法构成一种潜在的意念的呼应。　这是一个多重建构的既自足又开放的空间几何体，给读者一种自由选择的非线性的多重感受和理解的可能。

　　只要我们突破固有的线性因果式的欣赏习惯，走进《弧线》一类象征诗这个丰富多彩的几何体世界，我们就一定会获得多方面的审美艺术享受。

（张　目）

远与近

顾 城

你，
一会看我，
一会看云。

我觉得，
你看我时很远，
你看云时很近。

【赏析】

顾城的《远与近》，在一九八三年前后曾经作为难懂的"怪诗"而引起争议。 实际上这是一首揭示人际关系的小诗。 诗的人物形象是"你"与"我"相对而坐，由"我"发言，"你"则无言以对。 "我"的发言，抓住"你"的视线，正如孟子所说：察其人也，观其眸子。 从目光透视内心。 "我"的发言，只是把自己对"你"的印象（感觉）告诉"你"，语气和平，但责备却很尖锐。 "你看我时很远，／你看云时很近。"如见其人，如闻其声，形象是鲜明的。

诗是写情的。 这首诗写的是人情；而人情的核心，莫若友情与爱情。 从"我"的责备看，"我"与"你"之间，不是友情出现了裂痕，就是爱情潜伏着危机。 而细听"我"的声口，此诗所写，似是后者。 由于"你"未搭腔，似在思索：如果真是这样，只好默认；如果不是这样，便须答辩。 然而，诗人没有再写下去，似乎

"我"的斥责已一语中的，只好默认了。

诗的内涵，富有思辨力与批判力。 但毫无说理气息，全凭形象发言。 一个"看我"与"看云"的对比，就令对方哑口无言了。

本来，人际关系，一般是"合"，则"天涯若比邻"，"离"则"肝胆如胡越"。 这首诗所表现的，正是"肝胆如胡越"的距离。 换句话说，也就是咫尺天涯，貌合神离。

诗是半格律体，语言精练，找不出一个累赘的字。

无论从内容看或从形式看，诗的审美价值都是不能低估的。

（欧阳镜）

鱼

——观画

王家新①

一条鱼，从画师的笔下
给我带来了河流

就是这条鱼
从深深的静默中升起
穿过龙门
和墨绿的荷叶
向我摇曳而来

淙淙地，鱼儿来了
而在它突然的凝望下
干枯的我
被渐渐带进了河流

(1985 年)

【赏析】

　　咏画之作在诗歌中屡见不鲜。 这类诗篇实际上是诗人对画的一
种解读。 一篇好的咏画之作，不是为原画配解说词，而是表现诗人

---

　　① 王家新（1957— ），毕业于武汉大学，在校时就发表诗作，近年作品较丰。 曾在《诗刊》编辑部工作，2006 年起被聘为中国人民大学文学院教授。 中国20 世纪 90 年代以来知识分子写作的代表性诗人。

面对画面的一种"悟"。

王家新的"鱼",有三重意味:"鱼"之一是画师笔下的;"鱼"之二是诗人感觉中的;"鱼"之三是读者领悟的——鱼乃诗人本身也。这首短诗分为三节,乃是每一节有一种"鱼",读者你感觉到了吗?

这里显出了诗人的工力,三种意义上的鱼,叠次转化,自然天成,不留痕迹。

引导这种变化的动因是"河流"。诗起于"从画师的笔下／给我带来了河流",而结于"干枯的我／被渐渐带进了河流"。河流是全诗贯穿性的动因,也是全诗动作的象征:"我"对自由、对艺术、对自然、对社会的一种体验。人要活起来,人类社会也要活起来。

如果读者从诗人读画的"悟性"中,也对这首诗产生"悟性",那么这首诗就是成功的。我以为如此。

(叶延滨)

在早晨睡去

韩 东①

听着这音乐
你在早晨睡去
你不是刚刚起床吗
外面阳光很好
玻璃擦得干净
你在一把椅子上睡着了
头垂下来
像在用心倾听

睡在耀眼的晨光中
房间里没有别人
你睡去不醒来
简直像幸福的昏迷
生命的尘埃纷纷降落
又聚集到你的身边
没有人来敲门

你睡去
然后醒来
一切都无法解释

---

① 韩东（1961— ），湖南人。生于南京。大学期间开始写诗，曾获 1981 年《青春》诗歌一等奖。1984 年与于坚、丁当创办《他们》。2000—2004 年参与文学刊物《芙蓉》的编辑。著有《吉祥的老虎》《爸爸在天上看我》等。

在自己的家里

像倒在途中的一个客店

包括早晨也有某种异常的气味

使你迷惑

啊

现在你只感到腹中空空

（1987 年）

【赏析】

韩东的《在早晨睡去》是不乏传统风神意态但又别具现代风采的小诗，可视之为新古典主义的又一类型。

读这首诗，你首先会为它语言的干净、清淡所吸引，继之为它的格高境奇所打动，这似乎没什么问题。但是，值得简单一提的是，这首诗的用意并不在显见的层面上，你看到的只是诗的表层，而诗的深层却往往容易被忽略掉。实际上，这首诗写的不是音乐的魅力，也不是叙写一个人听音乐并为之陶醉的过程。它所要表现的，其实是一种超然尘世之外的韵致，一种精神的模样和风度；或者说，是一种气质，一种对生命的理解。这种风度，不是放浪不羁的伪现代派，而是超逸安静的中国知识分子。是他们遁入内在生命的核心里感知生活的方式。这支乐曲是安放"你"灵魂的地方；是使"生命的尘埃纷纷降落"的地方；是使人生中的某些早晨带有"某种异常的气味"的契机。可见，"在早晨"发生的事情被韩东利用了，成为一种第二性的材料——就像纸张对于文字那样。

这首诗很短，但它的体验却呈现出一种不断扩大的状态，文字有所节制，但形迹毫无拘束，既有端凝又显出舒放，力有余劲，别有洞天，情与气偕，堪称上品。

（陈　超）

三原色

车前子①

我，在白纸上
白纸——什么也没有
用三支铅笔
一支画一条
画了三条线

没有尺子
线歪歪扭扭的

大人说（他很大了）
红黄蓝
是三原色
三条直线
象征三条道路

——我听不懂
（讲些什么呵？）
又照着自己的喜欢
画了三只圆圈

我要画得最圆最圆

---

① 车前子（1963— ），原名顾盼。江苏苏州人。初中毕业后干过临时
工、营业员、教师等。1998 年居于北京。出版的诗集有《纸梯》等。

338

【赏析】

"我写诗，天生一个'淡'字"。车前子在唐晓渡、王家新编的那本《中国当代实验诗选》里冷不丁冒出来的这句自言自语，实在是他截至目前整个诗歌状态的既贴切又简洁的完美自况，也是因为这首诗因此成名的必由之路。

《三原色》无疑属于清淡的一类。没有枝枝蔓蔓的意象缀着，没有僵冷俨然的道貌挂着，没有气息粗重的象征藏着。只有一个小孩外加三支画笔，三条直线，再就是三个圆圈，一丛关系几个动作而已。

一切都显得平平常常：红黄蓝是最基本的三原色，直线和圆是最简单最直观的几何图形，小孩是最没有城府，最天真的人，语言也是最为普通朴实的。然而，排斥象征并不意味着疏远联想，何况有意无意作为一种状态，永远是对人的一种诱惑。这几个"最"字所代表的，自然会刺激起我们的很多感触来：它可以说是对普遍而敏感的"代沟"问题的巧妙揭示；也可以说是对美好童年时光的一种缅怀……但更深入一些，我们就有可能抓住更本质的东西："没有尺子"便是没有规矩，不要拘束；"什么也没有"的白纸则意味着事物挥发可能性最大的原初状态。这些再加上面提及的几个"最"字，终于使我们恍然大悟：诗人实际上对人类生命的本真状态与方式进行了诗化的还原或憧憬。诗人道出了生命意味的一个解答，自然也就为自由提供了定义。

至此，道路似乎已经完全通畅。但我们的进入却仍没有完成。问题出在"三只圆圈"上。"我"不满意也不理解"大人"把三条直线解释为三条道路的那种带有固定方向性的思维方式，这本体现了一种随心所欲的天性与状态。但"我"接着却要画三个"最圆最圆"的圆圈。这毫无疑问是"照着自己的喜欢"来做的，因而"最圆最圆"是出自一种自愿，体现了儿童天性的任性心理。 但为什么偏偏是"最圆最圆"？ "最圆最圆"其实是一种规范意识，是对自由的逃避。 而"我"却不自觉地由此最终进入了"随心所欲"的反面。 请注意"不自觉"三个字。 它们提系着一个真谛：人注定只能生活于某种时空中，有时空便有限制。 该想起那个心理学家荣格来了。 "最圆最圆"其实是一种集体无意识或类意识的显现。 而《三原色》一诗的出色到了这个时候才能最终确认。

这首诗的瑜外之瑕主要是人为性未能控制得当，"稚拙"得有些"巧"劲。

（于慈江）

面朝大海，春暖花开

海　子①

从明天起，做一个幸福的人

喂马，劈柴，周游世界

从明天起，关心粮食和蔬菜

我有一所房子，面朝大海，春暖花开

从明天起，和每一个亲人通信

告诉他们我的幸福

那幸福的闪电告诉我的

我将告诉每一个人

给每一条河每一座山取一个温暖的名字

陌生人，我也为你祝福

愿你有一个灿烂的前程

愿你有情人终成眷属

愿你在尘世获得幸福

我只愿面朝大海，春暖花开

---

①　海子（1964—1989），原名查海生，中国当代诗人。1979 年 15 岁时考入北京大学法律系，1982 年开始诗歌创作，当时即被称为"北大三诗人"之一。1984 年创作成名作《亚洲铜》和《阿尔的太阳》，第一次使用"海子"作为笔名。从 1982 年 1989 年不到 7 年的时间里，海子用超乎寻常的热情和勤奋，才华横溢地创作了近 200 万字的作品，结集出版了《土地》《海子、骆一禾作品集》《海子的诗》《海子诗全编》等。

【赏析】

　　海子是诗的理想主义者，他曾经抱定这样的理想："在中国成就一种伟大的集体的诗。"他想要"融合中国的行动成就一种民族和人类的结合，诗和真理合一的大诗"。他用自己全部的生命热情景仰着伟大的史诗，用自己的创作实践着这个诗歌理想，也正因为如此，注定他难于融合到世俗的生活中，注定他的灵魂永远在诗的王国中游走，于是他创作了这首诗。

　　这首诗乍看是以淳朴、欢快的方式发出对世人的真诚祝愿，抒情主人公想要做"一个幸福的人"，愿意把"幸福的闪电"告诉每一个人，即使是陌生人他都会真诚的祝愿他"在尘世获得幸福"。但是在满溢着"幸福"的诗句背后却有着挥之不去的悲凉感。"从明天起"，恰恰意味着今天的暗淡，"我只愿面朝大海，春暖花开"中"只愿"两字犹言幸福是你们的，"我"情愿独面大海，背对世俗。他把幸福的祝福给了别人，自己却难于在尘世找到幸福生活。联想到两个月后诗人的自杀，读者会为这首诗增添一份悲凉的情调。

　　这首诗的语言很少雕饰、铺陈，它以近乎白话的表达体现了一种质朴、本真之美。正是由于语言的简单质朴，才愈发显出了祝福的真诚纯粹，抒情主人公的孤独凄冷。

（佚　名）